KB230528

이 세계의 모든 것을 끌어안아 아프다

주몬지 아오

일러스트 시라이 에이리

Grimgar of Fantasy and Ash

Presented by Ao jyumonji / Illustration by Eiri shirai

Level. Nineteen

끝내자.
끝으로 하자.

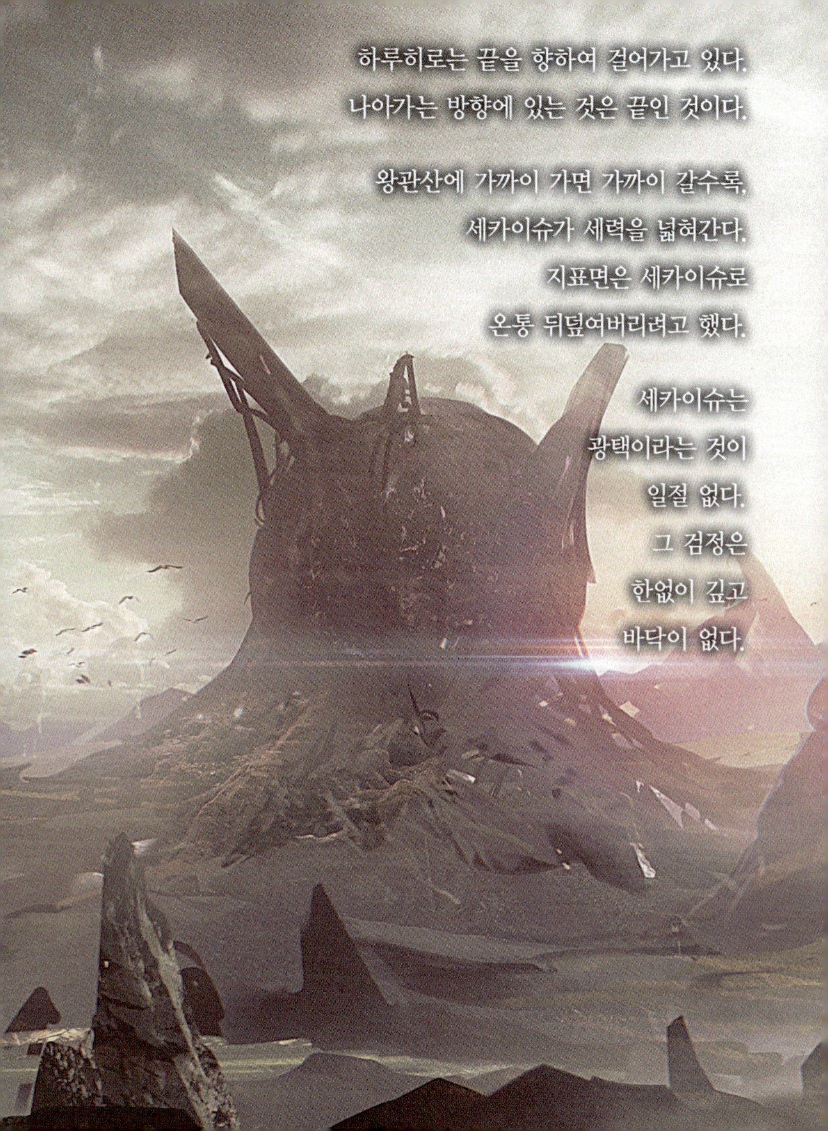

하루히로는 끝을 향하여 걸어가고 있다.
나아가는 방향에 있는 것은 끝인 것이다.

왕관산에 가까이 가면 가까이 갈수록,
세카이슈가 세력을 넓혀간다.
지표면은 세카이슈로
온통 뒤덮여버리려고 했다.

세카이슈는
광택이라는 것이
일절 없다.
그 검정은
한없이 깊고
바닥이 없다.

"괜찮은가?"
"…어."
렌지는 자주 꼬마의 머리를 쓰다듬는다.
쓰다듬기 좋은 것은 알지만,
지나치게 쓰다듬는다.
솔직히. 못 봐줄 정도다.

이 세계의 모든 것을 끌어안아 아프다

재와 환상의 그림갈 level. 19

주몬지 아오

어째서 이렇게 된 것일까?

하루히로는 밀려오는 검은 것을 보고 있었다.

어째서 이렇게 되어버린 걸까?

무섭지는 않다. 왠지 이제 조금도 무섭지 않다.

검다.

왜 검은 거지?

세카이슈.

검다.

검은 덩어리.

검다.

검은 파도.

검다.

검정.

세카이슈란 무엇일까?

하루히로는 모른다. 알 수 있을 리가 없다.

검정. 검다. 세카이슈(世界種). 세계종. 어디까지나 검다. 검정. 저것은 색인가? 아니지 않을까? 어쩌면, 색이 없다는 건지도 모른다. 광택이 없다. 그저 검다. 세카이슈는 빛을 반사하지 않는다. 그러니까, 검다. 검게 보인다.

"뭘 실실 처웃고 있어?"

누가 팔을 움켜잡는다. 오른팔이었다. 팔꿈치 부근이다. 아프다.

아프다고.

입 밖으로 내지는 않았다. 하루히로는 그저 그렇게 느꼈을 뿐이다. 아프다. 아프다고. 아프잖아. 그야. 아프지 않을 리가 없지. 그야, 손목이. 오른쪽 손목뿐만이 아니라, 왼쪽 손목도, 그 녀석이. 포르간의, 그 남자가, 애꾸눈 외팔이 타카사기. 녀석이, 칼로. 그렇다.

그랬다. 당했다. 그 녀석한테, 손목을. 양쪽 손목이다. 너무해. 진짜로 지독한 짓을 한다.

칼에 찔렸다. 하루히로는 찔린 것이었다. 그 남자한테, 칼로. 잔상처가 아니다. 꽤 큰 부상이다. 그야, 손목을, 좌우 양쪽 손목을 관통당했다. 그 탓에 이제 제대로 힘이 들어가지 않는다.

그, 상처가.

아프다니까.

그렇게 난폭하게 다루면, 상처가 너무나 아프다.

"간다…!"

그러니까, 잡아당기지 말아줬으면 좋겠어. 아프니까.

아파서 견딜 수 없으니까.

하루히로는 말을 하는 것이 좋은지도 모른다. 분명히 말하면 될 것이다. 어째서 말하지 않는 건가? 사실, 말해봤자 상대는 란타다. 어차피 들은 척도 안 하겠지.

하지만—뭘 실실 쳐웃고 있어…?

란타에게 끌려가면서, 하루히로는 그 말이 마음에 걸렸다. 실실. 실실 쳐웃고? 나는 실실 웃고 있었던 건가?

그럴 리가 없다. 아무려면, 실실 웃을 리가 없다. 이 상황에서 실실 웃을 수는 없다.

"크하핫. 우후헤헷."

쿠자크는 웃고 있지만.

"키햐핫. 우후하하헤헤효호홋."

미친 듯이 웃고 있지만.

그렇긴 해도, 쿠자크는 뭔가 우스워서 웃고 있는 것은 아닐 것이다.

우스운 것이 아니다.

그게 아니다.

이상한 거다.

세토라는 마치 망가진 자동인형처럼 빙글빙글 돌아다니고 있다.

모두 다, 이상하다.

"정신 차려, 멍청앗!"

란타가 얼굴을 들이대면서 소리쳤다. 그 직후였다. 강한 충격을 느끼고 하루히로는 휘청거렸다. 맞은 모양이다. 왼쪽 뺨이다. 주먹으로 맞았다.

하루히로는 자세가 무너졌다. 그래도 간신히 버티고 섰다.

모르겠다. 아무것도, 하루히로는 모른다. 왜 쓰러지지 않으려고 버티고 있는 거지? 쓰러지면 안 될 이유라도 있다는 건가? 어이가 없다. 그대로 쓰러져버리려고 했더니 또 란타가 팔을 잡아당겼다.

"너 말이야…!"

그러니까, 잡아당기지 말아 달라고. 아프다고 했는데 못 알아먹는 건가?

말 안 했던가?

그렇다.

하루히로는 분명히 아무 말도 하지 않았다.

아무 말도 할 수가 없다.

말하고 싶지 않기 때문이다.

의미가 없다.

말해봤자 어떻게 된다는 건가?

어떻게도 되지 않는다. 무슨 말을 해도 변하는 건 없다. 아무것도 바꿀 수 없다. 하루히로는 바꿀 수조차 없다.

이제, 됐어.

그것이 하루히로의 속마음이었다. 됐다고. 이제 됐으니까, 나한테 상관하지 말아줬으면 좋겠어. 말로 해야 아는 건가? 왜 알아주지 않는 거지? 하루히로는 굳이 말하고 싶지 않은 것이다. 말하지 않아도 이해해주길 바란다. 짧은 인연도 아니고, 이해해줘도 좋을 법한데.

어째서야?

응?

왜 이해 못 하는 거야?

이해하잖아? 보통.

그 정도는, 이해해주잖아?

아아, 그런가. 그렇지. 란타, 너는 보통이 아니니까. 좋은 의미로도, 나쁜 의미로도 보통이 아닌 너는 모를지도. 란타니까, 어쩔 수 없는 건지도 몰라. 하지만 이번만큼은 이해해주지 않을래?

한계라고.

한계에 도달한 것이 아니라, 한계 같은 건 진작에 넘어버렸다고.

그야, 그렇잖아.

이상하잖아?

모든 것이 다, 이상해.

이상하지?

그렇지?

미쳤어.

미쳤다고.

이런 건, 정신이 나간 거야.

하루히로는 그녀를 찾았다. 금방 발견했다. 당연하다. 그녀는 사라진 것이 아니다. 그녀는 있다. 천천히 고개를 돌리며 주변을 둘러보고 있다. 그녀는 턱을 약간 치켜들고 있다. 내려다보고 있는 것이다.

아무리 봐도, 그녀다.

메리.

아아.

메리인데.

저것은 메리다.

모습은.

하지만, 아니다.

그녀가 메리라면, 맹세코 저런 식으로 사물을 보지는 않는다. 저것은 메리의 시선이 아니다. 맹세코라고? 뭐에 맹세하는 건가? 맹세하기에 걸맞은 것이 존재한다는 건가? 모르겠다. 하루히로는 이제 알 수가 없다.

아무튼, 아니다. 저것은 분명히 메리의 몸짓이 아니다.

메리인데.

그녀는 메리인데?

그런데도, 아니다.

아닌 것이다.

아무리 생각해도, 아니다. 역시 메리가 아니야.

하루히로는 그 사실을 인정하고 싶지 않았다. 받아들일 수 없고, 견딜 수 없다. 그러나, 하루히로는 이미 알고 있는 것이다. 알고 있는 이상, 모르는 척은 할 수 없다.

놈이, 있었던 것이다.

메리 안에, 놈이.

노 라이프 킹이.

나 때문이다, 그렇게 하루히로는 생각하지 않을 수가 없었다.

"우와아아아아…."

나 때문이다.

내 탓이다.

내 잘못이다.

모든 게, 내.

"아니얏―."

그렇지 않아, 라고 생각하고 싶다.

그게 아니다.

왜냐하면, 어쩔 수 없었잖아? 선택의 여지가 있었던가?

없었다. 없었을, 것이다. 하루히로가 아니었어도 분명 그렇게 했겠지. 그러니까, 아니다. 하루히로는 기도하는 심정으로 강하게, 아니야, 라고 생각한다. 어떻게 해서든 부정하고 싶다. 내가 아니야, 라고. 아니다. 결코, 아니라고. 나만 잘못한 거라거나, 모든 책임은 나한테 있다거나, 그런 식으로까지 생각할 필요 없어.

그렇지?

아니잖아?

다들, 찬성해줄 거지?

물론, 하루히로는 그렇게 생각하고 싶은 것뿐이다. 하루히로도 그건 안다. 지나칠 정도로 잘 알고 있다. 분명, 누구보다도 잘 안다.

분명히 아니면서, 아니지 않다.

결단을 내린 것이었다. 하루히로가 결정했다.

그때 하루히로는 메리를 죽게 놔두지 않았다. 이것은 그 결과다. 하루히로가 내린 판단 탓에 놈이 메리 안으로 들어가 버렸다. 놈을 메리 안에 들어가게 한 것은, 하루히로다.

이렇게 될 줄은 생각지도 못했다. 신이 아닌 하루히로가 예상할 수 있었을 리도 없다.

단, 제시는 경고했었다.

『한 번 죽었던 나처럼, 이 사람은 되살아난다.』

『대가는 따르지만.』

『이건 보통이 아니야.』

『사람이 되살아나지는 않는다는 것이 상식이고, 사실 그게 맞다.』

모순된다. 사람은 되살아나지 않는다. 그런데도, 메리는 되살아난다. 이상하다.

하지만, 제시는 거짓말을 해서 하루히로를 속인 것이 아니다. 강요한 것도 결코 아니었다.

선택한 것은 어디까지나 하루히로다. 하루히로가 결정했다.

『…몇 명인가… 있어』

『그것은… 몇 명이나 있어. 아마도… 원래는 모두… 제각각이었어.』

메리는 그렇게 말했었다.

즉, 제시 이전에도 똑같은 자들이 있었다.

그들, 그녀들 안에, 놈은, 노 라이프 킹은, 숨어들었던 것이다.

말하자면, 기생했다.

노 라이프 킹은 백 년도 더 전에 죽었다고 전해진다. 이상한 이야기다. 죽었다고? 불사의 왕인데? 다른 생물들과 똑같이 죽는다면 그것은 불사가 아니다. 불사라면, 죽을 리는 없어야 한다.

그 말이 맞았다.

실제로 노 라이프 킹은 죽지 않았던 것이다.

제시나 메리처럼 목숨을 잃은 자들이 어떻게 해서 죽음의 늪에서 빠져나왔는가? 마치 소생한 것처럼 활동할 수 있었는가?

노 라이프 킹이다

그들, 그녀들 속에 노 라이프 킹이 있었다.

노 라이프 킹이 열쇠였던 것이다.

"이— 멍청히로!"

란타가 등을 밀었다.

"이제 적당히 좀 정신 차리고 제대로 뛰어…! 뛰라고! 이 망할 놈…!"

넘어지면 잡아 일으켜 세우고, 고꾸라지면 엉덩이를 발로 찼다. 어째서 란타는 이런 짓을 하는 거지? 하루히로는 전혀 이해할 수가 없었다.

왜 란타는 포기하지 않는 건가? 어떤 정신구조의 소유자인 건가? 란타의 머릿속은 어떻게 생겨먹은 건가? 기본적으로 끈질긴 남자라는 것은 알고 있었다. 묘하게 태연자약한 부분도 있는데도, 뭔가에 집착하기 시작하면 멈추지 않는다. 아무리 그래도 한도라는 것이 있다. 적어도, 란타에게 적당히 좀 하라는 말을 들을 이유는 없다. 그건 내가 할 말이다.

결국, 오기에 졌다고 해야 할까?

"어이, 이쪽이다!" "파루피로!" "으랴얏!" "망할 얼간이…!"

란타의 목소리가 들리자, 하루히로는 그 방향을 향하여 산길을 달렸다. 아니, 산길 같은 것이 아니다. 쿠로가네 산맥의 산자락에 펼쳐진 수해 한복판이다. 토지 자체가 경사진 데다가 우거진 나무들의 줄기나 땅 위로 올라온 뿌리들이 몸부림치는 것처럼 얽히고설켜 튀어나와 있기도 하고 푹 꺼지기도 했다. 발을 디딜 곳이 매우 불안정하고, 눈을 어느 방향으로 향해도 검은 것, 세카이슈투성이여서 똑바로 직진할 수가 없다.

이쪽이 맞는 건가? 그런 생각은 좀처럼 뇌리를 스치지 않았다. 호흡은 진작부터 가빴다. 목구멍과 그 안쪽 폐 부근이 아프다. 그보다 더, 타카사기한테 당한 양쪽 손목이 너무나 쑤셔서 견딜 수가 없다. 동맥은 아마 무사하겠지. 하지만, 피가 멎지 않는다. 머리가 안 돌아가고 생각할 여유 같은 건 없지만, 생각할 필요도 없다.

무리다. 어차피 도망칠 수 없다. 늦든 빠르든 세카이슈의 검은 파도에 따라잡히든가, 앞이 막히든가. 조만간 분명히 그렇게 된다. 무섭지는 않았다. 오히려, 하루히로는 그때가 오기를 애타게 기다리고 있는 건지도 모른다. 끝나주면 좋아. 끝나버리면 된다. 그렇게 바라고 있는 거라면, 멈춰 서버리면 된다. 잠자코 가만히 있기만 하면 되는 것이다.

어째서 하루히로는 그렇게 하지 않는 건가?

"—뭐야, 저거…?"

퍼뜩 정신이 들어보니, 4, 5미터 앞에서 란타가 발을 멈추고 서 있었다. 고개를 뒤로 돌려, 하루히로가 아닌, 좀 더 뒤쪽을 보고 있다. 끝나는 건가? 순간적으로 하루히로는 생각했다. 드디어 끝나는 건가?

어떤 종류의 안도감을 느끼며 돌아보니, 새카만, 거대한 구체 물체가 우뚝 솟아 있었다. 보기에 따라서는 검은 거목 같기도 하다. 그러나 당연히 저것은 거목 같은 것이 아니다. 지나치게 검고, 저렇게 무지막지하게 큰 나무가 있었다면 진작 눈치챘을 것이다.

나무는 아니다. 검다. 거목 같은, 검은 덩어리다.

"세카이슈…."

그러고 보니 하루히로 일행은 세카이슈에 쫓기고 있었던 것이다. 조만간 분명히 붙잡힐 것으로 생각했었다. 그런데도, 보는 바와 같이 무사하다.

하루히로는 멍하니 주위로 시선을 돌렸다. 이 근처에 검은 것은 보이지 않는다. 지금 세카이슈의 표적은 하루히로 일행이 아니라는 걸까? 혹은, 애초에 안중에 없었는지도 모른다.

"노 라이프 킹인가?"

하루히로는 중얼거렸다.

그래서?

그게 어쨌다는 건가?

『이 세계가 나를 싫어한다.』

노 라이프 킹이 말했다. 그녀의 얼굴로 말했다. 그녀의 목소리로 말했다.

하루히로는, 아니다. 이 세계는 그를 싫어하지 않는다. 싫어할 만한 존재가 아니다. 그만한 가치도 없다. 있으나 없으나 상관없는 존재다.

하루히로는 논외인 것이다.

아픔은 조금도 가라앉지 않는다.

오히려 고맙다고 하루히로는 생각한다.

오히려 고맙다.

고마워!

어디가?

고마워?

고맙기는 뭐가?

아프다.

이렇게나, 아프다.

그저 아플 뿐이다.

하루히로는 걷고 있는 건가? 아니면, 멈춰 있는 건가?

"하루 군."

유메다. 유메 목소리가 들린다. 무슨 말을 하고 있다. 유메는 무슨 말을 하고 있는 거지? 유메가 뭔가 말하고 있다. 그것은 틀림없다. 하지만, 잘 알아들을 수가 없다. 알아듣지도 못한 주제에, 고개를 끄덕이고 있다. 응, 응, 하고 하루히로는 고개를 끄덕이고 있다.

응.

…응.

어째서?

하루히로는 왜 고개를 끄덕이고 있는 걸까? 무엇에 대하여 긍정하고 있는 걸까?

'어둡네.'

―라고 생각한다.

밤이다.

이제 밤인가.

'…어라?'

이상하다, 라고도 느낀다.

'전에도, 밤 아니었나…?'

전?

전이라는 건?

전―

밤의 전. 전의 밤.

밤은 반복된다. 아침과 밤은 번갈아 온다.

그러니까, 그전 밤과 이 밤은 같지 않다. 다른 밤이다.

'…그런 거겠지…. 분명….'

아무튼, 여기는 어디일까?

'…어디, 더라?'

하루히로는 딱히 생각하려 한 것은 아니지만 생각한다.

'어디를 걷고 있었더라? 우리…'

우리.

'아아….'

그런가.

하루히로는 납득했다. 그렇다. 유메 목소리가 들렸다.

'나, 혼자가 아니야.'

유메가 있는 것이다. 하루히로 옆에는 유메가 있다. 유메가 옆에
서 함께 걸어주고 있다. 하루히로와 어깨를 맞대고 있다. 보살펴주

고 있다.

"하루 군."

"하루 군?"

"—하루 군?"

"하루 군…."

틈만 나면 유메가 말을 걸어준다.

'나는… 혼자가 아니야.'

누군가가 혀를 찬다.

'유메가 아니네….'

아니다. 유메는 혀를 차지 않는다.

란타다.

'재수 없어….'

뭔가 마음에 들지 않는 일이 있으면 란타는 걸핏하면 혀를 찬다.
버릇이겠지.

'하지 말아줬으면 하는데….'

하지 마, 그거.

하지만, 일일이 그런 말을 하는 것은 귀찮다.

'뭐… 없는 것보다는 낫지….'

유메.

란타.

그리고 이츠쿠시마도 있다.

그리고 포치. 그 늑대개도 있다.

'…포치. 언제부터 있었지…?'

처음에는 없었다. 제일 처음에는. —제일 처음?

그 제일 처음이라는 것은, 언제 말인가?

'깨닫고 보니… 있었다.'

제일 처음이란?

언제?

하루히로는 어떻게 해서든 떠올리려고 한다.

'…깨닫고, 보니—'

예를 들면, 철혈왕국을 나왔을 때는 어땠지? 포치는 있었나?

없었다. 아마도, 없었던 것으로 기억한다.

'어디에선가— 그래… 어디에선가 만난 거야. 어디였을까…?'

언제?

어디에서?

—어디?

여기는?

'…여기는—'

수해는 아니다. 여기는 이미 쿠로가네 산맥 기슭에 펼쳐진 수해
는 아닌 것 같다. 수해처럼 지면이 튀어나오거나 푹 꺼지거나 하지
도 않는다. 여기가 수해라면, 이럴 수는 없다. 이렇게 걷기 편할 리
는 없을 것이다.

'어디야? 여기….'

하루히로는 머릿속으로 생각하고 있는 것일까? 아니면, 입 밖에
내어 말을 하고 있는 것일까?

말을 한다?

하루히로는, 말을 하고 있어?

누구한테?

말해?

혼자서?

혼잣말을 하고 있는 걸까?

응.

…응.

깨닫고 보니 하루히로는 고개를 끄덕이고 있었다.

"하루 군?"

유메 목소리다.

응.

…응.

대답해야 해. 그렇다. 반응해야 한다.

'그렇―구나….'

걱정시키면 안 된다고 하루히로는 생각한다. 괜찮아.

나는 괜찮은 거다.

괜찮은 거다?

내가 괜찮아?

뭐가 괜찮은 건데?

'여기는, 어디야…?'

이제 밤이다.

결국, 그것밖에 하루히로는 알 수 없었다.

"아앗― 젠장! 유메, 그 녀석 쉬게 해! 어차피 무리라고!"

"웅냐. 하루 군. 여기 앉아봐. 응?"

응.

…응.

'나는, 아무렇지도 않은데―'

걷고 있어도, 앉아 있어도, 설령 누워서 뒹군다고 해도, 별반 다르지 않아. 그럴 바엔 차라리 움직이는 게 낫지 않을까? 움직이고. 움직여.

움직이는 편이?

뭘 위해서?

모르겠다. 하루히로가 아는 건 적다. 아주 적다.

아무튼, 하루히로는 앉아 있는 모양이다. 분명 누가 앉혔다. 유메가 부축해서 앉혀준 것이겠지.

이렇게 움직이고 있지 않으면, 땅속으로 쑥쑥 가라앉는 것 같은 느낌이 든다. 피곤한 건지도 모르겠다. 분명 그렇다. 피로. 중요한 개념. 하루히로는 피곤했던 것이겠지. 피곤하지 않을 리가 없다. 꽤 지쳤고, 통증도 있다. 통증. 중대한 감각. 아프다. 오로지 아프다.

'…손은? 있는 건가? 내, 손….'

오른손도 왼손도, 과연 제자리에 있는지 어떤지. 하루히로는 도저히 느낄 수가 없었다. 아직 붙어 있는 걸까? 떨어져 나간 것은 아닐까?

'아파….'

그렇다면, 없을 리는 없다. 있는 거겠지. 아직 손은 붙어 있다. 만약 두 손이 없어졌다면, 아플 리가 없다.

아프다.

아픔.

명확한 자극과 반응.

거기에 있는 손이, 아프다.

"하루 군. 붕대 갈자, 응?"

'응.'

"아프지? 아프겠다."

'…응.'

"쬐끔만 참아."

'알았어.'

참을게.

'괜찮아….'

"이상하지 않아?"

'…뭐가 이상한데?'

"그러네."

누구 목소리지? 누군가와 누군가가 말하고 있는 건가?

"보드 벌판이라는 건 그거지? 요컨대 옛 전장 같은 거잖아?"

'보드 벌판….'

"그래. 그렇다고 한다."

"그러니까 옛날 옛적에 드워프 무리가 제왕 연합의 군대와 싸워서 이 땅에서 엄청 많이 뒈졌다는 이야기잖아."

보드 벌판.

쿠로가네 산맥과 디오즈 산계 사이에 펼쳐진 평원을, 옛사람들은 그렇게 불렀다.

'분명히…—'

평원이라고 해도, 마신이 새겨놓은 손톱자국 같은 가느다란 골짜기가 여기저기에 수백, 수천 개나 있다. 그러나 관목이나 풀들이 무성해서 눈에는 잘 띄지 않기 때문에 자칫하다가는 떨어져 버릴 수도 있다.

낮 동안의 보드 벌판은 얼핏 보기에는 아무런 특이점도 없는 평평한 초원일 뿐이지만, 실은 꽤 위험지대다.

그리고 밤의 보드 벌판은, 희미한 달빛이나 아련한 별빛 아래에서조차 분명히 알 수 있을 정도로, 한층 더 위험하다.

"—벌레보다 움직이는 시체들이 더 많을 정도라거나, 다 주워들은 거지만. 과장이 섞였을 수도 있지만."

"그야 뭐."

"아무튼, 예의 그거 말이야. '노 라이프 킹의 저주'—"

"응."

"그거 때문에 해가 지면 시체들이 우글거리는 토지라고 하지 않았나? 전혀 보이지 않는데, 어떻게 된 영문이지…?"

'보드 벌판—'

그런가, 라고 하루히로는 생각한다.

여기는 수해는 아니다. 보드 벌판인 것이다.

"별명 '데드 맨스 필드(죽은 자의 영역)'—"

란타가 코를 훌쩍이며 말한다.

"그럭저럭 위험한 장소라고 생각했고, 나름 각오는 했었지만 말이야."

"밝은 동안에는…."

이츠쿠시마는 보아하니 불을 지피려는 모양이다.

"죽은 자들은 무수히 많은 골짜기 밑바닥에 몸을 숨기고 있다가 어두워지면 기어 나온다."

"골짜기라. 이 근처에도 있지."

"그래. 보고 오는 게 어때?"

"…나를 묻으려는 거 아니야?"

"겁을 먹는 것은 나쁜 일이 아니야."

"누가 겁먹었다는 거야? 이 나 님에게 무서운 것 따위 한 개도 없다니까?"

"그런가."

"무서울 리가 없고. 아— 그러네. 응. 그 뭐시기, 그거다. 오줌도 눌 겸 보고 올까? 잠깐 말이야….

"조심해."

"흥. 조심할 것까지도 없어. 왜냐하면, 나 님은 무적이니까."

"죽은 자들은 둘째치고, 골짜기에 떨어지면 올라오는 것도 한 일이다."

"내가 아니라면 그렇다는 거지? 모르나? 나는 날개가 달린 것처럼 날 수 있는 사나이라고."

"그건 편리하겠군."

"대충 받아넘기지 마. 아저씨가….

란타가 "야." 하고 유메를 부른다.

"나 말이야, 잽싸게 오줌 누러 다녀올 테니까."

"오줌 누러 가는 걸 일일이 유메한테 말하지 않아도 되는데."

"뭐 어때서? 얼간이 파루피로를 보고 있어."

"말하지 않아도 유메 자알 보고 있걸랑. 그리고 하루 군은 얼간이가 아니고."

"화내지 마."

"화 안 냈는데."

"화냈잖아. 마음을 넓게 가져. 넓은 하늘을 누비라고."

"란타는 쫑알쫑알 시끄럽네."

"이 나 님이 조용해지면 어떻게 해? 그건 본격적으로 세상의 종말인데?"

란타는 어딘가로 걸어간다. 어디에 가는 거지? 화장실이라도 가는 걸까? 그런 비슷한 말을 했던 것 같은 느낌도 든다.

"―하루 군?"

유메가 하루히로 등에 손을 댔다.

"울어?"

하루히로는 고개를 흔들었다. 위아래로 움직여 끄덕이는 건지, 아니면 옆으로 저어 부정하는 건지, 스스로도 잘 모르겠다. 하루히로는 숨을 제대로 쉴 수가 없어 헐떡이는 것처럼 호흡했다. 마치 물에 빠진 것 같다. 빠지고 있어. 여기는 보드 벌판이고, 말할 필요도 없이 육지인데도. 폐가 경련을 일으킨다. 눈 주위가 뜨겁다. 콧속도.

'…미안.'

지금 입을 열면 상황이 묘해질 것 같다. 하루히로는 아무 말도 하지 않았다. 말을 하지는 않았을 터였다.

"사과하지 마."

그런데, 유메는 몇 번이나 그렇게 되풀이 말하면서 하루히로의 등을 쓰다듬었다.

"있잖아, 하루 군. 사과하지 않아도 되거든. 하루 군이 사과할 일은 아무것도 없걸랑. 그러니까, 응? 사과하지 마. 울어도 되니까. 많이 마아아않이 울면 좋을 것 같은데, 사과하지는 마."

눈물을 흘리고 있다는 자각은 없었다. 흐느끼고 있는 것은 누구인가? 아마도 하루히로겠지. 그러면서도, 자기가 울고 있다고는 생각할 수 없었다. 울 이유가 도대체 어디에 있다는 건가? 슬프지는 않았다. 분노 같은 것도 일지 않는다. 절망하고 있는 건가? 아니라고는 말할 수 없다. 그렇다고 해서, 희망이 없는 것도 아니다. 유메가 있고, 란타가 있다. 두 사람만은 제발 멀어지지 않길 바란다. 나는 방해만 된다고 하루히로는 느끼고 있었다. 하루히로는 쓸모가 없다. 란타가 있고, 유메가 있고, 이츠쿠시마와 포치가 있으면, 그걸로 충분하다. 하루히로는 없어도 된다. 여기에 하루히로 자리는 없다.

언제부터인지 하루히로는 누워 있었다. 뭔가가 단단히 하루히로의 머리를 받쳐주고 있다. 그것은 따뜻했다. 온기가 있다. 유메였다. 하루히로는 유메의 무릎을 베고 누워 있었다.

'…괜찮은 건가?'

멍하니 생각한다. 미안하게, 라고. 왠지 란타에게 미안하다. 어디론가 가서 아직 돌아오지 않은 모양인데, 돌아오면 격노할 것 같다.

'이거 하지 않는 편이 좋은 게….'

하지만, 하루히로는 그렇게 생각만 할 뿐, 말을 꺼낼 수는 없었다. 도저히 말을 할 수가 없다.

솔직히, 하루히로는 위로받고 있었다. 엄청나게 유메에게 위로받고 있다.

하루히로의 뺨은 유메의 허벅지에 접촉하고 있었다. 라기보다는, 하루히로는 유메의 허벅지에 얼굴을 누르고 있었다. 좀 더 정확하게 말하자면, 파묻고 있었다. 유메를 직접적으로 느낌으로써, 나는 뭔가 확실한 것에 연결되어 있다는 감각이 명확하게 있었다. 지금의 하루히로에게는 그 감각이 꼭 필요했다.

별로, 꼭 유메여야만 하는 것은 아닌지도 모른다. 그러나, 하루히로 옆에 있는 것은 유메였다. 유메뿐이었다.

유메라서 다행이다.

하루히로는 유메라는 존재를 적절하게 표현할 수 있을 자신이 없다. 유메는 하루히로의 동료이며, 친구다. 하지만 단순한 동료는 절대로 아니다. 그냥 친구도 아니다. 동료, 친구. 그것으로는 아무래도 부족하다.

"아무것도 안 보이잖아! 어두워서 말이야…!"

란타가 어딘가에서 외치고 있다.

"당연하잖아. 완전 밤이니까."

유메가 어린아이를 어르는 것처럼 하루히로를 쓰다듬으면서 약간 웃는다. 웃고는 있지만, 유메는 울먹이는 목소리가 되었다.

하루히로 일행이 잃어버린 것은 너무나 컸다.

너무나도 많은 것을 잃었다.

모든 것을 잃었다고도 생각할 만큼 많이 잃어서, 하루히로 일행은 망가져 가고 있는데도, 이 밤은 고요했다.

너무 지나칠 정도로, 조용했다.

자기도 모르는 사이에 하루히로는 눈동자를 덮고 있던 모양이다. 분명 눈을 꼭 감고 있는 것이겠지. 이츠쿠시마가 불을 지피고 있을 것이다. 그런데도, 불 같은 빛이 보이지 않는다.

유메의 숨소리가 들렸다. 어쩌면, 하루히로 본인이 호흡하는 소리인지도 모른다.

마치 이 밤에 녹아드는 것 같다. 그런 생각을 한 기억이 희미하게 있다. 보드 벌판을 꼭꼭 감싼 밤이 하루히로를 흐물흐물 녹여버린다.

눈을 떠보니 아직 어두웠다. 캄캄하지는 않다. 하늘은 어둠 이외의 색채를 다소 띠고 있었다. 동이 틀 시간이 다가오는 것이겠지.

하루히로는 아직 유메의 허벅지를 베개 삼아 드러누워 있었다. 유메는 다리를 쭉 뻗고 누워 있다. 명치 부근에서 두 손을 깍지끼고 있는 모양이다.

손의 감각이 있는지 어떤지, 확인해봤다. 뭐, 없지는 않다. 두 팔을 들어보니 아픔을 느꼈다. 손목에도 힘이 들어간다. 손가락을 움직일 수도 있었다.

적어도, 잠들기 전보다는 나은 상태겠지. 어느 정도인지는 몰라도 수면을 취할 수가 있었다. 어쩌면 그 덕분인지도 모른다.

큰맘 먹고 일어나봤더니 머리가 휘청거려 불안정했다. 기분은 좋지 않다. 상당히 나쁘지만, 최악이라고까지는 말할 수 없겠지.

장작불은 다 타버렸다. 그 옆에 늑대개 포치가 누워 있다. 이츠쿠시마는 땅바닥에 주저앉아 포치에게 기대 있었다. 깨어 있는 걸까? 아무래도 자는 모양이다.

포치가 고개를 쳐들고 하루히로 쪽으로 얼굴을 향했다. 눈이 마주쳤다. 포치는 금방 고개를 숙였다.

"란타…?"

하루히로는 작은 목소리로 불러봤다. 란타의 모습은 보이지 않는다.

약간 망설였지만, 하루히로는 다시금 유메의 허벅지 위에 머리를

올렸다. 변명은 제대로 준비했다. 최악은 아니라고 해도, 어쨌든 몸이 힘들다. 아직 움직일 수 있는 상태는 아니고, 쉬어야 한다. 아무것도 하고 싶지 않고, 아무것도 할 수 없다. 아무것도 하지 않아도 된다고 누가 말해줬으면 좋겠다. 하루히로는 유메에게 응석을 부리는 것이리라. 유메라면 무조건 받아준다.

하루히로는 그대로 다시 잠들었다. 다음에 눈을 뜨니 아까보다도 많이 밝아져 있었다. 해가 뜨기 직전쯤일까?

유메는 숨소리를 내고 있다. 이츠쿠시마와 포치는 사라졌다. 정찰이라도 하러 간 걸까?

"깼냐?"

란타가 쪼그리고 앉아 하루히로를 내려다보고 있었다.

"어…."

목구멍이 굉장히 조여져서 발성하기 힘들다. 하루히로는 일단 숨을 쉬었다. 열이 있는 건지도 모른다. 상처가 곪은 것이겠지.

란타가 혀를 찼다. 본인은 꽤나 마음에 든 모양인, 그 악취미스러운 가면은 쓰지 않았다. 대신에, 라는 건 아니겠지. 머리 부분 오른쪽 위에서부터 왼쪽 귀밑에 걸치게 천을 감고 있다. 저 천은 그냥 겉멋이 아니다. 장식이 아니라, 안면에 입은 칼자국을 보호하는 것이다.

란타도 타카사기에게 베였다. 이마 오른쪽 위부터 미간을 통해 왼쪽 귀밑까지 달하는 상처는, 어쩌면 평생 지워지지 않을지도 모른다.

"멋있네, 그거."

하루히로가 잠긴 목소리로 말하자, 란타는 흥, 하고 콧방귀를 뀌면서 어깻짓을 했다.

"나 님이 멋있는 건 원래부터지."

"그런가."

"잘 잤지? 베개가 최고니까."

"뭐…. 그렇시."

"감사해라, 망할 녀석."

하고 있어.

하루히로가 그렇게 대답하려고 했더니, 갑자기 유메가 "흥냐." 하고 이상한 목소리를 냈다.

"후아암. 아침이네."

그렇게 말하고 나서 복근만 사용해서 상체를 벌떡 일으켰다.

"웅냐, 하루 군. 좋은 아침이여."

만면에 웃음을 띠고 그렇게 인사하는 걸 보니 하루히로도 덩달아 간신히 웃는 얼굴을 만들고 "좋은 아침" 이라고 대답할 수밖에 없었다.

"…참 내. 황당한 여신이네, 너는….."

란타가 뭔가 구시렁구시렁 중얼거리고 있다.

"우왕?!"

유메는 두 눈을 크고 동그랗게 뜨고 있었다.

"란타도 있었네. 웅?"

"도라고 말하지 마! 나는 덤이 아니야. 주인공님이다."

"웅? 란타는 죽인공이야?"

"그렇게 말 안 했고, 죽인공이 뭐냐고?"

"유메는 모르지. 죽인공은 란타가 꺼낸 말이니까."

"안 꺼냈다고. 나를 모함에 빠뜨리지 마."

"유메는 란타를 물에 빠뜨리지 않았걸랑?"

"당연히 안 빠뜨렸겠지. 여기는 물가도 아니고?"

"예전부터 생각했는데, 란타는 말이 왕청 통하지 않을 때가 있어."

"말이 왕청 통하지 않는 건 어느 쪽이냐? 그보다, 왕청이 대체 뭐야?"

"왕청은 있지, 왕창이나 완전의 친척인데, 엄청이나 천천히랑은 먼 친척일걸?"

"…머릿속이 엉망진창이 되잖앗!"

"란타도 참. 머리가 올망올망해지면 머리카락이 꼬슐꼬슐해지는 겨?"

"이건 타고난 거다. …꼬슐꼬슐하다는 건 처음 들어보지만?!"

"떠들썩하네."

이츠쿠시마가 포치를 데리고 돌아왔다. 그쪽을 보니 이츠쿠시마 허리에 커다란 들쥐 같은 짐승 몇 마리가 매달려 있었다. 덫이라도 놓아서 잡아 온 모양이다.

하루히로가 몸을 일으키려 하자, 유메가 손을 내밀어줬다.

"무리하면 안 돼."

"일어설 수 있겠냐?"

란타는 히죽히죽 옅은 웃음을 띠고 있다.

하루히로는 간신히 일어섰다. 두 발로 바닥을 꽉 밟고, 심호흡한다. 허리를 굽혔다가 펴고, 어깨를 돌려보니 상처가 쑤셨다. 자기도 모르게 신음했다.

이츠쿠시마가 살짝 웃었다.

"젊네."

말투로 보아하니 비웃은 건 아닌 모양이다.

"글쎄요."

"별 볼일 없는 거 구경해볼 여유는 있나?"

"여유… 는, 뭐, 그렇게 없는지도 모르지만. 어쨌든 봐두는 편이 좋을 것 같은 느낌이네요."

"그럴지도."

이츠쿠시마는 걸음을 옮겼다.

"다들 따라와 줘."

포치가 이츠쿠시마를 따라 걷는다.

하루히로는 란타, 유메와 한순간 눈빛을 교환했다. 그리고 이츠쿠시마와 포치의 뒤를 따랐다.

이츠쿠시마는 그리 멀리까지는 가지 않았다. 야영하던 장소에서부터 백 미터 정도밖에 떨어지지 않았다.

가슴 정도까지 오는 높이의 풀숲을 헤치며 10미터 정도 걸어가니, 먼저 포치가 발을 멈췄다. 보아하니 포치는 거기서부터 더 가고 싶지 않은 모양이다. 콧잔등에 살짝 주름을 잡으며 어째서인지 불쾌한 듯이 얼굴을 찡그리고 있다. 어쩌면 불안한 건지도 모른다. 이츠쿠시마는, 그리고 하루히로 일행도, 몇 미터 더 전진했다.

수풀 너머에는 골짜기가 있었다. 폭 4미터가 채 안 되어 보이고, 길이는 수십 미터, 어림잡아 50미터에서 60미터 사이겠지. 깊이는 5미터 이상 되는 것 같다.

란타가 골짜기 가장자리에서 몸을 내밀어 바닥을 들여다본다.

"…우글우글하네."

하루히로는 한쪽 무릎을 꿇고 자세를 낮췄다. 벌써 해가 뜨기 시작한 것인지 빤히 응시하지 않으면 골짜기 밑바닥의 상태는 잘 보이지 않는다.

유메가 하루히로 옆에 쪼그리고 앉아 자기 무릎을 끌어안았다.

"우와앙…."

골짜기 바닥에는 백골이나 말라비틀어진 사체, 그 중간인 시체가 겹쳐져 있었다. 엄청난 숫자다. 알몸인 자도 있고 투구를 쓴 자나 미늘 갑옷을 입은 자도 있다. 어떤 시체는 다 헐어버린 의류가 몸에 달라붙어 있다. 옷 운운하기 이전에, 육체 대부분이 결손된 시체도 적지 않다. 전투용 도끼, 창, 검, 방패, 그런 것들의 잔해로 보이는 것들도 눈에 들어온다. 뚱뚱한 체격이나 두개골에 붙어 있는 수염으로 보건대, 시체의 반 이상은 드워프 같다.

"우글우글이란 표현은 맞지 않아."

이츠쿠시마는 건조한 음성으로 정정해준다.

"저 시체들은 미동도 하지 않아. 내가 전에 보드 벌판을 지나갔을 때는, 한낮에도 말 그대로 우글우글했었다."

움직였다는 뜻이겠지. 밤이 아니어도 햇빛이 닿지 않는 골짜기 밑에서는 시체들이 꿈틀댄다.

전에는 그랬다.

유메가 짝 소리 나게 합장했다. 눈을 감고 있다. 죽은 자들을 애도하는 것이리라.

"저주가—"

란타가 중얼거렸다.

"사라져버린 거야. '노 라이프 킹'이…."

"봐라."

이츠쿠시마가 어딘가를 가리켰다.

"저기다."

골짜기 밑이 아니다. 골짜기를 넘어 맞은편의 깎아지른 경사면이다. 풀이나 이끼는 그리 많이 나지 않았다. 대부분 잿빛이나 다갈색 흙이나 바위가 튀어나와 있다.

뱀일까?

하루히로는 우선 그렇게 생각했다. 뱀 같은 가늘고 긴 생물이 경사면을 기어 올라간다.

새카맣고, 가늘고 긴 생물이,

"웅냐…?"

유메가 반짝 눈을 뜨고 경사면을 응시했다. 란타도 고개를 갸웃거리며 빤히 그 주변을 관찰하고 있다.

뱀치고는 길다. 지나치게 긴 것 아닌가? 눈으로 좇아보니, 그것은 시체들로 거의 메워진 골짜기 밑바닥부터, 경사면의 바위나 굳어버린 흙 사이를 잇는 것처럼, 맞은편 기슭이랄까, 이 계곡을 넘어 그 앞의 식물 위까지 달했다.

게다가, 한 마리가 아니다.

그 뱀 같은 생물은 몇 마리나 있다.

"어—…."

하루히로는 소름이 끼쳐 발밑으로 시선을 떨구었다. 저쪽에만 있는 걸까? 순간적으로 그런 의심이 든 것이다.

다행인지 불행인지, 하루히로 일행이 있는 일대에 그것으로 보이는 것은 눈에 띄지 않는다. 그러나, 오른쪽 방향, 바로 10미터 정도 앞에 검은 뱀이 있었다.

"낏…."

"우옷?!"

란타도 그걸 알아차린 모양이다. 이츠쿠시마는 미리 알고 있던 것처럼 태연했지만, 유메는 "끼요에엑?!" 하고 놀라 펄쩍 뛰었다.

"뭐— 뭐뭐뭐뭣…?!"

란타는 명백하게 당황했지만, 그래도 칼자루에 손을 대고 태세를 갖추고 있다.

저 생물은 그게 아니야. 뱀 같은 것이 아니야. 생물조차 아닌지도 모른다.

하루히로는 일어섰다. 골짜기 가장자리를 따라 오른쪽으로 걸어 간다.

"하루 군?!"

유메가 황급히 쫓아왔다. 란타도 "야, 너, 이 바보, 얀마" 인지 뭔지 구시렁거리면서 화들짝 놀란다.

하루히로는 그 검고 가늘고 긴 것의 6, 70센티미터 앞에서 멈춰 섰다. 그것은 골짜기 밑바닥에서부터 경사면을 기어 올라가, 더욱 어딘가를 향하여 뻗어 있다.

하루히로는 하늘을 보고 태양의 위치로 방향을 대충 짐작했다.

"동— 약간 북쪽으로 기울어진…."

검고 가늘고 긴 것은, 아무래도 골짜기 밑에서 나와서 동북동이 나 약간 동쪽 방향으로 이동하고 있는 건가? 움직이고 있는 건지 아닌지.

하루히로는 몸을 굽혔다. 그것은, 완전히 정지한 것 같기도, 아주 약간이지만 꿈틀대는 것 같기도 하다. 어느 쪽이라고도 단언은 할 수 없다.

"…어떤 거야?"

란타가 하루히로의 오른쪽 어깨 뒤에서 얼굴을 빼꼼 내밀었다. 이 남자를 앞으로 밀어버려 저 검고 가늘고 긴 것을 밟아버리게 만드는 것은 어떨까? 하루히로는 한순간 그런 생각도 했지만, 공교롭게도 두 손을 쓸 수가 없다. 게다가, 유메가 쪼르르 검고 가늘고 긴 것 쪽으로 다가가더니, "—잉차!" 발로 차서 날려버렸다.

"으이이잉?!"

란타가 안색이 확 바뀌어 유메에게 달려들었다. 유메를 뒤에서 잡아 결박하여 후퇴하게 한다.

"무무무무무무무슨 짓을 한 거야? 너! 위험하잖아. 너너너너너한테 무슨 일이라도 생기면 나는…!"

하루히로도 간담이 서늘했다. 원래 유메는 때때로 지나치다고 할 정도로 대담하지만, 무턱대고 위험을 무릅쓰는 짓을 하지는 않는다. 유메 나름대로 어떤 기준이 있다. 그것에 기반하여, 이 정도 일은 해도 괜찮다는 판단을 내린 것이겠지.

하루히로는 더욱 다가가, 신발 끝으로 검고 가늘고 긴 것을 찔러봤다. 이렇게 자극을 줘도 그것은 꿈쩍도 하지 않았다. 가볍게 밟아보니 뭔가 미세한 진동 같은 것이 느껴진다. 기분 탓은 아니라고 생각한다. 그것은 역시 움직이고 있다.

골짜기 밑바닥에서 기어 올라와, 어디까지 이어지는 걸까? 정확하진 않지만, 보이는 범위 안에서 끊기지 않은 것은 분명했다.

하루히로는 발을 치웠다. 그 지름은 5센티도 안 된다. 3센티쯤으로 보아야 하겠지. 단면은 둥근 건가? 납작하지는 않은 것 같다.

똑같은, 똑같다고나 할까, 같은 것이라고밖에는 생각할 수 없는, 검고 가늘고 긴 것이, 골짜기 바닥에서부터 몇 개나, 어쩌면 몇십 개나, 나 있다. 이 표현이 맞는 것일까? 아무래도 납득은 안 되지만, 하루히로는 다른 표현이 떠오르지 않았다. 단, 이것이 무엇인지는 안다. 하루히로는 확신을 하고 있었다.

"세카이슈…—"

"시노하라 씨."

하야시가 부르기 전에 깨어 있었다. 무슨 일인지는 묻지 않았다. 시노하라는 몸을 일으키자마자 각등을 들고 침대 옆에 서 있는 하야시에게 지금 당장 모두 깨우도록 명령했다.

잽싸게 단장을 하고 방을 나서자, 천망루 안은 소란스러웠다. 시노하라는 하야시를 거느리고 계단을 올라갔다. 진 모기스 총사는 3층 메인 침실이 아닌 2층 난로방에 있다고 한다. 난로방 앞에는 검은 외투가 있었다.

"시노하라 님입니다!"

검은 외투는 실내를 향해 그렇게 전하고 나서 문을 열었다. 시노하라와 하야시는 난로 방에 들어가 고개를 숙였다. 모기스는 모피 가운을 걸치고 난로 앞에서 팔짱을 끼고 있었다.

"각하."

시노하라가 부르자 모기스는 "음." 대답하며 고개를 끄덕였다.

"남문과 동쪽 방벽에서 보고가 있었다. 적인지 아닌지는 모른다. 귀신이라고 한다."

"귀신, 이라고요?"

"그것을 목격한 병사로부터 직접 말을 들었는데, 도무지 영문을 모르겠다."

모기스는 적갈색 눈동자로 시노하라를 응시했다.

"자네는 변경을 숙지하고 있다. 귀신인지 뭔지를 확인하고, 가능하다면 정체를 파악하길 바란다. 미안하네만, 해주겠나?"

조금도 미안하다고 생각하지 않겠지만, 모기스는 표면상으로는 시노하라를 정중하게 대하고 있다. 쓸 수 있는 장기말이 적다는 것이 이 남자의 약점이다. 시노하라 입장에서는 적당히 은혜를 입혀 양호한 관계를 유지해두고 싶다. 언젠가는 발판으로 쓰거나 꼬리 자르기용으로 쓰겠지만. 물론, 모기스의 속내를 파헤쳐보면 시노하라의 속셈과 비슷한 흉계가 모습을 드러내겠지.

"알겠습니다."

시노하라는 임무를 맡아 하야시와 함께 난로 방을 나왔다.

"…뭘까요? 귀신이라는 건."

하야시는 불안한 것 같았다. 그것을 지금부터 확인하러 가는 것이다. 시노하라는 말없이 계단을 내려갔다. 오리온의 멤버들이 계단 밑에 집합해 있었다.

"일단은 남문으로 갑니다."

시노하라는 일동에게 그렇게 고하고 걸어가려고 했다.

"저, 시노하라 씨."

마법사인 호리유이가 불러세웠다. 시노하라는 한숨을 쉴 뻔하다가, 내가 기분이 나쁜 건가? 하고 의아해졌다. 그렇지는 않다. 평소와 다름없다.

"네. 무슨 일이죠? 호리유이?"

"방패는 가져가지 않아도 되나요?"

"…방패?"

그러고 보니 시노하라는 가디언(수호의 방패)을 들고 있지 않았다. 단두검은 허리에 차고 있다. 그리고, 탄식의 산의 리치 킹에게서 탈취한 반지도. 시노하라는 그 렐릭(유물)을 '먼지의 반지'라고 이름붙였다. 물론 당당히 손가락에 낄 수는 없다. 먼지의 반지는 튼튼한 끈에 달아 목에 걸었다.

"아아—"

왜 방패를 들고 오지 않았을까?

모르겠다. 시노하라는 설명할 수 없있다.

"깜빡했습니다."

미소지어 보인 이유는, 근엄하고 존경받기만 하는 것이 아니라, 때로는 친근감을 줄 수 있어야 한다는, 시노하라가 연기하는 리더상에 합치하도록 한 것이었다.

호리유이는 그런대로 우수한 마법사지만, 특출한 점은 하나도 없다. 평범한데, 어쩌면 평범하기 때문이라고 해야 할까? 시노하라에게 경애 이상의 흔한 연애감정을 품고 있다. 그래서 냉담하게 대하면 금방 토라지고, 지나치게 친절하게 올려치는 것도 좋지 않다. 조절을 잘못했다가는 순식간에 쓸모없는 물건이 되어버린다. 평범한 주제에 골치 아픈 여자다.

익숙하긴 했다. 시노하라에게 있어서 타인이란 의지를 지닌 장기 말이다. 의지 같은 건 없는 편이 덜 귀찮아서 좋다. 그러나, 사람은 자유의지가 있으므로 스스로 움직인다. 움직이지 않는 장기 말은 쓰임새가 적다.

시노하라는 약간 망설였지만, 일단 방에 들러서 가디언을 갖고 왔다. 자기가 망설였다는 사실에 위화감을 품었다. 귀신인지 뭔지의 정체는 지금으로서는 전혀 알 수 없는 것이다. 어떤 위험이 있을지 모르는 것이니 렐릭 방패는 없는 것보다는 있는 것이 좋은게 당연하다.

천망루를 나가 남문으로 향하는 도중에 하야시가 귓속말을 했다.

"왠지 불안한 예감이 듭니다. 주제넘은 말인지도 모릅니다만, 조심하는 게 좋을 듯합니다."

"네. 알고 있습니다."

시노하라는 그렇게 대답하면서, 예감이라고? 라며 내심 하야시를 비웃고 있었다. 불안한 예감이라는 것은 그야말로 막연하다.

하야시라는 남자는 고지식하고 책임감이 강하다. 건실하고, 시노하라의 예상에서 벗어나는 짓은 절대 하지 않기 때문에, 그런 의미로는 신용할 수 있다.

단, 애석하게도 머리가 나쁘다. 멍청하다고 할 정도는 아니지만, 사물을 논리적으로 생각하는 사고력이 약한 것이다. 이런 류의 인간은 종종 예감이니 촉이니 하는 것에 기대기 쉽고, 마지막에는 대개 정신론으로 정착한다.

시노하라는 문득 의외의 사실을 깨달았다. 머리 나쁜 인간은 전부 다루기 쉽다. 그런데도, 아무래도 나는 머리 나쁜 인간이 상당히 싫은 모양이다.

인간들을 머리가 나쁜 순으로 줄 세워서 한 명씩 처분하면 아마도 기분이 좋겠지. 실현 가능하다면 특등석에서 보고 싶다. 최상급의 희극이다. 진심으로 웃을 수 있을지도 모른다.

원래부터 시노하라는 머리 나쁜 인간을 무시했다. 어리석은 자를 경멸하지 않을 이유는 없다. 당연하게 내려다보는 것뿐이라고 생각했다. 스스로도 이 정도까지 싫어한다고는 깨닫지 못했던 것이다. 그러면서도 오리온에는 신기할 정도로 바보들만 있다. 시노하라가 인정할 정도로 머리가 좋은 자는 죽은 키무라 정도였다.

키무라는 괴짜였지만, 사물을 잘 보고 있었다. 시노하라에게 속고 있다는 것도 어느 정도는 간파하고 있었을 것이다. 키무라와의 관계는 서로 합의하에 속이는 것 같은 면이 있었다. 다른 자들은 시노하라가 오른쪽으로 가라고 하면 오른쪽으로 간다. 이 자리에서 죽으라고 명령하면, 두려움과 주저는 있어도 결국은 죽겠지. 그들, 그녀들에게는 시노하라를 의심할 만한 지성은 없다.

물론, 그런 인간들만 있는 것은 아닌데도, 어째서 오리온은 수준 낮은 아둔한 자들만 모인 것일까?

무능하지는 않은 바보들이 시노하라 앞에서 얼빠진 얼굴로 줄을 서 있다.

다른 누구도 아니다.

시노하라가 모았다.

사전에 의도했던 것은 아니다. 의식하지 않았다. 자기도 모르는 사이에 다루기 쉬운 바보들을 끌어모아 똑같은 하얀 외투를 입혔다.

그래서, 신물이 난다.

시노하라는 오리온이 싫은 것이다.

남문은 닫혀 있었다. 병사가 문을 열었다.

"조심하십시오!"

병사가 말했다. 다듬지 않아 마구 자란 수염에 지저분한 빨간 얼굴이 불쾌했다.

사람이 두 명 정도 나란히 지나갈 수 있을 정도까지 남문이 열렸다. 오리온은 그곳을 통해 밖으로 나갔다. 하야시가 선두였고 시노하라는 네 번째였다. 하야시를 포함한 5, 6명이 각등을 들고 있다.

"뭔가가 있습니다…!"

하야시가 각등을 올리며 외쳤다.

시노하라는 어둠 저편을 응시했다. 남문 앞에는 자연적으로 생겨난 길이 이어져 있다.

분명히 뭔가가 있는 것 같다. 어둠 자체가 움직이는 것 같은 기척이 느껴진다. 새벽의 어둠이 움직일 리가 없다. 어둠 속에 뭔가가 있는 것이겠지. 움직이고 있다, 는 건 생물이 틀림없다는 말이겠지만, 발소리 같은 소리는 들리지 않는다. 좀 더 무거운 소리다.

시노하라는 몸을 웅크리고 땅바닥에 손을 짚었다. 떨린다.

탄식의 산 공략전에서 도적인 츠구타와 사냥꾼 우라가와가 죽었다. 그 두 사람은 수색과 탐사의 핵심이었다. 머리는 좋지 않지만, 능력은 있었다. 시노하라는 짜증이 났다. 정작 중요한 순간에 없다. 죽어버렸다. 끝까지 도움이 안 되는 놈들이다.

"동쪽 방벽에서도 이변을 알아차렸다고 말했지."

시노하라가 중얼거리자, 하야시가 돌아본다.

"어떻게 할까요? 동쪽으로…?"

"이 길은—"

시노하라는 남쪽 하늘을 바라보았다. 오르타나 남쪽에는 천룡 산맥이 솟아 있다. 사실 남문에서부터 이어지는 길은 똑바로 남쪽을 향하는 것이 아니다.

"열리지 않는 탑인가?"

오르타나 동남쪽에 작은 언덕이 있다. 방벽으로 둘러싸인 시가지와는 거의 인접했다고 해도 된다. 오르타나 시민이나 의용병들은 그 언덕의 비탈길을 오랫동안 묘지로 이용해왔다.

"가자."

시노하라는 걸음을 옮겼다.

"엇— 네!"

하야시와 무리는 서둘러 쫓아갔다.

서(Sir) 언체인.

그 남자가 움직인 건가? 그렇다면 무슨 도발을 해올지 모른다. 열리지 않는 탑 안은 그 남자가 수집한 렐릭으로 가득 차 있다. 어느 것이 렐릭이고 어느 것이 렐릭이 아닌지 구분이 안 될 정도다. 그 남자가 뭘 할 수 있을지조차 불확실하다.

시노하라는 자칭 히요무라는 여자의 안내로 처음 그 남자를 만난 이후로 적극적으로 가까워지려고 했다. 그에 속한 사람이 되었다고까지는 말할 수 없다. 접근하려고 노력했다고 생각하지만, 시노하라가 생각하건대, 그것은 타인을 믿고 의지할 만한 생물은 아닐 것이다. 인간의 언어를 알고, 사람이라고 말하지 못할 것도 없는 외형을 가장하고는 있지만, 넓은 의미로서의 인간조차 아니다.

서 언체인은 오르타나를 지배하는 역대 변경백과 은밀히 접촉을 해온 것 같다. 그 남자 쪽에서 천망루로 행차하는 일도 있었던 모양이다. 진귀한 물건을 바치기도 하고, 먼 곳의 정보를 알려주기도 하여 변경백의 환심을 사고, 자신은 열리지 않는 탑에서 산다고 암암리에 내비친 것부터, 그 탑의 자물쇠를 열 수 있는 단 한 사람의 인물, 이라는 의미로 서 언체인이라 불리게 되었다.

히요무는 보이는 외모와는 나이가 일치하지 않는다. 시노하라보다 한참 연상일 것이다. 조사해본 바로는, 20년도 더 전에 히요무로 짐작되는 의용병이 활동했었다. 어쩌면, 살아 있는 전설 취급을 받는 그 아키라보다도 윗세대일 수도 있다.

히요무는 어떤 경위로 열리지 않는 탑과 연결된 것일까? 알 방법은 없지만, 분명 렐릭을 목적으로 일하고 있는 것이겠지. 그 외모도 렐릭에 의해 젊음을 되찾는 처치나 그런 것을 받고 있는 건지도 모른다. 렐릭은 불가능을 가능케 한다. 라기보다는, 이 세계의 섭리 밖에 존재하는 것이 렐릭인 것이리라.

렐릭은 이 세계의 것이 아닌 것이다.

그리고 시노하라 무리도 또한 원래는 이 세계의 주민이 아니다. 어딘가 다른 세계에서부터 그림갈로 온 것이다.

시노하라의 추측으로는, 시노하라 일행 같은 이계의 주민이, 어떤 사정—그것이 사고인지, 이변 속으로 뛰어든 것인지, 휘말린 건지는 모르지만, 아무튼 뭔가가 있어서, 이 그림갈에 나타난다.

이계의 주민이 처음에 열리지 않는 탑 지하에서 눈을 뜨는 것은 알고 있다. 그때는 기억을 상실한 상태이고, 탑에서 쫓겨나 오르타나로 인도받게 된다. 대부분의 사람들은 살기 위해 의용병이 된다.

서 언체인이 렐릭의 힘으로 이계의 주민들을 끌어모으고 있는 것은 아닐까? 시노하라는 그렇게 생각하고 있다. 허무맹랑한 상상은 아니다. 그리고, 이계의 주민들로부터 기억을 빼앗고, 오르타나로 보낸다.

그 기괴한 렐릭 수집가, 인간이 아닌 괴물은, 사실은 무엇을 꾸미고 있는 걸까?

렐릭을 탐낸다. 온갖 종류의 렐릭을. 그것은 틀림없다.

찾아내는 것뿐만이 아니라, 렐릭을 조사하고, 연구하는 것 같다. 렐릭은 특별한 에너지를 내포하는데, 그 괴물은 그것을 엘릭시르라고 부르는 모양이다. 이것은 괴물의 입을 통해 직접 들었다.

하루히로 파티의 동료였던 시호루를 유괴하여 다시금 기억을 빼 앗고 농락했다. 괴물은 그때, 자기를 따른다면 원래 세계로 돌아갈 수 있다는 듯한 달콤한 유혹을 했다. 시노하라도 들었다.

『바라는 것이 이루어지면―』

괴물은 시호루에게 그렇게 말했다.

『너는 원래 세계로 돌아갈 수 있겠지. 네가 있던 세계. 본래 네가 있어야 할 장소로.』

바라는 것이 이루어지면.

누구의 바람인가? 괴물의 바람이다. 그 바람이란 무엇일까? 그 것을 달성하는 것이 바로 괴물의 목적일까?

아니, 그 괴물이 쉽사리 진의를 밝힐 거라고는 생각할 수 없다. 어차피 그야말로 달콤한 말로 꼬드기기 위함일 뿐 아니었을까?

하지만 한편으로 시노하라는 이렇게도 생각한다.

어쩌면, 서 언체인, 즉, 아인랜드 레슬리는, 그림갈에 오는 이계 의 주민들을 모으는 것이 아니라, 이계에서 인간을 불러들이는 것인 지도 모른다.

만약 그렇다면, 그 반대도 가능한 것 아닐까?

괴물이 남몰래 숨겨놓은 렐릭 중 하나를 이용하면 시노하라 일행 은 원래 세계로 돌아갈 수 있을지도 모른다.

시노하라는 언덕을 올라가기 시작했다. 이 언덕 위에 열리지 않 는 탑이 솟아 있다.

열리지 않는 탑의 왕.

서 언체인.

노 라이프 킹이 만들어냈다는, 5공자 중 한 사람.

아인랜드 레슬리.

그 괴물, 그 괴물에게, 시노하라는 더욱 가까이 접근해야만 한다. 그 괴물을 잘 알아둘 필요가 있다. 괴물은 시노하라를 많지 않은 귀중한 동지라고 평했다. 액면 그대로 받아들일 수는 없다고 해도, 괴물 입장에서는 동지라고 부르며 잡아둘 정도의 이용가치를 시노하라에게 인정하고는 있는 것이리라. 가능하다면, 괴물의 친구가 되어줄 수도 있다. 그 소름끼치는 괴물의 절친처럼 행동하는 것도 시노하라는 주저하지 않을 것이다. 그러나, 시노하라 쪽에서 부탁해봤자 의미가 없다. 그 괴물이 스스로 바라지 않는다면, 친구가 될 수는 없는 것이다.

"잠깐만 기다려주세요, 시노하라 씨!"

하야시가 쫓아왔다. 각등의 불빛이 흔들린다. 하야시는 엄청나게 심각한 얼굴이었다. 시노하라는 걸음을 늦췄다. 굳이 뛸 필요는 없다. 아무래도 평정심을 잃어버릴 뻔했던 모양이다.

"…아, 미안하군."

"아뇨, 하지만, 뭔가 이상해요. 이상합니다. 언덕 전체가—"

하야시는 흥분한 것이 아니라 겁을 먹고 있는 모양이다. 시노하라는 멈춰섰다.

"…뭐야?"

"모르겠습니다. 마치 지진 같은… 상황 파악을—"

하야시는 언덕 정상으로 이어지는 길을 벗어나 조심조심 걸음을 옮겼다.

언덕에는 하얀 묘비가 쭉 놓여 있다. 초승달이 뜬 밤이나 날씨가 흐린 날 밤이 아닌 한, 묘비들은 밤눈으로 봐도 떠올라 있는 것처럼 보인다. 흐릿하게 희미하게 빛나는 그것들을 사람들의 영혼에 비유하는 자도 있다. 바보들은 육체에 깃든 정신을 관장하는 영혼 같은 것의 존재를 믿는다. 진심으로 어이가 없다. 사람은 요컨대 물체 아닌가? 생물로서 기능하도록 만들어진 물체일 뿐이다. 망가지면 그 기능을 잃는다. 그것이 죽음인 것이다. 어째서 그것을 모르는 것일까?

오늘 밤의 언덕은 유난히 어둡다.

붉은 달은 떠 있다. 별 무리도 밤하늘에 흩뿌려져 있다.

그런데도, 오늘 밤의 언덕은 한없이 어둡다.

지나치게 어둡다.

묘비 한 개도 보이지 않는다. 마치 밤의 어둠이 덩어리가 되어 하얀 묘비를 덮어 숨겨버린 것 같다.

하야시가 앞쪽을 향해 들고 있는 각등 불빛에 묘한 것이 비쳤다.

"뭐, 뭔가…—"

아니다.

정확하게는, 비쳐야 할 것이 비치지 않는다.

묘비와 열리지 않는 탑이 없다면, 이 언덕은 그냥 불룩 튀어나온 묘지다. 따라서, 각등의 불빛은 우거진 풀들을 비춰야 한다.

하야시의 발밑에는 분명히 풀들이 나 있었다.

그러나, 각등의 빛이 닿았는데도, 어찌 된 영문인지 컴컴한 부분이 있었다.

"탑의, 형태가—"

누군가가 말했다.

시노하라는 언덕 위의 열리지 않는 탑을 보았다. 거기에는 탑이 서 있다. 괴물이 사는, 낯익은 탑이.

저런 형태였던가?

탑이, 다른 때보다 크다.

높이는 변하지 않은 것 같은 느낌이 든다. 단지, 부풀었다. 두꺼워졌다는 뜻도 아니고, 역시 탑의 형태가, 윤곽이, 달라졌다.

탑이라기보다 거대한 손가락 같다.

검은, 새카만 거인의 손가락이, 언덕 위에 우뚝 서 있다.

게다가, 그 손가락 표면이 끊임없이 꿈틀댄다. 왠지 시시각각 성장하고 있는 것처럼도 보인다.

"말도 안 돼—"

시노하라는 숨을 멈췄다.

언덕이, 언덕을 둘러싼 어둠이, 뭔가 검은 것이, 밀어닥친다.

무슨 말도 안 되는, 그렇게 생각했다. 그런 일이 일어날 수 있는 것인가? 있을 수 없다. 착각이다.

"아앗."

하야시가 격렬하게 몸을 뒤틀었다. 다리에 감기는 것을 털어버리려고 했다. 그런 동작이었다. 사실, 하야시는 그러려고 했던 것이겠지. 하야시는 뭔가에 감겨 있었다. 뭔가 검은 것에. 하야시가 돌아본다.

"도망치—"

거기까지 말했을 때 하야시는 검은 것에 끌려가 쓰러졌다. 아니, 그렇다기보다도, 검은 것은 하야시를 타고 넘어 돌진해온다. 시노하라는 딱 한순간 뒤를 봤다. 틀렸다, 고 생각했다. 온다. 뒤에서도.

보인 것은 아니다. 그것은 어둠처럼, 어쩌면 어둠보다도 검다. 그러나, 지금은 분명하게 느껴졌다. 검은 것은 사방팔방에서부터 밀려온다.

"오리온⋯!"

시노하라는 절규하면서 가디언을 앞으로 내밀고 단두검을 뽑았다. 그러자마자 검은 것으로 시야가 뒤덮였지만, "꿍⋯!" 힘주어 가디언으로 쳐내고 단두검을 휘두르자, 반응이 있었다. 타격이라기보다 파열처럼, 절단이라기보다 분열이라고 표현하는 게 분명 맞을 것이다. 이건 저항할 수 있다, 그렇게 시노하라는 느꼈다.

검다. 검고 움직인다. 생물인가? 그건 모르겠지만, 시노하라는 그것을 가디언으로 물리치고, 단두검으로 벨 수가 있다.

그러나, 아무리 가디언과 단두검을 구사해서 격파해봤자, 검은 것은 끊임없이 계속 닥쳐오는 것이다.

오리온 멤버들은 어떻게 하고 있나? 확인할 여유 따위는 없다. 정신을 차리고 보니 검은 것이 시노하라의 오른쪽 다리에 달라붙어 있었다. 뜯어내려 하는 동안에 왼쪽 다리도 감겼다. 검은 것에는 아무래도 의지나 의도, 목적 같은 것이 있는 것 같다. 시노하라는 그렇게 생각할 수밖에 없었다. ―이놈들, 나를 향해 오고 있어.

진 모기스의 인생은 개똥밭이랄까, 똥 그 자체였다.

애초에 모기스 가문부터 똥 덩어리였다. 망할 아라바키아 왕국을 세운 에나드 조지는 똥덩어리 왕초이며, 에나드의 암살을 기획한 측근 이시도어 자에문도 똥덩어리고, 망할 이시도어가 내세운 바보 딸 프리아우도 똥덩어리지만, 그 피를 이은 종가는 똥 혈통이고, 똥 종가와 싸운 북가의 선조, 에나드의 의형제였던 스티치도 거의 똥이었다고 하고, 권문세가 이시도어 가문의 똥덩어리 아들과 태평하게도 사랑에 빠진 모기스가의 멍청한 딸도 상당한 똥이겠지. 덕분에 똥범벅인 모기스 가문은, 비료보다도 더욱 심한, 똥을 푹 우려낸 똥이라고 해야 마땅할 만큼 참담한 처지에 달한 것이다.

그런 똥 같은 이야기를 토할 정도로 들으며 진 모기스는 자랐다.

『우리 모기스가의 인간은 특별하다.』

그것이 진 모기스의 아버지 윌리엄 모기스의, 참을 수 없이 냄새 나는 입으로 걸핏하면 뱉어내던 망할 입버릇이었다.

똥 아들은 똥 아버지의 개기름과 때와 먼지로 찐득찐득한, 이가 들끓는 빨간 머리를 똥보다 싫어했다. 황달 기미가 있는 눈자위 한가운데에서 황황히 빛나는 적갈색 눈동자 중심에 뾰족한 못을 푹 찔러주고 싶다. 몇 번이나 몇 번이나 그렇게 바랐던 것이다.

『우리 모기스가의 인간은 다른 똥 덩어리와는 다르다. 진, 너는 그 사실을 잘 명심해둬라.』

똥 아버지는 여러 곳을 돌며 굽신거려 외아들을 간신히 왕국군의 병사로 만들었다. 부탁하지도 않았는데, 그야말로 똥 민폐였다.

『진, 너에게는 재능이 있다. 나는 알아. 너에게는 살인의 재능이 있는 거다. 알고 있어, 진. 네가 옆집 농원의 개를 잡아 죽인 것은 고작 여덟 살 때 일이었단다? 그때까지는 사냥하러 가서 토끼며 쥐 같은 것밖에는 잡지 못했는데, 너는 개를 죽였다. 알고 있었나? 개를 죽이는 것은 중죄다. 개는 중요한 재산이니까. 알아. 너는 다 알고 한 거다. 아무도 여덟 살짜리 꼬마가 개를 죽일 거라고는 생각하지 않을 테니까. 왜 개를 죽였지? 이건 내 추측인데, 그건 꽤 심하게 짖는 개였다. 시끄러워서 견딜 수가 없었다. 그러니까 죽였다. 그렇지?』

얼룩 모양에 항상 눈에 핏발이 선 개였다. 한번 물린 적이 있었다. 반드시 죽이겠다고 맹세했다. 어떻게 죽일까? 계획을 세워 실행했다. 여덟 살. 그렇다. 그것은 여덟 살 때 일이었다.

『네가 옆 마을 여자애를 강간한 것도 나는 알아. 너는 열한 살이었다. 다른 사람한테 말하면 죽여버리겠다고 협박했지? 너는 그대로 해냈다. 그 이후로 몇 명이나 범했지? 완전히 맛 들인 거지. 그 심정은 알아. 그것은 좋은 것이다.』

똥 아비는 마치 그 눈으로 본 것처럼 입맛을 다시며 말했다. 보고 있던 것일까? 그렇게는 생각할 수 없다. 진실은 모르지만, 어림짐작치고는 정확했다.

『내가 파악하는 한에서는, 너는 협박이 통하지 않았던 여자애를 한 명 죽여서 묻었다. 그 한 명뿐이냐? 아니, 아니겠지. 너는 분명 몇 명인가 더 죽였을 거야. 다 알아, 진. 나는 다 안다. 어떻게 아느냐고?』

똥이니까.

같은 똥이니까.

윌리엄 모기스는 자기 아내를, 즉 진 모기스의 엄마를 때려죽인 후에 묻었다. 묻기 전에, 모처럼이라는 듯이, 아깝다는 듯이 시간한 것도 진 모기스는 알고 있다.

어렸을 때 자기 눈으로 봤기 때문이다.

물론, 당당히 구경한 것은 아니다. 몰래 훔쳐봤다.

『엄마는 어디 간 거야?』

다음 날 아침, 아무것도 모르는 척하며 물었더니, 윌리엄 모기스는 태연히 옅은 웃음을 띠며 대답했다.

『그 망할 년, 집을 나갔어. 뭐, 됐다. 굼벵이 주제에 시끄럽게 굴어서 견딜 수가 없었으니까. 오히려 속이 시원하다. 너도 그렇게 생각하지? 진..』

똥 덩어리. 이 무슨 똥 같은 새끼람.

어린 진 모기스는 윌리엄 모기스를 진심으로 증오했다. 하지만 한편으로는, 오늘부터, 정확히는 어젯밤부터지만, 엄마는 이제 없다, 사라져줬다, 그렇게 생각하니 나쁘지 않은 느낌도 들었다.

진 모기스의 엄마는 윌리엄 모기스 같은 남자에게 어울리는 똥 같은 여자였다. 무엇보다, 오물 덕지덕지인, 더럽기로 정평이 난 똥 모기스가에 시집올 만한 여자니까 정상일 리가 없는 것이다. 그 여자에 관해서 진 모기스가 기억하고 있는 것은, 구역질이 날 정도로 입 냄새가 심했다는 것, 앞니 세 개가 없었다는 것, 다른 이빨도 새카맸다는 것, 겨드랑이부터 등에 걸쳐서 털이 짙게 나 있었다는 것, 마음에 들지 않는 일이 있으면 정수리에 울리는 목소리로 맹렬하게 쏘아붙이고, 마지막에는 손을 올리는 것 정도다.

그 똥 아버지와 똥 어머니가 결합한 결과, 배출된 똥으로서 자기라는 존재는 태어난 것이다.

타고난 배설물, 그야말로 똥 덩어리.

그것이 진 모기스인 것이다.

『너는 군인이 되는 거다, 진.』

윌리엄 모기스라는 똥이 아들의 귀에 흘려 넣은 토사물 같은 말은 전부 저주의 주문이었다.

『진, 너라면 훌륭한 군인은 될 수 없어도, 전장에서 많이 죽일 수 있다. 아군이 아무리 뒈져도 너는 아무렇지 않을 테고, 적이라면 죽이면 죽일수록 공적이 되는 거니까. 얼씨구나지. 이럴 줄 알았으면 나도 군인이 되었으면 좋았을걸. 군에 들어갔으면 지금쯤 한 가닥 하는 인물이 되었을 텐데 말이야. 그렇긴 해도, 우리 모기스가의 인간은 미움받는다. 사실을 말하자면 말이야. 원래부터 모기스가의 인간은 모두가 두려워했지. 우리 선조님, 자브로 모기스는 에나드 조지가 어릴 때부터 키운 킬러였다. 솜씨 좋은 살인자였던 거다. 에나드 눈밖에 난 놈은 자브로가 지워버린다. 저 녀석을 해치우라거나, 그렇게 일일이 지시할 필요도 없이, 어떤 놈을 죽이면 되는지 자브로는 알았다. 아침을 먹기 전에 죽이고, 점심 먹고 죽이고, 저녁 먹기 전에 죽이고, 자기 전에 죽이는 그런 남자였다. 알겠냐? 진. 너는 알지? 아무튼 우리 선조님은 그렇게 에나드를 위해서 일했다. 마구 죽인 거다, 진. 너한테는 가르쳐주지. 자브로 모기스라는 것은 에나드가 지어준 이름이다. 진짜 이름은 말이지. 모기 자브로우라던 모양이다. 모기 자브로우는 특별한 킬러였다. 모기 자브로우가 방해물을 잇달아 죽였으니까, 에나드는 왕좌에까지 오를 수 있었다. 에나드와 우리 선조님은 그런 사이였단 말이다. 그러니까 말이다. 에나드가 이시두아 자에문 놈에게 밀려난 시점에서 모기스가의 운명은 정해진 거였다. 그러나, 높은 자리에 있는 놈들은 아직도 모기스가 사람을 꺼린다. 무슨 짓을 저지를지 모르니까 말이야. 우리 모기스가의 인간은, 특별한 거다―.』

"말을 끌어와라!"

진 모기스는 천망루 정문으로 나가자마자 외쳤다. 내뱉는 숨결이 하얗다. 새벽이 다가오는 하늘은 밝아지기 시작했다.

"각하, 여기에!"

검은 외투를 걸친 측근 중 한 명이 고삐를 끌어 모기스 앞까지 말을 데리고 왔다. 보기에도 현란한 여러 색이 섞인 말이다. 순간적으로 모기스는 파리를 쫓는 것처럼 손을 저었다.

"안 된다! 다른 말을―"

정문 부근에는 몇 마리나 되는 본토산 말이 안장을 올려놓은 채 나란히 있었다. 그중에 몸집이 작은 검은 빛이 도는 적갈색 털의 말이 있었다.

"그 말이 좋겠어."

모기스는 적갈색 털의 말을 가리켰다. 검은 외투가 황급히 그 말을 끌고 온다. 모기스는 적갈색 말에 올라탔다. 한 번도 타본 적이 없는 말이다. 모기스에게는 다소 작지만, 말의 몸체는 다부졌다. 어째서 이 말을 고른 것인가? 모기스는 생각하지 않았다. 이것은 옳은 선택이다. 그런 확신만 있었다.

"지금부터 내가 친히 진두에 서서 오르타나 방위 지휘를 한다! 말에 탈 수 있는 자는 말을 타고 따라오라! 나머지는 도보로 뒤를 따라라!"

검은 외투와 병사들이 함성에 가까운 목소리로 응답했다.

모기스는 말을 몰았다. 특히 혼란에 빠진 것은 남문 부근이다. 모기스는 북문 방향으로 말머리를 돌렸다. 말 위에서는 한 번도 돌아보지 않았다. 적갈색 말은 체격에 비해 튼튼한 다리로 모기스의 고삐에 잘 대응했다. 게다가 현란한 색의 말과는 달리 눈에 띄지 않을 것이다.

앞에 있는 북문은 닫혀 있었다. 북문 주위와 그 위의 망루에도 병사들이 모여 있었다.

"진 모기스 총사님!"

"총사님이다!"

"나오셨다! 모기스 총사님이!"

병사들이 떠들어댔다. 모기스는 말의 속도를 다소 늦추면서 문을 열라고 명했다.

"―무, 문을 열라는 말씀입니까?! 하, 하지만…."

순식간에 병사들 사이에서 동요가 퍼졌다.

모기스도 일단 방벽에 올라가서 확인했다. 방벽 밖은 기이했다. 마치 폭우로 강이 범람하여 홍수라도 일어난 것 같았다. 그러나, 비는 내리지 않았고, 오르타나 부근에 홍수의 원인이 될 만한 큰 강은 없다. 물이 아니었던 것이다. 시커멓고, 액체인지 아닌지조차 확실치는 않지만, 분명히 고체는 아니다. 정체불명의 검은 것이 무수한 줄기를 만들며 지표면에 넘실거렸다. 그중 일부는 오르타나 방벽에도 밀어닥쳤으나, 벽을 넘지는 않았다. 검은 것은 오르타나 안으로 침입하지는 않았다. 방벽이 오르타나의 변경군을 검은 것에서부터 지켜주었다.

"성가시다! 빨리 문을 열어!"

모기스가 고함치자 병사들이 문을 여는 작업에 착수하기 시작했다.

정체불명의 검은 것은 아직은 오르타나에 들어올 수 없었다. 모기스가 보기에, 검은 것이 좀 더 집중된 곳은 동남의 언덕이었다. 검은 물결은 저 언덕을 향하는 것은 아닐까? 언덕 위에 서 있는 열리지 않는 탑은 완전히 변해 있었다. 검은 것에 뒤덮여 몇 배나 되는 크기가 되었다.

비록 검은 것이 무엇이든, 오르타나의 방벽 안에 틀어박혀 있으면 괜찮겠지. 어떤 폭풍도 언젠가는 반드시 지나간다. 그때까지 버티면 되는 것이다.

"서둘러!"

모기스의 질타에 병사들은 서둘러 문을 열었다. 이제 사람 한 명, 아니, 두 명 정도라면 나란히 통과할 수 있다.

"살아남고 싶으면 나를 따르라! 가자!"

모기스는 갑자기 말을 부추겼다.

적갈색 말은 놀라 앞다리를 띄우더니, 발꿈치로 허공을 찼다.

"이랴아앗!"

곧바로 모기스는 말의 엉덩이를 때렸다. 말이 달리기 시작했다. 사람과 말은 눈 깜짝할 사이에 문을 빠져나갔다.

방벽 안쪽에 틀어박혀 있으면 괜찮다—라는 것은 절대로 아니다. 모기스의 촉이 그렇게 고했다.

이놈을 죽여야 할까? 죽이지 말아야 할까? 논리정연하게 생각하고 또 생각하여 결단을 내리는 일은 좀처럼 없다. 그래서는 늦는 것이다. 이미 늦어버린다. 좋아, 죽이자, 라고 생각했을 때는 죽여야만 한다. 이상적으로는, 죽이자, 라고 생각하기 전에 죽여버린다. 그때가 제일 죽이기 쉬운 타이밍이다.

분명히 모기스는 망설였다. 눈앞에 있는 사냥감을 죽일지 말지. 그 정도의 단순한 문제라면 쉽다. 그러나, 현실은 대개 복잡하게 얽혀 있다. 진 모기스쯤 되는 자도 망설인다. 고민하는 일까지 있다.

솔직히, 천망루를 나올 때까지는 명확하게 이렇게 하겠다고 정했던 것은 아니었다. 남문을 통해 밖으로 나간 시노하라가 돌아오지 않는다. 분명 무사하지는 않겠지. 그 남자는 꽤 숙련된 자다. 모기스보다도 변경의 사정을 잘 안다. 그 남자가 돌아오지 않는다. 바깥은 상당히 위험하다는 뜻이다. 이럴 때는 움직이지 말고 가만히 있는 편이 좋은 것 아닐까? 움직인다면, 움직일 수밖에 없게 된 후여도 된다.

모기스는 두려워했다. 악명 높은 모기스가의 남자로 태어난 진 모기스라도 공포를 느끼는 일은 있다. 그것이 무엇인지 모를 때. 무엇을 초래할지. 정체 모를 것을 모기스는 두려워한다.

모기스는 아직 죽어본 적이 없다. 따라서 죽음을 두려워한다. 그 손으로 아무리 많은 사람을 죽였어도, 사람이 죽은 뒤에, 혹은 그 순간에 무엇을 경험하는 건지, 모기스는 모른다. 죽음은 무(無)일까? 아니면, 죽은 자에게는 산 자와는 다른 지각 같은 것이 있는 걸까? 어쩌면 사후세계라는 것이 실제로 존재하는 걸까?

군에 들어가서 첫 휴가로 고향에 돌아갔을 때, 모기스는 아버지를 죽였다. 그것은 모기스에게 있어서는 자비심 넘치는 살인이었다. 아버지는 병들어 있었다. 장기에 발생한 병이었다. 말라비틀어지고 흙빛이 된 얼굴은 죽은 자의 그것과 별 차이가 없었다. 썩어가는 침상에서 제대로 일어나 앉지도 못하고, 기침하는 것도 힘겨운 것 같았다.

『단숨에 숨통을 끊어줄까? 아버지.』

아들이 제안하자, 윌리엄 모기스는 한참 동안 생각하고 나서, 그렇군, 이라고 마른 들판을 지나는 바람 같은 목소리로 대답했다.

『그것도 나쁘지 않을지도.』

『부탁이 있어.』

『뭐냐? 말해봐라, 진.』

『단숨에, 라고 말했지만, 당신을 조금씩 죽이겠어. 궁금한 게 있거든.』

『뭐가 궁금하지?』

『인간이 어떻게 해서 죽는 건지. 뭐가 보이고, 뭐가 들리고, 무엇을 생각하는지.』

『그건 나도 흥미가 있다. 인간이라는 놈들은 대개 이런 건가? 라는 걸 느끼며 죽고 싶으니까.』

『언젠가 이런 날이 올 것 같은 느낌이 들었어, 아버지.』

『신기한 우연이로군. 나도 그렇다, 진.』

신중하게 힘 조절을 해서 일을 진행했는데도, 윌리엄 모기스는 그야말로 이런 건가? 싶은 느낌으로 죽었다. 유감스럽게도, 조금씩 죽이기에는 너무 쇠약해졌던 것이다. 오늘 내일 하던 상태의 병자는 금방 호흡할 수 없게 되었고 심장이 멎었다. 가슴을 가르고 심장을 마사지하면 다시 움직이지 않을까도 생각했지만, 쓸데없는 노력이었다.

여러 가지 의미로, 또한 모든 면에 있어서, 윌리엄 모기스는 도움이 안 되는 똥 덩어리일 뿐이었다. 그리고, 똥물 같은 모기스가의 피를 남겼다는 점에서 최악이라고 할 만큼 유해한 똥이었다.

북문으로 뛰어나가자 곧바로 검은 탁류가 진로를 막았다. 진 모기스는 말을 북서로 몰았다. 더욱 고삐를 당겨 좀 더 서쪽으로 향했다. 그 앞에도 검은 것이 흐르고 있었다.

갑자기, 나에게 자식은 있을까? 라고 모기스는 생각했다.

아버지에게 지적받은 것처럼, 진 모기스는 젊었을 때부터 여자들을 능욕해왔다. 몇 명을 범했던가? 굳이 기억하지 않는다. 그 욕구가 생기면 참을 이유는 하나도 없었다.

내 아이를 원한다.

모기스가의 피를 남기고 싶다.

그런 바람을 품은 적은 결코 없다.

여자들은 모기스에게 있어서 욕망의 배출구일 뿐이었다. 그 이하는 있어도, 그 이상은 결코 없다. 호락호락 따르는 여자들도 있었고, 저항하는 여자들도 있었다. 같은 여자를 몇 번이나 범한 적도 있었다. 그러나 여자뿐만 아니라, 모기스가 누군가를 사랑한 적은 없다.

범한 여자가 훗날 임신했다는 소문을 들은 적은 있던가? 오다가다 취한 여자와는 당연히 두 번 다시 만난 적은 없다. 그중에 모기스가의 피를 이은 아이를 낳은 여자가 없을 거라는 보장은 없다.

모기스는 남부의 야만족들과의 싸움에서 부상을 입고 고환을 잃었다. 남부의 밀림에는, 덤불 속에 엎드려 몸을 숨기고 상대의 하반신만 집요하게 노리는 야비한 야만족이 있는 것이다. 병사들은 놈들을 정강이 커터, 라거나 방울 털이, 라고 불렀다. 하필이면 그 야만족들에게 당한 것은 최대의 불찰이었다. 통한의 극치이며 최악의 굴욕이었다. 고환을 잘린 사실은 비밀로 했다. 모기스는 입막음을 위해 몇 명인가를 죽였다.

그 이후로 여자를 범하지 않았다.

여자를 품을 필요가 없어진 것이다.

할 수 없게 된 것이다.

"—아직이야."

모기스는 고삐를 쥔 왼손으로 눈길을 향했다. 왼손의 검지에는 두툼한 반지가 있었다. 금반지다. 그 받침에는 파란 보석이 박혀 있다. 보석에 떠올라 있는 무늬는 얼룩도, 흠집도 아니다.

꽃잎처럼 보이기도 한다.

푸른 보석 안에서 두 장의 꽃잎이 미세하게 흔들리며 빛나고 있다.

단순한 반지가 아니다. 열리지 않는 탑의 주인, 서 언체인이 모기스와 협력관계를 맺고자 바친 선물이다. 그 효력은 이미 모기스 본인이 실제로 시험했다.

모기스는 말 위에서 뒤를 돌아보고 싶은 충동에 휩싸였다. 보병은 도저히 무리겠지만, 말을 탄 병사는 몇 명은 쫓아오고 있을까? 아니면, 변경군 총사인 내가 홀로 달리는 상황인가?

자기 몸만 챙기려고 부하를 내버려 두고 왔다. 얼마나 비겁자인가? 라고 욕을 먹는다고 해도, 전혀 아프지도 가렵지도 않다. 왜냐하면, 진 모기스는 똥에서 태어난 똥이다. 똥 중에서도 특별한 똥이겠지만, 그렇기는 해도 어차피 똥은 똥이다. 애초부터 양심 같은 건 한 점도 없었다. 똥이니까, 사람들이 생각하는 궁지와도 인연이 없다. 똥은 똥답게, 살아남기 위해서라면 똥 바다를 헤엄치고 똥을 먹는 거겠지.

아버지와는—윌리엄 모기스와는 다른 것이다.

윌리엄 모기스는 병마에 시달리며 괴로워하다가 약해져서 죽었다. 빨리 편해지고 싶다. 그러나, 스스로 목숨을 끊을 기력도 없다. 음식을 넘기지 못하게 되고, 물도 마실 수 없게 되고, 숨이 멎는 것을 그저 기다리는 수밖에 없다.

제발 나를 죽여줘. 탁한 눈으로 아버지는 아들에게 그렇게 호소했다. 그 짐승, 똥 중의 똥은, 똥이면서 똥 나름대로 아들을 사랑했다. 엄청나게 사랑했다고 해도 좋다. 아버지와 아들은 실제로, 닮았다. 닮은 자들, 똥 동지였다. 진 모기스는 윌리엄 모기스의 진심을 너무나 잘 알고 있었다.

괜찮아.

애야, 진.

내가 뒈져도, 네가 있어.

뒷일은 맡긴다.

살아라. 살아남아라. 죽여라. 닥치는 대로 죽여라. 여자들을 범해라.

자식을 남겨라.

우리의 핏줄을.

모기스가의 특별한 피를.

만약 아버지가 조금이라도 더 살아 있었다면, 이런 건가 싶을 정도로 쉽사리 죽어버리지 않았다면, 진 모기스는 아들로서 속삭여줬을지도 모른다.

알았어, 아버지.

안심하고 가도 돼.

모기스는 여기에 있으니까, 라고.

그러나, 이미 모기스는 고환을 잃은 한 덩어리의 똥, 진 모기스일 뿐이다.

"아직 그때가 아니야…."

진 모기스는 빈번하게 두 다리로 말의 배를 압박하며 재촉했다. 지표면은 검은 바다가 아니었다. 검은 줄기가 종횡무진으로 달리고 있지만, 검은 것에 전부 뒤덮인 것은 아니었다. 검은 줄기와 검은 줄기 사이를, 모기스의 말은 오로지 달렸다.

어디를 향하여 도망치고 있는 건가? 방향전환에 방향전환을 거듭하여, 이제 뒤로 돌아가고 있는 것은 아닐까?

아니야, 도망친다. 도망쳐주겠다.

남부에서도 몇 번이나 죽을 뻔했다. 모기스가의 똥 아들은 신병 시절부터 가차 없이 최전방으로 보내졌다. 전방 부대에는 루미아리스의 신관도 거의 없었다. 부상을 입으며 병사들끼리 서로 처치해준다. 열병에 걸리면 나무 그늘에 눕혀놓고 방치한다. 찌는 듯이 덥기 때문에 갑옷 같은 건 입고 있을 수가 없다. 알몸이나 다름없는 차림으로 밀림을 얼쩡거리다가, 습격해온 야만족을 죽이고, 식수와 음식을 빼앗는다. 야만족뿐이 아니다. 때로는 물자를 사이에 두고 전우조차 적이 된다. 아군 병사에게 몇 번이나 죽을 뻔했다. 물론 반격해서 죽여버렸다.

적갈색 말은 땀을 상당히 흘리며 지쳐 있었다.

진 모기스는 마침내 뒤를 돌아보았다.

검은 외투 한 명만이 필사적으로 말을 달려 모기스를 쫓아오려고 했다. 그렇기는 해도 20미터, 아니, 30미터 정도 떨어져 있지만.

"총사 각하…!"

검은 외투가 쉰 목소리로 외쳤다. 검은 외투의 말이 앞다리를 털썩 접으며 고꾸라진다. 그 타이밍에 검은 외투의 몸이 안장에서 떨어져 허공에 내던져졌다.

순식간에 검은 줄기가 밀려와 검은 외투의 말을 집어삼켰다.

"저것은—"

모기스는 눈을 크게 떴다.

검은 외투의 말을 집어삼킨 검은 줄기에, 뭔가가 올라타 있었다.

그 또한, 검다.

어두운 밤을 휘감은 것처럼 새카만 뭔가가, 검은 줄기 위에 서 있다.

마치, 사람 같은—이라고 모기스가 생각한 것은, 그것이 오른손에 다소 짧은 검을, 왼손에는 진한 은색의 광택을 띤 방패를 들고 있었기 때문이다.

밤을 휘감은 것이 검을 휘둘렀다. 밤을 휘감은 것의 검은, 허공에서 춤추던 검은 외투를 쉽사리 두 동강 냈다.

검은 줄기에 올라타, 밤을 휘감은 것이 다가온다.

모기스는 다시 앞으로 몸을 돌렸다. 자기도 모르는 새에 웃고 있었다. 계속 웃었다.

분명 모기스가는 저주받았다. 이 세계가 모기스가의 핏줄을 끊어놓으려는 것이다. 멸망이 바로 운명인 것이리라.

그래서 어쨌다고?

죽일 수 있으면 죽여봐. 내 피는 특별하다. 아직 죽지는 않아. 살
거다. 살아남아 보이겠다.

오크 전체 씨족을 통합하는 씨족 중의 씨족, 고군 씨족의 수장이며 위대한 종족 오크의 왕, 왕을 초월한 왕으로 대왕이라 불리는 디프 고군은 번민하고 있었다.

본래는, 네히 사막과 엔노 자드 산맥 사이에 낀 곰팡이 벌판(구아도)을 흐르는 어머니인 대하(도하츠 아모), 그 주변에 건설된 아버지인 대도(가시유오라르)야말로 오크 대왕이 있어야 할 장소다. 그러나, 디프 고군은 보드 벌판의 북쪽, 칸다 호수에 인접한 승리의 함성의 도시(그로즈덴다르)—오래전에는 인간족이 아라바키아 왕국이 수도로 정했으며 로디키아라고 부르던 도시—에 머물러 있었다.

디프 고군은 이 하얀 돌로 이루어진 도시에서 오크 각 씨족과 야부레타니(깨진 골짜기)의 회색 엘프, 이시왕 즉, 이시두아 로로나 '대공' 데레스 파인을 섬기는 것을 못마땅해하던 언데드의 모든 세력을 규합하여 남정군(오구돈)을 편성했다. 친히 원정에 나설 생각도 잠시 하였으나, 결국은 오른팔인 와고 그로아를 총대장으로 임명하여 전권을 맡기기로 했다.

로디키아는 제왕 연합의 군세에 토벌당하여 한번은 폐허가 되었었다. 그후, 오크나 언데드 석공, 목수들이 수십 년에 걸쳐 재건하여 그로즈덴다르로서 되살아난 것이다. 특히 칸다 호수에서부터 떠오른 것처럼 세워진 백조성(웨하고란)은 로디키아 시대의 계곡의 색채가 짙게 남아 있다고 한다. 디프 고군은 이 성을 마음에 들어하여 여기에 남정군의 후방 총사령부를 두었고, 원정 성공이라는 길보를 기다리고 있었다.

백조성으로 오크 한 명이 달려온 것은 그저께의 일이었다.

그 오크는 남정군 총대장 와고 그로아로부터 급보를 맡은 사자라고 하는데, 성주 대리가 용건을 물어도 절대로 말하지 않았다고 한다. 반드시 대왕 폐하께 직접 전하도록 와고 그로아 총대장이 엄명했다, 대왕 폐하 이외의 사람에게는 아무 말도 할 수 없다는 것이다. 성 대리로부터 그 내용을 들은 디프 고군 대왕은 즉시 사자를 왕의 방으로 불러들이라고 했다.

사자 오크는 체격은 보통이지만, 하반신이 기이할 정도로 발달했다. 들어보니, 쿠로가네 산맥의 기슭에서부터 50리(약 150킬로) 이상을 거의 쉬지도 자지도 않고 걸어왔다고 한다. 거리는 둘째치고, 도중에는 수해나 죽지 않는 사자들이 우글거리는 보드 벌판 등 난관투성이였으니 경탄할 만한 다리 힘이다. 능력이 뛰어나고 입이 무겁다. 모발은 염색하지 않고 원래 색 그대로이며, 대왕의 안전인데도 여장조차 풀지 않았다. 그야말로 와고 그로아가 마음에 들어할 만한 오크다.

일찍이 그로아 씨족은 내세울 것 없는 소씨족일뿐이었다. 그런데, 와고가 수장으로서 씨족을 이끌게 되자 폭발적인 급성장을 이루었다.

와고만큼 볼품없는 오크도 드물다. 딱히 키가 작은 것도 마른 것도 아닌데도, 비참할 정도로 초라해 보인다. 눈빛은 흐릿하고 멍하며 입꼬리는 야무지지 못했다. 이 빈약하고 우둔해 보이는 오크는 무력하고 무가치하겠지. 와고의 본성을 모른다면, 누구나 그런 인상을 받았을 것이 틀림없다.

　사실은 와고 그로아는 유능한 자였다. 눈썰미가 좋을 뿐만 아니라, 보기와 달리 실력도 출중하다.

　디프 고군은 와고와 처음 만난 날을 또렷하게 기억한다.

　피차 씨족의 수장끼리였으며, 그 당시의 디프는 아직 종족의 왕으로 인정된 것은 아니었다. 저명한 고군 씨족과 영세한 그로아 씨족. 격은 다를지언정 씨족장끼리라서 형식적으로는 대등하다. 그런 경우에는 대부분 풍모와 의지의 싸움이 된다. 와고는 달랐다. 완벽하게 예의를 갖추고, 감탄해 마지않을 정도로 정중하게 정식 절차를 밟은 것이다. 심지어 막상 대면해서는 와고는 디프 앞에서 무릎을 꿇고 고개를 조아렸다. 신하의 예였다.

　『우리는 둘 다 씨족을 통솔하는 신분이 아닌가? 와고 그로아 님보다 내가 다소 연장자라고는 해도 그리 큰 차이는 없다. 아무쪼록 고개를 들어주게.』

　『아닙니다, 디프 고군 님. 저는 당신이 언젠가 우리 오크 종족을 통합할 뿐만 아니라, 모든 종족의 위대한 왕, 참된 대왕이 되실 분이라고 생각합니다. 저는 당신을 섬기고 따르며, 대왕의 진영 끝자락에 위치할 수 있게끔 되고자 찾아뵌 것입니다. 』

　와고 그로아는 말만 앞세우는 남자는 아니었다. 변변찮은 외모의 오크는 아무리 지저분한 일도 솔선해서 나섰다. 게다가 수하에게 맡기기만 하는 것이 아니라, 직접 실력을 행사하는 일도 있었다. 여러 가지 사정상 디프 고군이 명령할 수 없는 용건이 있으면, 시키지 않아도 알아서 손을 썼다.

　또한, 와고는 진취적인 성격이 강하고, 오크 종족의 고질병이라고도 할 수 있는 혈통에 대한 집착과는 완전히 거리가 멀었다. 그로아 씨족은 이미 씨족이지만 씨족이 아니었다. 와고는 다른 씨족의 낙오자들을 그로아 씨족에 맞아들였다. 공적이 있으면 구모(혼혈) 조차도 거두었다. 덕분에 그로아 씨족은 순식간에 확대되어, 일약 유력한 씨족이 된 것이다. 구태의연한 수구파 오크들은 반감을 품고 있었으나, 지금은 나는 새도 떨어뜨린다는 와고 그로아를 대놓고 비난할 배짱은 그들에게는 없었다.

그로아 씨족의 사자로부터 이야기를 듣기 전에 디프 고군은 충분한 대비를 할 수 있었다. 이것은 확실히 나쁜 소식이다. 어떠한 중대하면서도 심각한 사태가 발생한 것이리라.

남정군은 이미 화려한 성과를 이룩했다. 거만한 엘프들이 사는 그림자 숲을 불태우고, 한심한 인간족이 날뛰는 오르타나를 함락했다. 더욱이 드워프들의 철혈왕국을 멸망시켰고, 대왕이 기다리는 그로즈덴다르에 개선할 예정이었다.

짐작컨대, 드워프들에게 당한 건가? 그 털보 철제 드럼통 같은 추악한 몸뚱이를 가진 종족을 만만히 봐서는 안 된다. 그놈들이 난적이라는 것은 알고 있었다. 그렇기는 해도, 만약 우리 남정군이 패한 것이라면, 잠보가 이끄는 포르간 일당이 막판에 배신한 건지도 모른다. 포르간은 양날의 검이다. 놈들이 등을 돌린 거라면 인질을 죽여야만 하지만, 그럴 경우는 전면대결을 각오해야만 한다.

그러나, 사자의 보고는 디프 고군의 상상을 초월했다.

심하게 놀라면 디프는 난동을 부리지 않고는 견딜 수 없게 된다. 10년 전이었다면, 사자가 이야기를 마칠 때까지 참고 듣고 있었을 거라는 장담은 할 수 없었을 것이다. 그 점은 대왕의 체면으로 간신히 자제했으나, 정신이 들고 보니 주변에 있던 의자를 벽에 내던지고 말았다. 이런 일은 사자를 내보낸 뒤에 해야 했다고 반성하고 있다. 침대에 뛰어 올라가 박살 내고, 장롱을 때려 부순 일에 관해서는 손톱만큼도 후회하지 않는다. 격앙되었을 때는 물건에 화풀이하는 게 제일이다.

디프 고군이 고군 씨족의 수장이 되는 것은 태어난 순간부터 정해져 있었다. 설령 디프가 엄청난 멍청이라도, 아버지가 죽을 때까지 살아 있기만 하면 씨족장 자리를 물려받게 된다. 그 운명은 핏줄에 의해 정해져 있었다.

오크는 무용의 상징인 도검을 더할 나위 없이 애정하는 종족인데, 고군 씨족의 오크들은 뭘 잡을 수 있는 나이만 되면 바로 손도끼를 받게 되고 부모 형제에게 격투술을 배운다. 눈이 나쁜 자를 제외하고는 모두 활 쏘는 훈련을 해야 하는 것도 고군 씨족의 전통이다. 인내와 사려 깊음, 그리고 무엇보다도 예절을 중시한다. 고군 씨족은 모는 씨족들로부터 경외시되고 신뢰할 만하다고 평가받아 왔다.

그런데, 후계자인 디프는 천성적으로 다혈질이었다.

『하필이면 너 같은 자가 내 장자라니. 선조를 뵐 낯이 없어 죽어도 못 죽겠다.』

아버지의 탄식도 디프의 화에 기름을 부을 뿐이었다. 디프가 구타한 것은 숙부와 사촌, 동생들뿐만이 아니었다. 아버지의 안면을 때려 엎치락뒤치락하는 몸싸움을 벌인 적도 있다.

『우리 고군 씨족은 끝이다. 존귀한 피가 오래된 탓에 정체되어 탁해진 것이다. 그 결과, 네가 태어났다. 너에게 죄가 있다고는 말하지 않겠다. 모든 것은 너 같은 망나니의 부모인 이 아비 탓이다.』

그럼 죽어.

어서 뒈져버려.

아무리 디프가 소리를 질러대며 대들어도 아버지는 쓸데없는 푸념만 할 뿐이었고 반격하는 일은 없었다. 그것이 바로 고군 씨족의 미덕이며, 디프 입장에서 보면 엿이나 먹으라고 말해주고 싶은 것이었다. 아들은 아버지에 대한 혐오와 증오가 커져갔고 아버지는 아들의 횡포를 계속 견뎠다. 그 성과라고 말하지 못할 것도 없겠지.

그런 생활이 오래가면서 점차 디프는 넘치는 격정을 발산하는 방법을 습득했다. 그의 도를 넘는 흥분이 다른 자들을 두려워하게 만들고 위축시킨다는 사실도 이해했다. 감정은 사색을 어지럽힐 뿐, 방해되기만 한다는 것도 이른 단계에서 그는 알아차렸다. 그는 외쳤다. 울었다. 몸부림쳤다. 그렇게 함으로써 억누르기 힘든 격정을 희석시키고, 머리를 식히고, 사고를 갈고 닦는 기술을 배웠다.

그저께부터 디프는 때때로 온갖 결재 등 대왕으로서의 책무를 하는 것 말고는, 왕의 방에서 물건을 파괴하거나, 큰 소리로 뭔가를 욕하거나, 백조성 안을 어슬렁거리며 돌아다녔다. 그는 계속 생각했다. 식사는 두 번 했으나, 수면은 취하지 않았다. 그 노 라이프 킹이 모습을 드러냈다는 것이다. 잠이나 자고 있을 수 없었다.

불사의 왕은 백 년도 더 전에 죽었다.

물론, 디프 고군은 그런 소문을 믿지는 않았다.

죽을 리가 없는 불사의 왕, 그 혼이 미지의 독물에 의해 스러졌다. 여기저기에서 사실인 양 떠들어대어 정설이 되어버린 이 풍문의 출처는, 십중팔구 사자신중충(주1)이겠지. 즉, 노 라이프 킹에 의해 불로의 육체를 얻었다는 5공자 중 한 명, 이시왕 즉, 이시두아

주1) 사자신중충 : 獅子身中蟲. 불경 「범강경(梵綱經)」에 나오는 말로, 사자를 죽음으로 모는 사자 몸속에 있는 벌레. 불자이면서 불법을 해치는 자를 비유하는 말로, 조직을 망하게 하는 것은 내부의 적이라는 뜻.

로로거나, 아니면 마찬가지로 5공자인 '대공' 데레스 파인이거나. 둘 중 한 명이 틀림없다.

노 라이프 킹 살해범이라는 오명을 쓴 것은 깨진 골짜기의 회색 엘프였다.

그들에게 노 라이프 킹을 살해할 동기가 있을 거라고는 생각할 수 없다. 노 라이프 킹을 죽임으로써 대체 그들에게 무슨 이득이 있다는 것인가? 그러나 한편으로는 그들은 어차피 그림자 숲의 엘프와 같은 선조를 가진 엘프인 것이다. 엘프는 심성이 비틀렸고, 썩어 빠졌다. 거만하고 음험하고 속이 시커먼 엘프에게 있어서 끔찍한 배신따위는 아무 일도 아니겠지. 그랬다고 단언할 수는 없지만, 충분히 의심할 만하다. 그 당시 언데드와 오크들 대부분이 그렇게 생각한 모양이었다.

결국, 회색 엘프는 깨진 골짜기로 돌아갔고, 그 후 수십 년에 걸쳐 다른 종족과의 교류를 끊은 그들은 나름대로 엄숙하게 노 라이프 킹에게 조의를 표함과 함께 침묵으로 항의의 뜻을 표현했지만, 다른 종족들은 그렇게 받아들이지 않았다. 그러거나 말거나. 역시 놈들 짓이었어. 그렇지 않으면 잠자코 물러설 리가 없잖아.

오크, 회색 엘프, 고블린, 코볼트 등 모든 종족은 서로를 잘 알고 단단한 우정으로 맺어져 손에 손을 잡은 것이 아니었다. 노 라이프 킹이라는 불세출의 신비적이며 압도적인 존재가, 항거하기 힘든 자력을 발하여 모든 종족을 끌어들인 것이다.

디프 고군은 대왕이 되고 나서 박학다식한 오크를 모아 왕 전용 이야기꾼(바우하츠조)으로 앉히고 그들에게 각 씨족의 전승을 해독하게 했다. 각지의 유적을 조사하게 하고, 인간족이 남긴 기록까지

읽게 하여 과거를 더듬어보았다. 디프에게는 모든 종족의 왕이 되겠다는 대망이 있다. 그것을 실현하기 위해서는, 제왕 연합 결성이라는 대위업을 달성한 노 라이프 킹의 사적을 검증해야만 한다. 또한, 모든 종족의 성립과 문화, 성질을 밝히고 파악할 필요도 있었다.

과거 그림갈의 평지와 숲의 지배자는 엘프였던 모양이다. 엘프와 산의 민족 드워프는 마주치는 일조차 없었다. 놈이나 고블린, 코볼트, 센토 등도 각각 생활권이 달랐다. 거기에 갑자기 오크와 인간족이 나타났고, 엘프 등 선주 종족의 영역의 틈새를 순식간에 메워갔던 것이다.

오크와 인간족의 출현에 관해서는, 붉은 대륙에서부터 바다를 건너왔다, 혹은 표착했다고 짐작되는 전승이 몇 가지 있다. 바우하츠조의 연구에 따르면, 이계에서 왔다고도 해석할 수 있다고 한다.

어느 쪽이든, 이 일을 전후해서, 인간족이 광명신 루미아리스, 암흑신 스컬헬이라 부르는 두 신이 그림갈에 출현하여 서로 싸우는 시대가 있었던 모양이다.

신들은 움직이지 않고도 천공과 대지에 영향을 미칠 정도로 초상적, 절대적인 존재였다. 모든 종족은 둘 중 한 신에 가담한다기보다 종속했다. 신 앞에서는 머리를 조아리며 따르는 것 이외의 선택지는 없었다.

루미아리스와 스컬헬의 싸움의 결말은 확실하지는 않다. 아무튼, 둘 다 모습을 감췄다. 그것만은 확실했다. 단, 신은 멸망한 것이 아니다. 그 증거로, 현재도 광명신과 암흑신을 따르는 인간족은 그 힘을 부분적으로 마법에 의해 끌어낼 수가 있다.

신들은 떠나고 인간족의 시대가 찾아왔다.

인간족은 무리 짓는 일에 능숙하고, 어떤 종족보다도 복잡하고 강건한 조직을 만들었다. 아라바키아, 나난카, 이슈마르, 쿠젠이라는 인간족의 국가는 서로 경쟁하고, 때로는 충돌하면서도 단교하지 않고 비옥한 그림갈 중원에 뿌리를 내렸다. 엘프는 깊은 숲속으로, 드워프는 산속으로, 놈은 땅속으로, 고블린이나 코볼트는 미개척의 황야로, 센토는 풍조 황야로, 그리고 우리 오크는 네히 사막과 재 내리는 대지(토우모라츠조), 곰팡이 벌판(구아도) 등의 불모지로 쫓겨났다.

인간족과 다른 종족과의 결정적인 차이는 무엇이었는가? 디프 고군은 바우하츠조에게 강론하게 하고 자신도 생각을 해봤다.

현시점에서의 결론은, 문자다. 인간족은 그림갈에 나타났을 때부터 문자를 사용했던 모양이다. 인간족이 문자를 들여올 때까지 모든 종족은 그것을 몰랐다.

물론, 밧줄의 매듭이나 흠집의 형태로 숫자를 표현하는 방법이나, 태양이나 물 등을 나타내는 도안 등은, 우리 오크는 물론이고 엘프나 드워프도 오래전부터 이용했던 모양이다. 그러나, 말을 기술하기 위한 체계적인 기호, 문자라는 것을 발명, 혹은 발견해서 활용하기 시작한 것은 인간족이었다.

엘프나 드워프는 인간족의 문자를 어설프게 흉내내어 언어를 정비했다. 우리 오크들은, 노 라이프 킹의 추천으로 종족의 왕을 세울 때까지 문자를 저주의 표식이라고 믿고 있었다.

사실, 아직도 오크 언어를 표현하는 문자에는 미비한 점이 많고, 혼란스럽다. 이것을 발전시켜 인간족의 문자에 뒤지지 않는 수준까지 끌어올리는 일은, 디프 고군이 스스로에게 부과한 사명 중 하나다. 그 때문에 언어원(아모고도)이라는 기관을 설립하고, 바우하츠조 중에서 능력 있는 인재를 선발하여 원장(도르보)에 임명했다. 한 명의 오크 입장에서 공언하지는 않았지만, 우리 종족 오크의 문명은 발전 도상에 있다고 디프는 인식했다.

분명히 인간족의 왕국은 다른 종족보다 선진적이고, 우위에 서 있었던 것이다. 그러한 현실을 받아들일 수 없었던 엘프들은, 특유의 음험함만 더욱 심해져 집안 싸움하느라 여념이 없었고, 동포 일파를 숲에서 추방해버렸다. 드워프들은 술로 울분을 삭이고 땀 흘려 땅을 파는 일로 구제할 길 없는 자기들의 우매함을 잊으려고 했다. 놈은 땅속에서 이도 저도 못 했다. 고블린과 코볼트는 야만족 취급을 받았고 속수무책으로 떠돌았다. 센토들은 들판을 뛰어다니고 있노라면 보잘 것 없는 자존심을 상처받지 않을 수 있었다.

노 라이프 킹이 모든 것을 바꿔놓았다.

디프 고군은 그 수완으로부터 배워야 할 점은 배워야 한다, 노 라이프 킹에 관해서는 웬만한 자들보다 잘 알고 있다고 생각한다. 그러나, 그 존재에게는 불명인 부분이 많다. 너무 지나치게 많다.

백 년 좀 더 전까지 건재했으니까, 노 라이프 킹 그 사람을 직접 아는 자도 있다. 먼저 5공자. 디프는 이시왕 즉, 이시두아 로로, '대공' 데레스 파인, 용 사냥꾼 개비코, 아키테클라 네 명과는 면식이 있다. 그러나 네 명 다 노 라이프 킹에 관해서는 고집스럽게 말해주려고 하지 않았다.

수명이 긴 깨진 골짜기의 회색 엘프 중에 노 라이프 킹을 알현했다는 자가 있어서, 바우하츠조에게 이야기를 듣게 했다. 하지만, 대부분 이해할 수 없는 내용이었다. 노 라이프 킹은 키가 크고, 우러러봐도 그 용모는 정확히 알 수 없었다고 한다. 종족이나 귀천 불문하고 누구와도 친근하게 이야기했다는데, 그런 것치고는 말투나 태도를 알 수 있을 만한 일화는 좀처럼 발견할 수가 없었다.

노 라이프 킹은 이슈마르 왕국의 대군이 그에게 만 자루의 화살을 쏴도 태연했다고 한다. 지팡이를 한번 휘두르는 것만으로 천지를 뒤흔들고, 나난카 왕국의 주력군을 붕괴시켰다. 아라바키아 왕국 침공전에서 앞장서서 나선 것은 노 라이프 킹이 이끄는 언데드의 공포군단(테러스)이다. 진정으로 두려움을 모르는 그들은 적에게 있어서는 공포 그 자체가 된다. 어떤 싸움도 노 라이프 킹이 지휘하면 패배는 없다. 아군이 열세일 때라도 노 라이프 킹이 원군을 이끌고 달려가주면 순식간에 판세가 뒤바뀐다.

확실한 기록은 없다.

전부 전승이다.

조사하면 할수록 디프는 의문을 품지 않을 수가 없었다.

과연 노 라이프 킹은 실재했던 것일까?

아니, 노 라이프 킹이라고 불리는 어떤 자가 있었고, 그림갈의 역사를 크게 움직인 것은 틀림없다. 그 흔적, 증거는 온갖 곳에 남아 있다. 그러나, 그 노 라이프 킹이란, 우리가 들은 것처럼 상상 그대로의 존재인 건가? 심하게 왜곡되어 실상과는 동떨어진 것이 아닐까? 업적이 지나치게 화려한 탓에, 과도하게 미화된 건지도 모른다. 애초에 백 년 전에는 제대로 된 문헌이 만들어질 만한 환경이 아니었다. 사실을 정확하게 전달할 소지가 없었던 것이다. 분명, 있는 그대로의 사실을 후대에 전해야 한다는 감각조차 아무에게도 없었을 것이다.

한편으로 디프는 이렇게도 생각했다.

노 라이프 킹은 그야말로 불세출의 신비적이고 압도적인 존재이며, 우리와 비교해봤자 의미가 없는, 초상적, 절대적인 뭔가였다고. 그것이 그림갈에 출현하여 역사를 바꾼 뒤에, 경위는 여전히 불명이지만, 우리 앞에서 모습을 감췄다. 이것은 뭔가와 비슷하지 않은가?

노 라이프 킹의 궤적은, 광명신 루미아리스나 암흑신 스컬헬, 즉, 신들의 그것과 닮았다고는 말할 수 없을까?

신 그 자체인지 아닌지는 접어두고라도, 노 라이프 킹은 신 같은 존재인지도 모른다.

루미아리스와 스컬헬, 두 신이 떠난 후에도 어떤 종류의 힘이 그림갈에 미치고 있는 것처럼, 노 라이프 킹도 또한 어둠이 죽은 자에게 한순간의 영혼을 부여하는 섬찟한 저주라는 형태로 현세에 그림자를 드리우고 있다. 수백 년 후엔 노 라이프 킹은 신 중 하나로 회자될지도 모른다. 루미아리스와 스컬헬에게도 어쩌면 노 라이프 킹에 관련된 것과 같은 스토리가 있었는지도 모른다.

죽지 않는 신 같은 노 라이프 킹은, 죽은 것이 아니다. 광명신과 암흑신처럼, 그저 그림갈을 떠난 것이다. 디프 고군은 노 라이프 킹을 역사의 등장인물로서 인식했지만, 그것은 잘못된 것이었다. 역사서가 기록되지 않은 선사시대, 말하자면 신화에 속하는 존재인 것이다.

노 라이프 킹은 언젠가 되살아날 것이다. 그런 말을 단 한 번도 들어본 적 없는 자는 없다. 디프 고군도 어릴 때부터 귀에 못이 박힐 정도로 들었지만, 모두가 진심으로 믿고 있는 건가? 노 라이프 킹이 불사족(언데드)을 만들었다. 노 라이프 킹 덕분에 오크는 최대의 세력을 자랑하는 종족이 되었다. 인간족은 목숨만 건진 채 간신히 남쪽 변방으로 도망쳤고, 엘프는 음산한 숲에서, 드워프는 냄새 나는 구멍 속에서 가만히 숨을 죽이고 있는 수밖에 없었다. 제왕 연합은 사실상 무너져버렸지만, 백수십 년 전과 비교하면 낙원 같은 그림갈이 여기에는 있다. 발전, 개선의 여지는 남아 있다고 해도, 노 라이프 킹이 나설 자리는 없다. 우리의 시대인 것이다—.

어제오늘, 바우하츠조에게 자문도 구하지 않고, 누구에게도 상담하지 않고 고민에 고민을 거듭한 결과, 디프 고군은 왕의 방의 부서진 가구를 시종(자우바)에게 치우라고 하고 애첩(마고오)를 불러 치장을 거들게 했다. 디프는 정처 외에도 마고오가 세 명 있는데, 그중 한 명인 파캐니를 백조성으로 데리고 왔었다. 오도하 씨족인 파캐니는 녹색과 노란색으로 나눠 물들인 머리카락은 윤기가 났고 상당히 키가 크다. 어깨가 넓고, 목이 길고, 가슴과 허리가 탄탄하다. 디프 취향의 미녀다.

디프가 큰 거울 앞에 서자, 파캐니는 척척 옷을 벗기고 전라로 만들더니, 두발을 빗으로 빗기 시작했다. 고군 씨족의 관습에 따라 디프는 모발을 빨강과 파랑으로 나눠 물들였다. 가위로 눈썹과 수염을 정돈해주는 파캐니의 유려한 손길이 디프의 정욕을 자극했다. 사실, 욕정을 풀 때는 아니다.

파캐니는 디프에게 주황색 옷을 입히고, 검은 가운에 흰색, 빨간색, 파란색 세 가지 색이 들어간 외투까지 걸치게 했다. 광택 있는 허리띠 오른쪽에 보검을, 왼쪽에는 고군 씨족에 전해 내려오는 손도끼를 찼다. 파캐니는 키가 커서, 디프가 굳이 몸을 숙이지 않아도 머리 위에 황금의 대왕관을 올릴 수가 있다. 양손의 다섯손가락에 낀 반지와 손등까지 덮는 팔찌는 여차할 때에 타격감을 높이는 무기가 되기도 하고, 방어구가 되기도 한다.

디프는 파캐니의 배웅을 받으며 왕의 방을 나가자, 곧바로 바우하츠조를 소집하도록 자우바에게 명했다. 막실(토나크)이라 불리는 대왕용 회의실에 디프가 도착할 무렵에는, 백조성으로 따라온 바우하츠조 7명, 그 전원이 비단 방석(기야브)에 앉아 양반다리를 하고 있었다.

"와고 그로아로부터 보고가 있었다."

디프는 왕검을 바닥에 놓고 비단 방석을 두 개 겹쳐 그 위에 앉자마자 말을 꺼냈다.

"남정군은 철혈왕국을 공격하고, 달아나려던 철괴왕 이하 요인들을 포르간이 물리쳤다—. 허나, 노 라이프 킹이라 자처하는, 인간 여자로 짐작되는 자가 나타나, 기괴한 술법으로 검은 마물을 불러냈기 때문에, 일단 병사를 물릴 수밖에 없었다고 한다."

바우하츠조 7명은 장년부터 노년인 오크들이다. 일곱 명 모두가 숨을 멈추고 입을 열려고 하지 않았다.

디프는 사자가 들고 온 정보를 그대로 그들에게 알려주었다.

노 라이프 킹이라 자처하는 인간 여자는 포르간과 이전에 접촉이 있었다는 것. 아무래도 오르타나의 의용병인 것 같다. 그러나, 아라바키아 왕국 개국왕 에나드 조지의 이름을 입에 올리기도 하고, 자신은 에나드이며 에나드는 자신이라는 의문의 언동이 있었다.

더욱이, 노 라이프 킹을 자처하는 인간 여자는, 포르간이 살해한

다른 의용병으로 보이는 인간 남녀 두 명을 소생시켰다.

불사의 왕을 자처하는 인간 여자가 소환했다고 여겨지는 검은 마물의 정체는 불명이나, 사방에서 연거푸 밀려와 끝없이 나타난다.

분명히 확인할 수는 없었지만, 노 라이프 킹을 자처하는 여자는 철혈왕국 안으로 이동했다고 짐작된다. 검은 마물은 어디선가 나타나 철혈왕국으로 모여들고 있다.

"인간을 소생시켰다니….'

최연장자 바우하츠조가 그제야 말했다.

"만약 만에 하나, 그것이 사실이라면, 이미 신의 영역—아니, 그 광명신 루미아리스조차 부활의 은혜를 내릴 수는 없다고 합니다. 허나, 만약 그 인간의 정체가 정말로 그분이라는 것이 있을 수 있는 일이라면….'

디프가 질색하며 고함을 치기 전에 바우하츠조 중에서 "에둘러 말하지 말고!" 라는 목소리가 튀어나와, 그것을 계기로 격렬한 토론이 시작되었다. 디프는 잠자코 듣는 역할로 돌아섰다.

"애초에 그분의 재래를 예언하는 자는 고금을 통하여 적지 않게 있었다—"

"특히 언데드들 사이에서는, 머지않아 마침내 그분이, 라고….'

"예언 따위 어차피 헛소리에 지나지 않아. 그러나, 그 징후는….'

"이시왕은 수년 동안 본거지인 불사의 천령(언데드DC)에서 한 걸음도 나오지 않았다.'

"거성 에봐레스트의 어전에 그분의 유체가 안치되어 있다고도 하는데—"

"이시왕 놈, 대왕 폐하의 사자조차 에봐레스트에는 들이지 않는다.”

“무엇보다, 언데드의 탄생이 의문 아닌가? 원래 그분이 만들어냈다고 하는데—”

“그분이 모습을 감추고 나서도 언데드는 줄어들기는커녕 늘어났으니까.”

“온갖 수를 동원해서 알아보려고 해도 언데드 중추의 내부사정을 전혀 들여다볼 수가 없으니….”

“언데드 내부에서도 상층부에 대한 불신감이 뿌리 깊다.”

“그 때문에 대왕 폐하께 가담한 언데드도 있어 우리 입장에서 보면 이러지도 저러지도 못 하는 상황인데—”

“그자들은 그리 쉬운 상대가 아니야. 이시왕과 ‘대공’조차 직접 얼굴을 마주하지 않는 사이라고….”

“그렇다 해도, 북변에서 수룡 사냥에 정신이 팔려 있다는 개비코는 둘째치고라도, 아키테클라의 움직임을 전혀 파악할 수 없는 것이—”

“그분의 혼은 행방불명된 아인랜드 레슬리가 보호하고 있다고도 한다.”

“역시—”

“그분이 시해되실 리가 없는 것이다. 불사의 혼이라면 쳐부술 방법도 없다….”

“그 혼은, 누군가에 의해, 어떠한 수단에 의해 운반되어, 보호받고 있다….”

“아인랜드 레슬리—”

“5공자는, 한번 죽은 후에 그분이 초래한 기적에 의해 충실한 신하로서 다시 태어났다고….”

“이시왕—”

“이시두아 로로는, 아라바키아 개국왕 에나드 조지를 암살하려 시도하고 실권을 빼앗은 이시두아 자에문의 자손이라고 한다.”

“원래는 인간….”

“인간이었다. 그분이 부활시켜 자신의 종으로 만든 것이다.”

“잠깐, 그분이라 자처하는 인간 여자는….”

“자신은 에나드이며, 에나드는 자신이라고….”

“즉, 그 말을 진실이라 친다면, 그분의 정체는….”

“아라바키아 왕국의 개국왕.”

“에나드 조지—”

“인간….”

“인간족의 왕이 어떠한 방법으로 초상적인 커다란 힘을 얻어 그분이 되었고—”

“그리고, 우리 오크 등 여러 종족을 통합하여, 아라바키아를 시작으로 하는 인간족의 왕국을 모조리 공격하여 멸망시켰다.”

“그렇다면—”

“복수….”

“한 명의 인간이 거대한 힘을 손에 넣고, 자기를 배신한 동족들에게 복수했다….”

“우리는 보기 좋게 이용당했다— 라는 것인가….”

“허나, 그분의 위업이 없었다면, 지금도 우리 오크는—”

“아니, 우리 지적 수준은 인간족에게 뒤떨어지지 않는다. 신체의 강건함, 강인함은 말할 필요도 없이 우월하다. 언젠가 우리 오크는 구아도(곰팡이 벌판)나 토우모라츠조(재 내리는 대지), 네히 사막을 빠져나가 인간족의 영토를 빼앗았겠지."

"구아도나 토우모라츠조, 네히 사막에서의 삶을 실제로 모르니까 그런 헛소리를 할 수 있는 것이다."

"그 당시의 우리 종족은 하루 벌어 하루 먹고 사는 데 급급했다. 우리 오크가 지금도 중시하는 피의 결속은 그 땅에서 살아남기 위한 유일한 기댈 곳이었다⋯."

"그분 없이는 우리 오크의 현재는 없다⋯."

"설령, 그 정체가 인간이라고 해도—"

"노 라이프 킹이"

디프 고군이 무겁게 목소리를 발하자, 바우하츠조는 바로 입을 다물었다.

"인간이었다고 해도, 그 위광에 그다지 흠은 되지 않는다. 지금, 인간 여자가 자기가 노 라이프 킹이라고 자처하고, 어떠한 초상적인 힘을 보이면, 굴복하는 자는 있겠지. 분명 적지는 않을 것이다. 언데드라면 대개는 무조건적으로 따르겠지. 회색 엘프는 어떤가? 그들은 누명을 쓰고 불우한 처지를 한탄하게 되었다. 허나 그들은 원래는 위대한 노 라이프 킹을 애도하려고 깨진 골짜기로 돌아간 것이다. 그들 나름대로의 예법에 따라 상을 치렀다. 그들은 본심을 보이지 않는다. 타고난 배신자인 것 같다. 그러나, 노 라이프 킹과의 사이에서는 신뢰라는 것이 있었던게지."

디프도 회색 엘프를 후하게 대우해왔다. 깨진 골짜기의 왕 투아르츠펠드와는 몇 번 만난 적이 있고, 그 소꿉친구이자 오른팔인 메르델하이드는 부장 중 한 명으로서 남정군에 참가했다. 그렇다고 해서 회색 엘프가 오크에게 종속된 것은 아니다. 좋게 말해서, 서로의 이해가 일치한 동맹자쯤으로 봐야 할 것이다.

당연히 메르델하이드도 노 라이프 킹이 재래했다는 것을 알고 있음이 분명하다. 아마도 은밀히 투아르츠펠드 왕에게 전하려고 할 것이다. 깨진 골짜기는 어떻게 움직일까? 디프 고군 대왕과 노 라이프 킹, 어느 한쪽을 선택해야 할 국면을 맞이한다면, 회색 엘프의 왕은 무슨 생각을 할 것인가? 오크의 대왕에게 붙는 쪽이 이득이라고 판단할까?

"우리 종족 오크는 어떤가? 이 디프 고군과 노 라이프 킹. 오크들은 어느 쪽에 중심을 둘까?"

일곱 명의 바우하츠조는 하나같이 한마디도 하지 않는다. 어색한 듯이 고개를 숙이고 끊임없이 눈을 깜빡이는 자와, 숙인 고개를 감싸 쥐고 있는 자까지 있는 판국이다. 어제오늘, 오로지 혼자서 생각을 거듭하지 않았다면, 디프는 참지 못하고 난동을 부렸을 것이다.

고군 씨족의 천덕꾸러기 아들이었고, 그러면서도 수장으로서 씨족을 이끌어야 하는 자로서, 씨족이라는 핏줄과 낡은 전통의 고착 상태를 증오하고, 그 불합리함에 분노하는 자로서, 종족의 미래를 걱정하는 자로서, 한 명의 야심가로서, 지혜의 한도까지 이상을 좇는 자로서, 디프는 냉철한 눈으로 현 상황을 파악하고 냉정하게 결단을 내려야만 한다.

"송구하오나…."

최연장자 바우하츠조가 탁한 눈으로 대왕을 응시하며, 다소 알아듣기 힘든 불명료한 목소리로 말했다.

"대왕 폐하께 등을 돌린다는 건 도저히 생각할 수도 없는 일이오나, 그분—노 라이프 킹에게로 돌아선다고까지는 말씀드릴 수 없지만, 마음이 이끌리는 흐름도 전혀 없다고는 생각할 수 없고, 참으로 송구하기 짝이 없는 일이오나… 대왕 폐하께 겉으로는 충성하는 척하며 속으로는 다른 생각을 품는 불경스러운 자들도, 없다고는 단언할 수 없겠… 사오나, 이것은 물론, 대왕 폐하께 어떠한 흠결이 있다는 뜻을 의미하는 것은 결코 아니며—"

"이제 됐다!"

디프는 한숨을 내쉬었다. 한순간, 머리에 피가 몰렸으나, 아슬아슬하게 자제했다.

"남정군은 본대와 별동대로 나눈다. 와고 그로아가 이끄는 본대는 계속해서 쿠로가네 산맥의 기슭에 머무르며 노 라이프 킹을 감시하고, 접촉할 기회를 살피게 한다. 포르간 및 잔 도그란도 와고 옆에 남긴다. 포르간은 배신만 하지 않는다면 쓸모가 있다. 잔 도그란에 관해서는 충성을 확인하고 싶다. 별동대는 부장 마가 오도하가 이끌고, 메르델하이드와 함께 그로스덴다르로 귀환시킨다. 와고 그로아에게서 요청이 있으면 증원을 검토하지."

바우하츠조 7명은 일제히 두 손으로 자기 허벅지를 치며, 이의가 없다는 뜻을 표현했다.

디프는 만족스럽게 끄덕여 보였으나, 마음속에서는 감정의 바다가 물결치기 시작했다.

"씨족 몇 군데와, 그리고 회색 엘프는 신경 써서 감시해야겠군."

노 라이프 킹이 신과 같은 존재라면, 디프 고군은 그 전설을 이용할 속셈이었다. 노 라이프 킹으로 위장할 수는 없다고 해도, 족적을 살피고, 답습해야 할 점은 답습하고, 개선할 점은 개선한다. 특히 노 라이프 킹이 세운 제왕 연합이라는 깃발은 써먹을 수 있을 것이다.

물론 디프가 목표로 하는 것은, 오크의 오크에 의한 오크를 위한 패권이다. 그러나, 그 오크의 개념을 확대할 수는 있다. 궁극적으로는, 종족의 범위조차 풀어버려도 상관없다는 속셈까지 디프 안에는 있었다. 그에게 동의하고 이념을 공유하는 자라면, 출신을 불문하고 오크이며, 그 이외의 자와 구별된다. 현실적으로는 매우 곤란하지만, 거기까지 밀어붙일 수만 있다면, 디프 고군의 이름은 그림갈 역사상 노 라이프 킹에 비견되거나 어쩌면 그를 뛰어넘는 존재로서 기록될 것이다.

그러나, 노 라이프 킹은 신화의 주민이 아니었던 것이다. 동시대를 살아가는 존재라고 한다면, 언젠가는 마주해야만 한다.

그때 디프 고군은 노 라이프 킹 앞에 무릎을 꿇게 될 것인가? 아니면, 반대로 무릎을 꿇릴 수 있을 것인가? 그는 아직은 예측조차 할 수 없었다.

"…후아—우우우—야아아앗—하아앗—!"

숨 한번 내쉴 생각이었는데 그만 한숨을 쉬어버리고 말았지만, 킷카와는 간신히 거기서부터 희한한 소리로 연결시켜 자기자신을 고무했다고 생각했다.

그러나 뭐, 진짜 젠장 맞게 위험합니다—라는 것이 솔직한 말이고, 머릿속의 90퍼센트 정도를 위기감과 궁지에 몰린 느낌이 자리하고 있다.

"킷카앗—!"

곧바로 타닷치 즉, 타다의 호통이 날아왔고, 아니, 킷카앗이라니, 나는 분명히 킷카와지 말입니다. 하지만 그런가, 그렇지, 쉬고 있을 타이밍이 아니지, 위험 타이밍이지 말입니다, 위험 타이밍이 무슨 말이냐고 생각하면서, 킷카와는 계단을 꾸물꾸물 올라오는 검고 이상한 놈에게 "으라차" 방패로 일격을 날렸다. 그렇게 해서 움츠러들 때, 라고 말하고 싶은 마음은 굴뚝 같지만, 그게, 이 검고 이상한 놈은 움츠러든다거나 하지 않으니까, 아무튼 약간 밀어내고, 더욱이 "와앗!" 발로 차고, 검으로 베어도 의미는 없고, 그야 이놈들은 잘 리지 않으므로, "—끙차…!" 하고 검 옆면으로 찰싹 때려준다. 그래서 그 검고 이상한 놈은 두 계단 정도 내려간 느낌이 되긴 했지만, 곧바로 그 뒤에서부터 또 다른 검고 이상한 놈이 쑥 계단을 올라오기 때문에 대항하기가 어렵다.

"장…!"

키가 큰 미모리가 킷카와의 오른쪽 옆을 빠져나가면서 검고 이상

한 놈을 장검으로 내리쳤다. 물론, 장검 날은 사용하지 않는다. 미모리도 검 옆면으로 구타했다. 마법사인데도, 그리고 여성이지만, 미모리는 힘이 엄청 세다. 킷카와는 자신이 한심해서 눈물이 찔끔 나올 것 같았다. 동시에 감탄을 금할 수 없다. 미모리는 힘이 센 것만이 아닌 것이다. 그저 힘에만 의존해서는 저 이도류, 라고나 할까, 이검류는 무리겠지. 이검류? 이도류가 맞나? 아무튼, 미모리는 두 자루의 장검을 호쾌하게 휘둘러 검고 이상한 놈을 황당할 정도의 기세로 날려버리고, 그 뒤에서 다가오려는 검은 놈들까지 휘말아 날렸다.

"알라뷰—! 나이스—! 그거지요—…."

저스트 타이밍으로 안나 씨가 위에서 흥분하여 격려해준다. 이게 있으니까 토키즈는 힘을 낼 수 있다는 측면이 없다고는 말할 수 없는 것이다. 라고나 할까, 아주 많다.

안나 씨는 얼마 전까지 프로텍션(빛의 수호), 어시스트(수호자의 빛) 등의 보조마법을 끊기지 않도록 확실하게 걸어주고 있었으나, 필요에 따라 마법으로 치료하기도 해야 하기 때문에, 이쯤되면 아무래도 지치기 시작한다. 마법의 소스(원천)는 마법력이며, 이것은 정신적인 활력 같은 것이라고 한다. 요컨대, 마법도 체력 승부에 가까운 것이다. 안나 씨가 진이 다 빠져 풀썩 쓰러져버리면, 토키즈는 토키즈로서 존재할 수 없다. 그래서 안나 씨는 가급적 쉬어주길 바라고, 응원만 해준다면 모두 버티는 것이다.

"…힘내뱌…."

킷카와의 입에서 다소 기묘한 말이 흘러나왔다. 힘내자, 라고 말하고 싶었던 거였는데, 어찌 된 영문인지, '자'가 '뱌'가 되어버렸다.

그리고, 목소리가 굉장히 작았다. 자기 목소리가 아닌 것 같다.

두 자루의 장검을 다시 휘두르려던 미모리가 휘청대다가 계단 옆 벽에 기댄다. 그렇구나, 그렇지, 그야 그렇겠지, 킷카와는 생각한다.

미모리 씨도 지쳤다뱌.

지치지 않을 리가 없다뱌.

없다뱌가 도대체 뭐냐고? 나잖아, 내가 등장할 차례 아니냐고요, 원래 미모리 씨가 나를 커버해준 덕에, 원래는 숨도 제대로 쉴 수 없게 되어 뒤로 물러서 있던 미모리 씨가, 무리하면서까지 나를 헬프해줬으니까, 이제는 내가 멋진 모습을 보여야 할 장면이잖아— 하고, 머릿속에서는 말하는데, 몸이 전혀 말을 듣지 않는다. 서글픈 밤에 차가운 한심함 등등을 품에 안고도 눈물 한 방울 나오지 않는다.

어째서냐고?

킷카와는 울고 싶었다. 여기서 되어라, 히어로가. 아무리 생각해도 지금이잖아. 지금이야말로 히어로가 되지 않으면 어떻게 해?

"비켜 비켜 비켜어어어엇…!"

타다의 외침이 울려 퍼지지 않아도 킷카와는 알고 있었다. 아니다. 아닌 것이다.

아니거든.

뭐가 아닌 건가?

배역이 아니다.

킷카와는 히어로가 아니고, 히어로가 될 수도 없다. 킷카와 같은 인간은, 막판에 힘을 발휘할 수가 없는 것이다.

아니, 하고 싶거든?

나도, 말이야?

하고 싶다고. 힘을 내고 싶다고.

낼 수 있는 거라면 내고 싶은데, 내고 싶어서 견딜 수가 없는데. 하지만— 이라고, 킷카와는 생각한다, 생각한다기보다, 두껍고 높은 벽에 부딪혀버린다.

중요한 순간에 분기할 수 없다, 결국, 힘을 내고 싶어도 낼 수 없는 것은, 낼 수 있는 것이 없기 때문이다.

힘이 없다.

재능이 없다.

소질이 없다.

히어로가 될 수 있는 자는 애초에 다르다. 킷카와가 생각하기에. 이것은 노력으로 어떻게 되는 것이 아닌 것 아닐까?

왜냐하면, 노력은 킷카와도 남들만큼, 뭐, 다른 사람들한테는 부끄러워서 말하지 않지만, 아마 남들 이상으로 해왔다. 노력으로는 아무리 해도 깨부술 수 없는, 넘을 수도 없는 벽이 있는 것이다.

즉, 히어로는 원래부터 히어로인 것이다. 될 만하니까 히어로가 된다. 히어로의 자질을 타고난 것이다.

예를 들면, 이야, 이제 완전히 다 쏟아내 버렸어, 아무것도 남아 있지 않아, 텅텅 비었어, 텅텅, 이라는 상태, 보통 사람이라면 완전히 바닥을 보이는 상태지만, 히어로의 경우는 그렇지 않다.

밑바닥이 빠진다, 그 밑이 더 있다.

말라버린 호수 밑바닥에서, 도대체 어찌 된 일인지 물이 솟아 나온다. 아니, 아주 솟구친다.

"에로임엣사임나는구하노라아아아아아아아아…!"

타다가 알 수 없는 희한한 문장을 큰소리로 외치며 계단을 굴러 떨어진다. 킷카와는 반사적으로 옆으로 피해 벽에 몸을 밀어붙이고, 절망한다. 뭐야? 뭐냐고! 뭐냔 말이얏! 움직이잖아, 내 몸, 말을 듣잖아. 힘, 남아 있었잖아. 폼 안 나.

타다는 계단을 데굴 데굴 데굴 굴러떨어지면서 킷카와를, 그리고 미모리를 지나쳐 검고 이상한 것을 향해 돌진해간다. 검고 이상한 것은, 광택 제로인 새카만 전신 타이즈를 입은 인간, 이라고 표현 못 할 것도 없다. 그러나, 놈이 인간이 아니라는 것은 명백하다. 딱딱하지는 않지만, 푹신하다기보다는 좀 더 찰진 느낌이고, 중량감은 그런대로 있지만, 암석처럼 무겁지는 않고, 잘라지지 않고, 부술 수 없다. 인간형이라고는 해도, 아래쪽은 잘록한 동체에서 팔 같은 것이 두 개, 다리 같은 것이 두 개 나 있을 뿐이다. 머리 같은 것은 없다. 손발 같은 부위도 인식할 수 없다. 타다는 폭 2미터도 안 되는 좁은 계단을 계속해서 올라오는 검고 이상한 놈들에게 태클을 건 것이었나?

"토우랴아아아앗…!"

아니, 그게 아니라 워 해머를 휘둘러 날려버린 모양이다.

저런 식으로 굴러떨어지다가, 검고 이상한 놈들에게 접촉하기 일 보 직전에 일어서서, 품고 있던 워 해머를 휘두른다는 것은, 거의 타다밖에는 할 수 없는 기술이겠지. 그야말로 온리 원이랄까.

킷카와가 보기에 저런 건 인간이 할 수 있는 일이 아니지 말입니다.

보통이 아니야. 응? 응? 보통?

노— 노— 노— 노—.

아무리 보통이 아니라도, 가능할 리가 없잖아.

"끄하앗! 포이토렛! 사바앗! 시메사바아앗…!"

타다가 워 해머를 휘두를 때마다 검고 이상한 놈들이 떨어져 나간다. 타다의 워 해머는 검고 이상한 놈들에게만이 아니라, 벽에, 계단에도 부딪친다. 부서진 석재가 폭풍처럼 흩어진다. 우와오—! 차오—! 아니, 차오는 아닌가? 대단해애해— 라고, 킷카와는 감탄하며 넋 놓고 보고 있어도 되는 건가?

될 리가 없다.

타다는 워 해머꾼이다. 근본적으로 워 해머를 좋아하는, 워 해머 애호가, 워 해머 마스터가, 전사에서 신관으로 전직했다. 어째서인가? 다쳤을 때 일일이 안나 씨를 번거롭게 하는 것보다 자기가 쓱싹 치료해버리는 것이 편하기 때문이다. 마음껏 워 해머를 사용해서 날뛰고 싶어서 신관이 되었다.

사실, 타다는 그리 덩치가 큰 편은 아니다. 벗으면 엄청나다. 근육은 장난 아니지만, 실은 파워 파이터는 아닌 것이다.

타다가 땀범벅이 되어 워 해머를 눈에 띄게 천천히 휘두르는 모습을 킷카와는 몇 번이나 목도했다. 몇 번이고 몇 번이고 그것을 반복하다가, 서서히 속도를 높여간다.

타다는 전장에서의 온갖 상황을 상정하고, 그때를 위한 기술을 고안하여, 반복 연습을 하고, 갈고 닦아, 워 해머의 사용법, 워 해머의 움직임, 그 반동, 모든 것을 몸에 배게 했다. 워 해머는 타다의 일부가 되었다고 말해도 된다. 라고나 할까, 타다는 워 해머이고, 워 해머는 타다인 것이다.

"쿠아하다닷…! 갈치이잇…! 붕자아앙엇…! 옥드앗…!"

그런 타다가 워 해머를 제어하지 못하기 시작했다. 휘두르기 시작하면 스스로는 멈출 수 없다. 그래서, 벽이며 계단에 부딪혀 멈춘다. 그렇게 할 수밖에 없는 것이리라.

이제 언제 타다의 손이 워 해머를 놓쳐버려도 이상하지 않다. 다른 사람도 아닌 타다다. 워 해머를 들고 있기만 하면, 숨이 멎을 때까지 계속 휘두를 것이 틀림없다. 그러나, 정작 워 해머가 없어져버린다면. 그래도 아마 타다는 워 해머를 휘두르려고 할거다.

헛손질.

킷카와는 신들린 사람처럼 헛손질을 해대는 타다의 환상을 보았다.

"타닷치…! 타다 씨…!"

킷카와는 계단을 내려가려고 했으나, 발을 헛디뎌 비틀거렸다.

실화야? 그렇게 생각했다.

히어로가 될 수 없어도 좋아. 여기에서 조금만 더 버틸 수만 있다면 그것만으로도 좋다.

무리인가? 그런 일도 할 수 없을 정도로, 나라는 인간은 쓸모없는 인간인가?

거의 쓰레기잖아. 거의가 아니야.

완전 쓰레기잖아.

쓰레기 결정판이잖아.

"마…."

그때, 뭔가 흉흉한 한 줄기 바람이 불더니 킷카와라는 이름의 쓰레기를 밀어냈다.

마풍은 포니테일이었다.

그게 아니라, 이누이잖아.

최근 약간 흰머리가 섞이기 시작한 포니테일을 나풀거리며, 이누이가 질주한다.

"—그보다, 얼마 전부터 행방불명이었잖아? 이누이…."

킷카와는 어안이 벙벙했다. 보기 드문 일은 아니다. 토키즈 백과사전 중 한 페이지에도 나오는데, 이누이가 아무에게도 아무 말도 하지 않고 모습을 감춘 지 꽤 되었다. 갑자기 돌아와서 무슨 짓을 벌이나 했더니, 이누이는 "—타앗…!" 하고 타다의 목덜미를 꽉 움켜잡았다.

"꽉—"

덕분에 타다는 목이 졸리는 모양새가 되었다. 휘두른 워 해머가 쿵— 하고 벽을 맞고 튕겨서 하마터면 손에서 놓아버릴 뻔했으나, 역시 타다였다. 오기로라도 워 해머를 놓지는 않았다.

"잘했다…!"

이번엔 누구인가?

말할 필요도 없다. 타다를 끌고 계단을 뛰어 올라가는 이누이와 스쳐 지나치듯이, 그 남자가 튀어나왔다.

"아닛, 어, 진짜? 벌써 움직일 수 있는 거야…?"

킷카와는 진심으로 깜짝 놀랐다.

그에게는 한계라는 것이 없는 걸까? 무엇보다, 그가 분투해준 덕분에 토키즈는 아직 버티고 있다. 그가 제일 땀을 많이 흘렸다. 피까지 흘렸다. 수없이 상처를 입으면서도, 그는 누구보다도 오래 최전선에 서서 몸 바쳐 동료들을 지켰다.

과연 더는 못 버틴다. 조금만 쉬게 해달라고, 그가 직접 요청한 것이다. 그때까지 상처를 치료할 때 말고는, 본인 왈, "선 채로 잠자는 것처럼, 싸우면서 쉰다"는 것만 했기 때문에, 아무리 그라고 해도 극한 상태에 달했을 것이리라.

그가 후방으로 물러났을 때, 킷카와는 각오를 했던 것이었다. 아무래도 잠깐 쉬고 전투복귀, 이럴 수는 없을 것이다. 아무리 생각해도 당분간은 그 없이 어떻게든 해나가야 한다. 타닷치도 상당히 힘든 것 같고, 미모리 씨는 엄청 안 좋아 보이고, 왠지 이누이는 없지만, 하는 수밖에 없잖아.

해내지 못했지만.

킷카와에게는 너무 무거운 짐이었다.

그야 어쩔 수 없잖아, 솔직히 그렇게 생각한다.

그가, 토키무네가 나타나면, 그곳은 이미 리버사이드 철골 요새 안에 14개 있는 탑 중 하나인 9번 탑의 계단이 아니다. 토키무네만을 위해서 마련된 무대다.

"자, 준비는 됐나…?!"

토키무네는 광명신 루미아리스에게 귀의한 성기사이기 때문에 광마법을 습득했다. 아마 트랜스(황홀한 빛)를 자기에게 걸어, 용감함과 강장화 효과를 얻은 것이겠지. 그리고, 방패가 희미하게 빛나는 것을 보니 루미나스(빛 방패)도 사용하고 있다. 하지만, 그렇다고 성기사가 모두 토키무네처럼 될 수 있는 것은 아니다. 라고나 할까, 도저히 될 수가 없다.

체중이 없는 것 아니야? 라고 느껴질 정도로 토키무네의 몸놀림은 빠를 뿐만 아니라 가볍다. 검고 이상한 놈에게 접근하여, "헤잇

…!" 방패로 때린다기보다 밀어낸다. 그러자, 검고 이상한 놈은 둥실 떠오르더니 날려가 버렸다. 그때는 이미 토키무네는 다음 검고 이상한 놈을 "헤잇!" 하고 방패로 밀쳐내고 있다. 왠지 가볍게 갖다 댄 것뿐인 것으로 보이기도 하고, 퍽 하는 충격음은 발하지 않는다. 퉁 하는 묵직한 소리가 날 뿐이다. 저것은 도대체 어떻게 하는 걸까? 킷카와는 알 수 없었지만, 절묘한 각도와 힘 조절, 바로 이때다 하는 타이밍에 방패를 사용하는 것이겠지. 방패뿐만이 아니다. 토키무네는 대검을 빙글 돌려, "헤잇! 헤잇!" 하고 검고 이상한 놈들을 퍼올리는 것처럼 밀어낸다. 무중력이잖아. 아니, 무중력은 아니겠지만, 마치 중력을 무시하는 것 같다. 토키무네는 삭, 사삭, 사사삭, 적절하게 서는 위치를 조정하고 있다. 그 움직임 같은 것도 거의 순간이동이잖아.

"헤잇! 헤잇! 헤헤헤잇! 헤헤헤잇! 헤헤헤헤이잇…!"

"…토키무네 온 스테이지잖아."

킷카와는 자기도 모르게 웃어버렸다. 너무 웃어서 눈물이 나온 것—이 아니다. 아무려면, 그렇게까지 미친 듯이 웃지는 않았다. 그런데도, 어째서 킷카와는 눈물을 글썽이고 있는 것일까?

어이, 나, 감동해버린 거니?

먼저 킷카와는 그렇게 의심했다. 토키무네는 토키즈의 간판이고, 물론 리더이고, 카리스마 있고, 모두의 파파 같은 존재고, 초초급 성기사고, 리얼 히어로다. 새삼 그 장대한 스타성에 감동했다.

그런 건가?

"미모리, 킷카와! 일단 후퇴한다…! 할 수 있지…?!"

토키무네가 대검과 방패로 검고 이상한 놈들을 밀어내는 손을 멈추지 않고, 라고나 할까, 손만이 아니라 전신운동을 조금도 정체시키지 않고 외쳤다.

"―네엡!"

미모리는 곧바로 몸을 돌렸다. 몸은 꽤 무거워 보이지만, 그래도 간신히 움직일 수 있다. 움직일 수 있다, 가 아니잖아, 나야. 킷카와는 마음속으로 자신을 꾸짖으면서 계단을 올라가기 시작했다.

"옛썰! 라저! 아이아이서…!"

가급적 밝은 목소리로 대답하려고 했다. 밝고, 긍정적으로, 울트라 해피하게, 슈퍼 포지티브하게. 그것만이 킷카와의 장점인 것이다. 그것 말고는 정말로 아무것도 없다. 하트에 불을 붙이는 게 아니라 털을 심어라. 북슬북슬한 하트로 고― 고― 고―다.

그래야 하는데, 왜 눈물이 멎지 않는 건가?

킷카와는 얼마 안 가서 미모리에게 따라잡혔다. 미모리는 옆에 있는 킷카와를 보고, 노골적으로 깜짝 놀랐다. 탑의 등불이 비춘 미모리의 눈이 그 이상 없을 정도로 커 보였다.

"괜찮아…?!"

"헬싱키…!"

킷카와는 반사적으로 활짝 웃는 얼굴을 만들며 대답했다. 자기가 말해놓고, 헬싱키가 뭐냐? 라고 생각한다. 울어버린 거야, 나. 울면서 웃다니, 상당히 꼴불견 아닙니까? 꼴불견이지. 꼴불견이야. 별꼴 별꼴이야―.

무(無)가 되어라.

킷카와는 그렇게 바랐다. 아무것도 생각하고 싶지 않아. 아무것도 느끼고 싶지 않아. 무가 좋아. 무가 되어버리고 싶다.

계단을 올라간다. 미모리는 먼저 갈 수 있다. 킷카와를 내버려두고 갈 수도 있을 것이다. 그런데도, 가주지 않는다. 킷카와를 걱정하는 것이겠지. 미모리에게 마음을 쓰게 하다니. 키는 크니까 누나 같지만, 캐릭터 면에서는 여동생에 가까운 미모리인데.

한동안 계단을 올라가니 층계참 같은 장소가 보였다. 거기에는 통로 출입구가 있다. 리버사이드 철골 요새에 14개 있는 탑은, 각각 연결 다리로 이어져 있는 것이다. 다리라고 불리기는 하지만, 지붕이 달려 있으니 요컨대 연결 통로다. 그 연결 통로 앞에 안나 씨와 타다, 이누이가 있었다.

"허리 업…! 미모링, 망할 킷카와! 서두릅니다요…!"

안나 씨가 엄청난 속도로 손을 흔들고 있다. 킷카와는 그제야 뒤가 궁금해졌다.

"토키무네는…?!"

"네놈은 됐으니까 퀵클리 처올라와라 입니다…!"

"말뽄새…!"

킷카와는 울컥한 자신에게 경악했다. 안나 씨가 무슨 말을 한다고 해서 열 받다니, 상당히 이상하다. 안나 씨의 말은 무슨 말이든 감사히 받아들인다. 그것이 토키즈의 불문율이다.

무가 되어라.

다시 한번 킷카와는 염원했다. 진짜로 무가 되어라. 머릿속을 무로 만드는 것이 아니라, 자기라는 존재를 무로 만들고 싶다. 이런 나는 무가 되는 편이 좋아. 킷카와는 또 눈물이 나는 것을 느꼈다. 오히려, 무가 되어야 하고, 무로 돌아가지 않으면 안 된다.

한심해서 견딜 수 없지만, 킷카와는 흐느껴 울면서 계단을 올라가 연결 다리로 뛰어들었다. 연결 다리를 다 건너 다른 탑에 발을 들였을 때 넘어져 버렸다.

"―우혁…?!"

킷카와는 앞으로 고꾸라져 돌바닥에 처박혔다. 안면은 방패로 막았지만, 일어날 수 있을 것 같지 않았다.

"거치적거린다, 망할…!"

타다가 발로 차도, 킷카와는 쓰러진 채로 움직이지 않았다. 이누이인지 누군가가 킷카와를 끌어 짐짝처럼 이동시켰다.

"좋아, 됐다…!"

토키무네의 목소리가 들려, 킷카와는 멍하니 생각한다.

아―….

다행이다.

―라고.

토키무네가 혼자 남았던 것은 아니었던 것이다.

그야, 당연한 일이지만. 혹시 저 토키무네가 "여기는 나에게 맡기고 너희들은 가라!" 뭐 그런 짓을 한 것은 아닐까? 라고, 한순간이라도 생각했던 킷카와가 이상한 거다. 그야, 아니잖아? 그런 건, 토키즈가 아닌 거잖아?

토키즈는 그러지 않는다. 아무리 엄청 위험해도, 제대로 확실하게 모두 함께 극복해버린다. 그것이 토키즈의 특성인 것이다. 확실히 자기희생이란 것은 멋있고 고귀한 행위인지도 모르지만, 그로 인해 동료에게 도움을 받아버린 쪽은 견딜 수 없다거나 하는 거고, 결국, 다 같이 살아남는 것이 제일 좋다. 그래서, 어디까지나 그것을 지향하는 것이 토키즈이즘인 것이다.

즉, 토키무네 극장 개봉의 목적은, 처음부터 동료들을 후퇴시키기 위해 시간을 버는 것이었다. 토키무네는 검고 이상한 놈들을 밀어내고, 그 사이에 모두를 물러서게 하고는, 당연히 자기도 제대로 계단을 올라왔다. 그리고 연결 다리를 달려, 지금, 근사하게 동료들과 합류했다. 그 뒤는 타다가 할 일이었다.

킷카와는 몸을 일으키고 "一웃…!" 팔로 눈물을 훔치고, 타다의 파괴 활동을 목격했다.

"등뼈어어어어사아아알…!"

타다는 탑 안에서 앞으로 공중제비를 돌아, 연결 다리 바닥을 향해 워 해머를 내리쳤다. 서머솔트 봄(윤전파참, 輪轉破斬). 저것은 전사 길드가 중장식 전투술 중 한 가지로 가르치는 스킬이다. 킷카와도 습득했지만, 써먹는 경우는 좀처럼 없다. 저것은 회전력과 체중을 제대로 싣는 것이 어려운 것이다. 체력 소모도 심하고, 빗나가기 쉽다. 타다의 타격 감각은 천성적인 것이겠지. 그야, 바닥이라면 눈을 감고 때려도 맞기는 맞을테지만, 저런 곡예는 도저히 흉내 낼 수 없다.

"캇…!"

타다는 서머솔트 봄을 명중시킴과 동시에 뛰어올라, 다시 공중제비를 돌았다.

"一츠오앗…!"

쿵 하고 때려 박고, 연속으로 서머솔트 봄을 쏟아낸다.

"즈엉어릿! 대배애싸알! 여느어아알! 즈앳방어엇…!"

도합 여섯 발의 서머솔트 봄을 연속으로 해낸다. 그것만으로도 정상이 아니다. 이미 저것은 서머솔트 봄이 아니다. 다른 클라스의 새로운 스킬로 취급해야 하는 것이 아닐까?

게다가, 그게 끝이 아니었다. 타다는 식스 봄(육연폭격, 六連爆擊)을 작렬시킨 뒤에 짧은 숨 고르기를 한번 했을 뿐, 계속 워 해머를 휘두른 것이었다.

"여느어어어…!"

맞은편 오른쪽 연결 다리 벽을 타다의 워 해머가 가격한다.

"─가리비이이잇…!"

이어서 그 반대, 왼쪽 벽도 쳤다. 크게 때렸다.

멍청하게도 킷카와는 전혀 깨닫지 못했지만, 이미 연결 다리는 식스 봄으로 막대한 손상을 입은 모양이다. 쉽게 말하자면, 붕괴하기 일보 직전이었다. 좌우의 벽을 강타함으로써 조금 전보다 사태가 크게 진전되었다.

어떻게 진전된 것인가?

"이예에에에에에에에에에에에에─────스…!"

안나 씨가 힘있게 쾌재를 부르는 목소리는, 연결 다리가 단숨에 붕괴하는 굉음에 삼켜져 버렸다.

타다는 몸이 뒤집히는 것처럼 쓰러졌다. 아니, 바닥에 머리를 부딪치기 직전에 토키무네가 받아냈고, 부드럽게 살포시 눕혔다. 우리 토키즈의 히어로는 스마트한 전사이기도 하다.

이렇게 해서 연결 다리는, 토키무네를 쫓아온 것으로 보이는 검고 이상한 놈들과 함께 붕괴했다.

토키무네는 후퇴하여 쉬고 있는 틈에 이 작전을 떠올리고 준비를 했던 것이다. 요컨대, 히어로는 쉬고 있던 것이 아니었다.

토키즈는 14개 중 9번째 탑에 있었다. 타다가 박살 낸 연결 다리는 9번 탑과 몇 번 탑을 연결했던 것일까? 킷카와는 그런 일조차 모른다. 이누이인가? 이누이다. 분명 이누이가 조사해왔다. 틀림없이 그렇다.

토키즈는 9번 탑 방위를 포기하고, 몇 번 탑인지 모를 이 탑으로 후퇴해왔다. 도망쳐 들어온 곳이 검고 이상한 놈들에게 점령당했다면, 차마 눈 뜨고 볼 수도 없는 참상이었을 것이다.

이누이는 그저 슬쩍 사라진 것이 아니었다. 어느 틈엔가 토키무네가 지시를 내렸던 것이겠지. 이누이가 정찰하고 왔고, 이 몇 번 탑인지는 아무래도 무사한 것 같다고 보고했다. 그래서 토키무네는 이 후퇴작전을 실행에 옮긴 것이다.

킷카와는 아무 생각도 없었다.

적어도 킷카와의 머릿속에 유의미한 사고는 무엇하나 존재하지 않았었다.

『아아… 우리? 토키즈는 뭐랄까, 패밀리 같은? 이랄까, 패밀리거든! 파파 토키무네, 마마 안나 씨, 장남 타닷치, 장녀 미모리 씨, 막내 나, 반려견 이누이랄까.』

동기인 하루히로한테 그런 말을 한 적이 있다.

어째서인지 킷카와는 그때의 말투, 그리고 표정까지 또렷하게 떠올랐다. 목소리는 그렇다 쳐도, 자기 얼굴은 보이지 않았으니 기억할 리가 없는데도.

그러나, 킷카와는 확신을 갖고 단언할 수 있다.

그때의 킷카와는 틀림없이 실실 웃고 있었다. 안 좋은 느낌으로 풀어진, 너무나 한심한 얼굴을 했을 것이다.

"……. 막내, 라고."

난 막내고, 그야 막내니까, 뭐 역시 막내라서―라는 식의 변명을 했던 적은 한 번도 없었을 것이다. 그런 식으로 생각했을 리가 없다.

아니, 의식하지 않았을 뿐이고 실은 계속 막내 기분으로 있었던 것이겠지. 그게 아니라면, 그런 발언이 툭 튀어나오지는 않는다. 킷카와는 어느 틈엔가 자기 무릎을 끌어안고 몸을 움츠리고 있었다.

"왜 그래?"

토키무네가 어깨를 두드리지 않았다면, 언제까지고 그러고 있었을지도 모른다. 킷카와는 얼굴을 들었다.

"…암것도 아님다."

"세상이 끝난 것 같은 얼굴을 하고 있잖아."

토키무네는 하얀 이를 드러내며 웃었다. 지칠 대로 지치지 않았을 리가 없고, 약간 해쓱해지긴 했지만, 히어로의 얼굴은 한없이 밝다.

이 웃는 얼굴에 킷카와는 용기를 얻었다. 어떤 상황이라도, 하는 수밖에 없지, 할 수 있어, 라고 생각하게 만든다. 진짜 대단해. 토키무네는 진짜로 대단하다니까. 동경한다고. 근본부터 히어로인 걸. 동경하지 않을 수 없는 존재야.

하지만 지금은, 빛나기만 하는 토키무네 스마일이 눈부신 걸 넘어 눈이 아프다. 가슴도 아프다. 괴롭다. 힘들다. 힘들다고요―.

나는 주제라는 것을 몰랐던 거라고 킷카와는 통감했다. 동경한다니, 창피하지 말입니다―. 그야, 아무리 생각해도 무리잖아.

킷카와와 토키무네는 하늘과 땅 차이이다. 아니, 하늘과 땅 위의 응가 정도 차이가 난다. 될 수 있을 리가 없어. 다가갈 수조차 없다고.

나는 땅 위의 응가니까. ―알고 있었지만 말이야?

그렇다.

진작 알고 있었다.

토키즈는 이능의 개성파 집단이다.

그중에서, 킷카와는?

지극히 평범하다.

킷카와만이 유달리 평범한 것이다.

굳이 말하자면, 보는 바와 같이 머리는 텅 빈 인간이고, 경박하고 촐랑대고 멍청함이 남다르긴 한가? 경박한 주제에 낯가죽만큼은 유난히 두꺼우니까, 태연히 토키즈의 일원이랍시고 주장할 수 있는 것이겠지.

그렇기는 해도, 열등감 같은 건 손톱만큼도 갖지 않았다, 라고는 입이 찢어져도 말할 수 없다. 때때로 풀이 죽는 일도 솔직히 있었다. 한숨 푹 자고 나면 대개는 다 상관없게 느껴진다. 상관없지는 않아도, 내가 할 수 있는 일을 하는 수밖에 없잖아. 다들 좋은 사람이고. 동료를 버릴 가능성은 분명히 제로이고.

누구도, 왜 너는 아무것도 못 하는 거야? 이 무능한 놈, 같이 못 해 먹겠어, 나가. 그런 말은 절대로 하지 않는다. 정말 어쩔 수 없는 놈이네. 뭐, 할 수 없지. 너는 그런 녀석이니까. 그것도 포함해서 우리 동료이고. 즐겁게 하는 게 제일이고.

그것이 토키즈다. 다들 진짜 좋아해. 많이 사랑한다.

그런데 이제 와서, 왜?

왜 킷카와는, 토키무네가 말한 것처럼 세상이 끝난 것 같은 얼굴을 하고 있는 건가?

"아아…—"

그런가.

그랬구나.

킷카와는 이제야 자기 자신의 심경을 이해했다. 킷카와를 잠식하고 있는 것은, 약한, 뒤떨어진, 쓸모없는 자신에 대한 분노, 실망, 동료들에 대한 미안함, 견딜 수 없는 부끄러움, 그런 감정이 아니었다. 그러한 감정들은 분명히 있지만, 근본적인 부분은 다르다.

토키무네가 말한 대로다.

세상이 끝났다.

"…그야."

킷카와는 고개를 숙였다.

"그야, 진짜로 끝난 거 아니야? 저런 검고 이상한 놈이 말이지. 도대체 뭐냐고? 저거. 오르타나는 저거한테 당한 모양이고. 시노하랏치도 틀린 것 같다고 했던가? 진 모기스가 혼자 도망나왔잖아. 저거, 그 놈이 리버사이드 철골 요새까지 데리고 온 거나 마찬가지지? 여기도 이제 위험하잖아. 지킬 수 없어. 지키지 못했고. 우리는 아직까지는 전원 무사하지만, 의용병들이 많이 당했잖아. 위험하잖아. 위험한 놈이잖아…."

"유, 망할 킷카와! 뭘 궁시렁궁시렁 불쉣…—"

안나 씨의 폭발하기 직전이던 목소리가 뒤로 갈수록 흐릿해졌다.

"우—…."

미모리가 신음했다.

후에아앗, 호오우후옷, 후우네하앗, 누우핫… 이런 느낌의, 듣기만 해도 괴로운 듯한 거친 숨소리는 타다의 것이겠지.

이누이가 "큭…" 하고 목을 울렸다.

"마왕의 시대, 도래… 라는 건가? 큭…."

"매번 매번 잘도 그런 쓸데없는 소리 뱉어내내!"

킷카와는 힘차게 일어서려고 했으나, 도중에 힘이 빠져 몸을 가누지 못했다.

"…장난 아니고 말이야, 세계, 끝나가고 있잖아. 상황은 나빠지기만 하고. 여기를 헤쳐나간다고 해도 그 다음은? 전망이 안 보이잖아. 나는 됐어. 뭐랄까, 어떻게 말하면 좋은지 모르지만. 그렇게 미련 같은 거 없다고나 할까. 재미있었고? 매일, 즐거웠어. 좋은 추억 잔뜩이야. 모두가 있었으니까. 모두와 함께였으니까. 나, 지나치게 운이 좋았어. 모두 진짜로 고마워. 모두의 덕분에 후회 같은 건 없지만… 하지만… 끝나는 건… 싫어. 세계 같은 건 내 알 바 아니지만. 세계가 끝난다는 건, 다들 죽어버린다는 거잖아. 나, 그게 싫은 거야."

킷카와는 모자라나마 나름대로 의용병으로서 살아왔다. 죽음에 가까이 간 적은 있다. 죽음에 관해서 생각한 적도 있다. 내가 죽으면 어떻게 되는 걸까? 죽음이란 어떤 것일까? 뭐, 꿈도 꾸지 않고 자는 것 같은, 그런 것일까? 킷카와는 그런 식으로 생각하고 있었다. 보통은 잠들면 다시 눈을 뜬다. 그러나, 죽으면 눈뜨는 일은 없다. 그거라면 별로 무섭지 않다.

나는 됐어. 언제 죽어도 상관없어.

하지만, 동료들은 죽지 않았으면 좋겠어.

그건 안 돼.

토키즈니까, 분명 괜찮을 거야. 제일 먼저 죽는 건 막내인 나일

테지. 뭔가 엄청난 실수를 해서, 우왓, 이크, 죽을지도, 라고 생각한 순간, 의식이 없어진다. 이미 죽었다.

적어도 동료들이 나중에 웃을 수 있을 만한 방식으로 죽고 싶다. 그 녀석 바보잖아, 끝까지 바보였잖아, 아니, 웃을 수는 없지만, 역시 웃기긴 해, 그런 식으로 생각해줄 만한, 우울해지지 않을 만한 방식의 죽는 모습을 보이고 싶다.

킷카와는 토키즈를 신뢰한다. 어디까지고 믿는다.

그러니까 분명, 분명 괜찮아.

모두 나를 두고 가지는 않을 거야. 나는 아마, 무슨 실수를 해서 먼저 가버리겠지만, 그 점은 용서해줘.

"…이제부터 어떻게 할 거야? 나는 모두가 살아주길 바라. 그것만으로 좋아. 하지만, 희망을 품기 힘들 것 같은 느낌이 들어. 이거, 세계의 끝이잖아…."

"그렇군."

토키무네가 갑자기 쪼그리고 앉아 킷카와의 어깨에 팔을 둘렀다.

"나도 동감이다. 세계가 끝을 향해 가고 있다고밖에는 생각할 수 없어. 끝이라는 것이 무엇을 가리키는 건지는 둘째치고, 최고다."

"—어? 최고…?"

"세계의 끝이라고? 정말로 세계가 끝나는 거라면, 좀처럼 일어나지 않는 빅 이벤트다. 설레지 않아?"

"…아니, 나는 설렌다기보다 흠칫흠칫인데…."

"설렘과 흠칫흠칫은 꽤 비슷하니까. 가까운 면이 있어. 흠칫흠칫이라면, 두근두근 설렘으로 바꿀 수 있어."

"아무래도 거기까지는 무리가 있지 않을…"

“무서운가? 킷카와.”

토키무네가 만면에 웃음을 띠고 킷카와를 끌어안는 것처럼 자기 쪽으로 당겼다.

“응? 무서워?”

“…그야— 무…서워. 나는… 모두와 달리, 보통이고….”

“나도 무서워.”

“엉?”

“이건 본격적으로 위험할 것 같다고 생각해.”

토키무네는 담담한 말투로 말했다.

“오크며 언데드들이 전쟁을 감행해와서 안 그래도 좋지 않은 상황이 되었는데, 게다가 이렇게 되니까. 어쩌면 그림갈이 돌변할 만한 뭔가가 일어나는 건지도 몰라. 그것이 뭔지 짐작도 못 하겠어. 전혀. 그 점도 위험해. 세계가 끝난다, 라. 그래. 적어도, 지금까지의 세계는 끝나는 건지도 몰라. 그런 건 무섭지. 무섭지 않다면 이상하지.”

“…하지만—”

킷카와는 자기도 모르는 사이에 떨고 있었다. 무섭다. 무서워, 라고 토키무네는 말했다. 분명히 말로 했다. 토키무네조차도 무서운 건가?

“그, 그래도….”

킷카와는 인정하고 싶지 않았다. 믿을 수 없다.

“마, 말했잖아. 설렌다고.”

“그렇게 나 자신에게 말하는 거야. 그건 말이지, 허세다.”

“허세… 라니, 토키무네—가…?”

"앞날이 보이지 않아. 그 보이지 않는 앞을, 단 1초라도 좋으니까, 나는 너희와 함께 보고 싶다. 1초로는 부족하군. 좀 더. 나는 분명 욕심이 많은 거겠지. 그러니까, 누구보다도 지금 이 순간을 즐기지 않으면 아깝다는 생각이 들어. 잠들기 전 같은 때 문득 생각해. 그게 언제일지는 모르지만, 전부 내려놔야 할 때가 반드시 온다. 잃어버리는 것도 있을지도 몰라. 그런 일을 생각하면, 몸이 저리고, 무거워지고, 견딜 수 없게 돼."

토키무네는 날 때부터 히어로다.

가능한 일이라면, 토키무네처럼 되고 싶다.

그러나, 킷카와 같은 평범한 인간과는, 모든 것이, 너무나도 다르다. 아무리 동경해도, 될 수 있을 리가 없다. 너무 동떨어졌다.

그런 토키무네라도 무서운 건가?

어쩌다 한 번씩 죽음이 머리를 스치기도 하는 건가?

모든 것을 내려놓게 될 자기 자신의 죽음이나, 소중한 동료들의 죽음에 떨고 있는 건가?

"나는 결정했어. 그럴 때는 나 자신에게 이렇게 말한다."

"…어떻게?"

"'겁내지 마라, 겁쟁이여.'"

"겁쟁이… 라니, 토키무네가?"

"그야, 살아 있는 우리보다 죽어간 놈들이 분명 더 많겠지. 모두 똑같이 살다가 죽어간 거야. 나처럼 죽음을 두려워하고, 우오, 무서워, 하고 벌벌 떤 녀석도 있겠지만, 평온하게 만족스러운 기분으로 죽어간 녀석도 있을 테고, 멋지게 죽어간 녀석도 있었을 거다. 그래도, 나 같은 겁쟁이를 포함해서, 모두 제대로 죽어갔다. 그러니까,

나도 훌륭하게 죽을 수 있어. 그렇게 스스로에게 말하기로 했다. 역시, 가끔씩은 무서워지지만. 너희들을 잃는 것도, 나 자신이 사라지는 것도, 가급적 피하고 싶어. 가능한 한 뒤로 미루고 싶어. 욕심 많고 패기 없는 놈이다, 나는."

"그런, 일⋯."

킷카와는 다음 말을 이을 수 없었다.

토키무네는 동경해도 손이 닿지 않는 히어로로 있어주길 바랐다. 한편으로는 등신대의 토키무네를 아마 처음으로 접하고 안도하기도 했다. 뭐야, 어떤 의미에서는 이상한 선천적 히어로 체질인 사람이라고 생각했는데, 같은 인간이잖아. 약간 낙담하고 있는 건가? 그것도 없다고는 할 수 없다. 토키무네가 실은 허세를 부리고 있었던 것뿐이라면, 앞으로 지금까지처럼 의지할 수 없게 되어버린다. 결국, 응석 부리는 막내 본성이 드러나 버려서 킷카와를 할 말 없게 만든 건지도 모른다.

"농담 따먹기는 끝인가?"

타다가 벌떡 일어나 숨을 한번 내쉬더니, 고개를 좌우로 우드득 우드득 꺾었다. 워 해머를 붕붕 휘두른다.

"—샤앗!"

안나 씨가 날카로운 목소리를 발하며 일어나 주먹을 치켜들었다.

"슬슬 휴식 이만 됐겠지요—! 그쯤 하면—?! 넥스트—! 플랜 A 발동할 거니까요—!"

"응."

주저앉아 있던 미모리도 머리에 쓴 마법사의 모자를 조정하고 일어섰다. 이누이는 포니테일 상태를 확인하고 있다. 저 남자 나름대로 머리카락에 상당한 애착이 있는 모양이다.

토키무네는 킷카와의 어깨를 톡톡 두드렸다.

"가자, 킷카와. 다 함께 세계의 끝을 지켜보러."

"…그러네."

킷카와는 마음속으로 중얼거렸다.

겁내지 마라, 겁쟁이여, 라고.

토키무네와 함께 일어났을 때는 이미 여느 때의 나 님으로 돌아와 있다. 돌아오지 않으면 안 된다.

미흡하나마 이 토키즈에 있을 자리가 있는 거라면, 징징대는 얼간이 킷카와는 아니다. 바보이기 때문에 낙천적이고, 분위기에 들뜨면 하늘까지 올라갈 바보 같은 나 님, 막내 킷카와인 것이다.

여기 계속 있기 위해서, 모자란 멍청이 막내역을 연기하지 않으면 안 되는 건가? 그렇다. 천연소재, 있는 그대로의 모습으로 통용될 정도로 킷카와라는 인간은 레벨이 높지 않다. 사실 토키무네조차 항상 본모습은 아니라고 한다. 누구나 바라는 모습의 자기와, 바라지 않는 모습의 자기라는 것이 있다. 이것저것 위장하고, 주위 사람들을, 혹은 자신을 속이고, 자기 자신을 크게 보이려고 하기도 하고, 반대로 작게 보이려고 하기도 한다.

모두가, 귀여운, 사랑할 만한 사람들이다.

그중에서도 토키즈 동료들은 단연 사랑스럽다.

"5번으로 가자."

토키무네를 선두로 해서 킷카와 일행은 계단을 내려가기 시작했다. 조금 전까지 토키즈가 있던 곳은 9번 탑이고, 연결 다리를 경유해서 들어온 여기는 13번 탑인 것 같다.

　13번 탑, 그리고 6번 탑은, 리버사이드 철골 요새 안에 14개 있는 탑 중에서도 다소 특수한 역할을 한다. 연결 다리로 다른 탑 여러 개와 연결되어 있는데, 지상에 출입구는 없다. 그리고, 최상층과 지하에 물자를 비축해두게 되어 있다.

　더욱이, 7번 탑과 14번 탑은 지하에 요새 바깥으로 통하는 비밀 통로가 있다. 그러나, 14번 탑은 종종 발생한 공방전으로 대부분이 파괴되었고 비밀통로도 쓸 수 없다.

　7번 탑은 최후의 수단으로 남겨둔 탈출로다. 지하로 가는 계단은 얇은 돌벽 너머에 있다. 여차하면 잔존하는 전력들을 결집해서 7번 탑의 숨겨진 지하를 향하고, 거기서부터 요새 밖으로 도망친다는 계산이다.

　참고로, 연결 다리를 떨어뜨리는 것은 기본적으로 금지된 방법이었다. 각 탑이 연결 다리로 복잡하게 이어져서 서로 오갈 수 있다. 방어 측은 이 구조를 이용해서, 불리해지면 후퇴하거나, 아군끼리 서로 엄호하거나 하면서 시간을 번다. 공격 측 입장에서도, 섣불리 연결 다리를 떨어뜨려 버리면 방어 측을 쫓아갈 수 없게 될지도 모르고, 자신들이 고립될지도 모른다.

　단, 토키즈는 그 금지된 수단을 쓸 수밖에 없었다. 그러지 않으면 틀림없이 사망자가 나왔을 것이다. 전멸했을지도 모른다.

　이윽고 층계참 비슷한 곳으로 나왔다. 5번 탑과의 연결 다리가 있다. 보아하니 연결 다리 끝에서 전투가 벌어지고 있는 모양이다.

　"이누이?!"

　토키무네가 묻자, 이누이는 안대를 하지 않은 오른쪽 눈을 크게 번쩍 뜨고 연결 다리 너머를 응시했다.

“큭…!”

“설마 설마 했던 마안(魔眼)이 오는거—?! 드디어 와버린다거나 하는 거—?!”

킷카와가 외쳤다. 평소처럼 샤우팅할 수 있었다. 살짝 안심했으나, 타다에게 팔꿈치 공격을 당하고 말았다.

“—아얏?!”

“이 녀석(이누이)한테 그런 건 없어.”

“타닷치. 뒤통수는 때리지 말기?! 나 님 안 그래도 바보인데 더 바보가 되어버려!”

“노—큐어 포 풀, 바보 킷카와에게 약을 줘봤자 낫지 않을 테니까요!”

안나 씨가 윙크하며 엄지를 척 세우자, 미모리가 천천히 끄덕였다.

“즉, 때리면 돼.”

“오호라—. 바보에게 듣는 약이 없으니까, 때리면—”

킷카와는 한번 제대로 반응해둔 후에, 정석대로 “그게 아니지…” 라고 셀프 딴죽을 걸었다.

“5번 탑에는—”

이누이는 낮은 자세로 두 팔을 상하좌우로 흔들흔들 움직였다. 이 포니테일은 종종 이런 행동을 한다. 기분 나쁘지만, 보고 있노라면 따라서 습관이 되어버린다.

“아이언 너클과 버서커즈가 있을…! 것이다, 틀림없이…! 큭…!”

“미묘하게 신빙성 없는 느낌으로 말하잖아…?!”

“좋아, 엄호한다!”

토키무네가 달려나간다. 타다가, 킷카와가, 미모리가, 그 뒤에 안나 씨와 이누이가 따른다. 연결 다리 끝, 5번 탑 내부의 상황이 아주 약간, 왠지 느낌이기는 하지만, 보이기 시작한 것 같다. 한 사람이 5번 탑에서부터 연결 다리에 반 정도 발을 들이밀고 있었다. 빨간 머리다. 거무스름한 모피 외투를 걸쳤다.

"저 아저씨…!"

킷카와가 꽤 큰 목소리를 냈기 때문인지, 그 빨간 머리 남자가 이쪽으로 얼굴을 돌렸다. 현역 의용병이라면 좀처럼 저 레벨의 관록은 없다. 아저씨 같다거나 그런 게 아니라, 실제로 아저씨인 것이다. 40대일 것이다.

"원군이 왔다!"

빨간 머리 아저씨가 5번 탑 쪽으로 내뱉은 투박한 목소리가 울려퍼진다. 일단, 검집에서 뽑은 검을 손에 들고는 있다. 그러나, 싸우고 있는 건지 아닌지. 킷카와로서는 저런 거만해 보이는 아저씨에게는 편견밖에 없다.

"진 모기스! 당신이 검고 이상한 놈들을 데리고 온 주제에…!"

토키즈는 이제 곧 연결 다리를 다 건넌다. 반대로 진 모기스는 5번 탑에서 벗어나려고 했다. 이대로 가면 마주친다.

토키무네가 5번 탑으로 뛰어들어갔다.

킷카와는 진 모기스와 스쳐지나가는 순간, 검으로 베어버리는 것은 지나칠지도 모르지만, 발을 거는 정도는 해주고 싶었다. 진 모기스는 옅은 웃음을 띠고 있었던 것 같은 느낌이 든다.

"진짜 재수 없어…!"

하지만 뭐, 그런 일을 하고 있을 때가 아니기 때문에, 토키무네의 뒤를 따라 5번 탑으로 뛰어들자, 계단 밑에서는 의용병들이 스크럼을 짜고 있었다. 보아하니 아이언 너클과 버서커즈 남자들이 방패와 갑옷, 그리고 자기 근육으로 벽을 만들고 계단을 올라오는 검고 이상한 놈들을 막고, 밀어내려고 하는 모양이다. 토키즈는 총 6명이지만, 아이언 너클이나 버서커즈는 나름대로 머릿수가 있는 클랜이라서 저런 전법도 쓸 수 있는 건가?

양쪽 클랜 다 친하지는 않지만, 아이언 너클의 보스 '타이맨' 맥스나 그 심복인 에이단, 버서커즈의 '레드 데빌' 닷키, 참모인 사가 정도는 알고 있다. 우선 갱단의 젊은 보스 같은 외모의 맥스, 원래 빨간 머리가 아니라 머리카락을 빨갛게 물들인 거한인 닷키는 스크럼에 가담한 모양이다. 계단 위에 있는, 마법사 모자를 눈가까지 깊게 눌러쓴 남자는 분명히 버서커즈의 사가다.

"안나 씨와 미모리는 물러나 있어…!"

토키무네는 스크럼 제일 뒤에 붙어 남자들을 밀기 시작했다.

"킷카와, 타다, 이누이! 우리는 민다…!"

"옛썰…!"

"재미없어…!"

"큭…!"

타다는 상당히 불만스러운 것 같았으나, 그래도 토키즈 남자들 네 명이 스크럼에 참가하여, 밀고 밀고 밀고 밀고 또 밀었다. 킷카와 일행은 스크럼의 제일 뒤에 붙어 있었을텐데, 정신이 들고 보니 안쪽으로 파고들어버렸다. 이 좁은 와중에, 앞에 있는 자가 뒤로 물러나고, 뒤에 있는 자가 앞으로 나서고, 또 앞에 있는 자가 후퇴하고, 그런 식으로 대열을 바꿔가면서 스크럼을 유지하고 있는 모양이다. 구체적으로 어떻게 하고 있는 건가? 킷카와는 신기할 뿐이었다. 라고나 할까, 짓눌려서 괴로워서 견딜 수가 없다. 땀 냄새가 맹렬해서 질식할 것 같다.

어느 틈엔가 킷카와는 제일 앞열로 밀려나왔다.

방패 너머에 검고 이상한 놈이 있다.

죽는다. 죽는다. 죽는다고.

킷카와는 신음하고, 웅얼거리고, 소리쳤다. 죽어. 진짜 죽는다니까, 이거. 위험해. 위험해. 너무 위험하다고. 뒤에서 너무 밀어댄다고. 적보다 아군한테 죽을 것 같다. 그렇게 밀면 등뼈가 부러진다고. 등뼈만으로는 끝나지 않는다고. 온몸의 뼈가 부서져 다진고기가 되어버린다고. 민치민치민치가 된다고.

이제 무리, 진심 무리, 무리의 무리스케, 무리타로, 무리—실신 직전에 킷카와는 남자들에게 끌려 나와 제일 앞줄에서 둘째 줄로, 그리고 세 번째, 네 번째 줄로 잇달아 물러났다. 순식간에 몸에 가해지던 압력이 약해져 숨을 제대로 쉴 수 있게 되고 의식이 또렷해졌다.

그러는 동안에, 또 인가? 또다. 또 빨려 들어가는 것처럼 해서 앞으로, 앞으로, 나가고 싶지 않은데 나가버린다. 싫다. 이거, 싫어. 너무 싫어. 앞으로 가고 싶지 않은데. 뒤가 좋아. 하지만, 허락되지 않는다. 킷카와의 의사 따위 아무도 참작해주지 않는다. 제일 앞줄로 나가버리면, 오로지 견디는 수밖에 없다.

킷카와는 스크럼 안쪽을 몇 번 왕복하다가, 몇 번째인지는 자기도 판단할 수 없지만, 제일 뒷줄로 돌아왔다.

"—이대로는 끝이 없겠어!"

"마냥 막아내기만 할 수는 없어!"

누군가와 누군가가 소리치고 있다. 누구와 누구일까? 잘은 모르지만, 아마 맥스와 닷키 아닐까? 두 사람은 스크럼에서 나온 것일까?

"7번을 지키려던 브리트니와 카지코 팀은 후퇴한 모양이다!"

"어떻게 할 거야?! 7번 탑이 함락되면 탈출할 수 없는데?!"

"전력을 집중시키는 거다! 일점돌파하는 수밖에 없다!"

저 투박한 목소리는 진 모기스다.

"어떻게든 동료와 연락을 취하고, 탑 하나에 집결한다! 그 뒤에, 이미 부서진 문으로 바깥으로 나가는 거다!"

"웃기지 마! 무슨 염치로…!"

"패군의 수장이 지휘관 흉내인가…!"

맥스와 닷키가 진 모기스에게 호통을 쳤다. 킷카와도 불평 한두 마디쯤은 해주고 싶은 기분이었으나, 바라지도 않았는데 다시 스크럼 안을 이동하기 시작했다. 또 또 또입니까? 아직이냐고요? 게다가 앞으로 나가버리는 건가? 살려주지 않을래요? 킷카와는 한탄하고 싶었지만, 포기하면 거기서 시합은 종료—비슷한 말을 누군가가 했던 것 같은. 라고나 할까, 이것은 시합 같은 게 아니다. 시합보다 심각하고 중요하다. 즉, 한층 더 포기할 수 없다. 이런 영문 모를 상황에서 죽을 수는 없다.

겁내지 마라, 겁쟁이여.

다 함께 세계의 끝을 지켜보는 거다. 아직 세계는 끝나지 않았어. 끝날 때까지는 죽을 수 없어. 지금 여기서 죽는 것은 아깝다.

아다치는 검은 안경테를 오른손 가운데 손가락으로 밀어올렸다.

우여곡절을 거쳐 리버사이드 철골 요새 2번 탑에 간신히 결집했을 때는, 아다치를 포함한 팀 렌지 네 명과, 전 의용병단 사무소의 소장 브리트니, 카지코 이하 와일드 엔젤스(황야 천사대) 일곱 명, 토키즈 여섯 명, 아이언 너클(철권대)의 맥스와 에이단 등 여덟 명, 버서커즈(흉전사대)의 닷키와 사가 등 열한 명, 클랜에 소속되지 않은 의용병 세 명과, 변경군 총사 진 모기스. 이상 총 41명이다.

이 2번 탑과 5번 탑을 연결하는 연결 다리, 그리고 2번 탑과 6번 탑을 연결하는 연결 다리도 방금 전에 파괴했다. 이제 연결 다리를 통해 다른 탑으로 이동할 수는 없다. 갖은 수를 다 써서 조사한 결과, 지상 1층 출입구로 적이 침입하지 않은 것은 이 2번 탑뿐이었던 것이다. 그래서 2번 탑에서 모이기로 했다.

7번 탑을 탈환하여 확보하고 지하의 비밀통로로 요새 밖으로 나가는 방법도 있기는 했다. 그러나, 연결 다리로 7번 탑과 이어진 9번 탑 및 11번 탑도 적에게 점거되어버렸다. 7번 탑에 있는 비밀통로는 아마 무사한 것 같지만, 미확인이다. 거기까지 간다고 해도 막상 가보니 쓸모가 없었다, 는 사태가 되기라도 하면 웃어넘길 수 있는 일이 아니다.

2번 탑 지상 1층부터 요새 안뜰로 나가 문을 향한다. 이것밖에 없다.

"하지만 말이야. 잘 풀릴지, 이게…."

빡빡머리 론이 중얼거린다.

“잘 풀리지 않으면 전원 죽는 것뿐이지.”

아다치가 대답하자, 론은 과장되게 얼굴을 찡그렸다.

“그런 말 하지 마, 너는 정말. 사기가 떨어지잖아.”

“네가 쓸데없는 말을 하지 않았다면, 나는 당연한 귀결을 언급할 필요도 없었다. 즉, 네 잘못이다. 네 탓이다.”

“내 입장에서 보면 입만 산 네가 훨씬 잘못이다. 이것도 저것도 다 네 탓이라고.”

“논리도 뭣도 없군. 말이 안 통해.”

“말해두는데, 뭐든 논리를 따진다고 되는 게 아니거든?”

“논리적으로 사고할 수 없는 패배자의 궤변이로군.”

“아아―진짜 한 대 치고 싶다.”

“하고 싶으면 해봐. 다치면 꼬마 씨한테 치료해달라고 한다. 네 행위는 꼬마 씨한테 쓸데없는 부담을 줄 뿐이고, 그걸로 끝이다.”

“꼬마한테 민폐를 끼칠 수는 없지. 그렇게 나오면, 너를 패줄 수도 없잖아.”

“그것도 네 판단이니까 존중한다. 좋을 대로 해.”

아다치는 다시 한번 오른손 가운데 손가락으로 안경 위치를 조정했다. 시끄러운 것은 론뿐만이 아니다. 아다치의 식구인 렌지나 꼬마처럼 특별히 말이 없는 자는 접어두고, 대부분의 의용병들은 비좁은 계단에서 서로 붙어서서, 경우에 따라서는 서로 밀어대면서, 가벼운 대화, 쓰잘데없는 농담, 도저히 들어줄 수 없는 음담패설 등을 하느라 한창이다.

“꼬마.”

렌지가 꼬마의 머리에 커다란 손을 올려놓았다.

"괜찮은가?"

"…어."

꼬마가 고개를 끄덕여 보여도 렌지는 손을 치우려고 하지 않는다.

원래 렌지는 붙임성이 좋은 남자는 결코 아니고, 지금은 고인이 된 삿사에 대해서도 비교적 냉담했다. 그러나, 꼬마에 대한 신뢰는 지나칠 정도로 두텁다. 꼬마에게는 한결같이 친절하다.

그렇긴 해도, 붉은 대륙을 나와 그림갈로 돌아오고 나서부터 렌지는 한층 더 꼬마에게 다정해졌다. 때때로 애완동물 같은 취급을 할 때도 있다. 구체적으로는, 자주 꼬마의 머리를 쓰다듬는다. 쓰다듬기 좋은 것은 알지만, 지나치게 쓰다듬는다. 솔직히, 못 봐줄 정도다.

이 경우에 상대가 꼬마가 아니었다면, 너무 봐주지 말라고 못을 박을 정도다. 하지만 꼬마니까, 버릇없이 굴 일은 없다. 꼬마는 상당히 금욕적이다. 자기 자신에게는 철저히 엄격하고, 타인에 대한 요구는 지극히 적다.

꼬마는 처음부터 렌지에게 매료되었다. 당연히 그 이상의 감정을 품고 있을 것이다. 꼬마 같은 사람은 보답을 받아야 마땅하고, 누구보다도 보답을 받았으면 싶다.

그러면서도, 렌지가 저렇게 꼬마를 신경 써주는 모습을 눈으로 보면, 개운치 않은 감정이 아다치의 마음에서 생겨난다.

원인은 역시 질투인가?

아니, 틀림없이 아다치는 꼬마를 질투하고 있다.

그 감정을 깨달은 것은 벌써 몇 년도 더 전의 일이다.

처음에는 아다치 본인도 받아들일 수가 없었다. 아니야. 그럴 리가 없어. 있을 수 없는 일이야. 계속 부정할 수는 없게 되었다. 바로 대놓고 지적당한 것이다.

붉은 대륙.

벽해 너머에 떠 있는 드넓은 육지가 왜 그 이름으로 불리는 걸까? 땅이 붉다, 강물이 붉다, 나뭇잎과 줄기가 붉은 식물들이 우거져 있다, 그러한 사실은 일절 확인할 수 없었다. 인종은 그림갈보다 다양하다. 유미인(有尾人, 꼬리 달린 사람), 장완인(長腕人, 팔이 긴 사람), 고이인(高耳人, 귀가 뾰족한 사람), 삼안인(三眼人, 눈이 세 개인 사람), 다목인(多目人, 눈이 여러 개인 사람), 철두인(鐵頭人, 머리가 쇠인 사람), 전모인(全毛人, 털로 뒤덮인 사람), 극기인(棘肌人, 살갗이 가시로 뒤덮인 사람), 우골인(羽骨人, 깃털이 난 사람), 무영인(無影人, 그림자 없는 사람), 구형인(球形人, 몸이 구체인 사람) 등등, 듣도 보도 못 했던, 상상도 할 수 없었던 종족의 사람들을 다 하나로 묶어 인간으로 간주한다. 나라는 많았다. 규모는 크기도 하고 작기도 하고 제각각이었고, 무수하다고도 할 수 있을 정도로 많은 나라가 있다. 수백 년 전에 붉은 왕이라 불린 위대한 제왕이 있어 대륙 전토의 패권을 장악했다고. 붉은 대륙의 이름의 유래는 아무래도 그 제왕인 모양이다.

보이는 것도, 들리는 것도, 손에 닿는 모든 것이 새로웠다. 지금 와서 생각해보면, 팀 렌지는 답지도 않게 들떠 있었던 것이다.

어느 날 밤 황야 한구석에서 야영하고 있었다. 아다치는 늘 그렇지만, 잠을 자지 않고 텐트에서 나가 밤하늘을 바라보고 있었다. 샷사가 말을 걸었다. 자기도 잠이 잘 안 온다며 그녀는 웃었다. 붉은 대륙인데 달이 붉지 않네. 그림갈에서 보는 달은 붉었는데. 삿사가 그런 말을 해서, 그거 몇 번을 말하는 거야? 라고, 아다치가 핀잔을 주었다.

『저, 아다치.』

『뭐야? 이제 그만 자지 그래?』

『당신 말이야….』

『하고 싶은 말이 있으면 빨리 해주지 않겠어?』

『좋아하지? 렌지를.』

『…동료니까.』

『그런 게 아니라. 좋아하잖아. 알아. 나도 그러니까.』

내가 훨씬 더 많이 좋아하지만, 이라고 덧붙이며 삿사는 웃었다.

왜 그때 인정하지 않았을까?

『…착각도 정도껏 하지 그래.』

아다치는 얼버무리려고 했다. 그뿐이 아니다.

『그런 말, 두 번 다시 하지 마. 용서하지 않는다.』

분노를 느꼈다. 아다치는 부끄러웠다. 부당한 모욕을 당한 거라면, 다음번에는 용서하지 않는다고 경고해도 된다. 하지만, 그게 아니었다.

『…미안, 아다치.』

삿사는 사과했다.

그녀에게 사과하게 만들었다.

『두 번 다시, 말하지 않을게.』

그 사건과 그녀가 붉은 대륙에서 목숨을 잃은 일은 아무런 관계가 없다.

그녀는 도적이었다. 그 특성상, 특정 국면에서는 아무래도 단독으로 행동할 수밖에 없었다. 물론 그것은 그녀도 납득했다. 계속 혼자 있으면 외롭겠지만, 가끔씩은 혼자가 되고 싶기도 하고, 라고 그녀는 말했었다.

붉은 대륙에는 니하로이라는 용종(龍種)이 있다. 그리 크지는 않지만, 환경에 맞춰 몸 색이 변화하고, 머리가 좋다. 무리 지어 살며 보물을 빼앗아 모아두는 습성이 있다. 그녀는 그 레어를 정찰하러 갔다가 돌아오지 않았다. 돌아올 수 없었던 것이 아니라, 돌아오지 않았던 것 아닐까? 라고, 아다치는 추측했다. 분명 그녀는 니하로이에게 들켜, 습격당하고, 부상을 입었다. 무리해서 동료들 곁으로 돌아오면, 니하로이 대군을 끌고 오는 셈이 된다. 다른 누구도 아닌 그녀니까, 그것을 꺼려한 것이 아닐까?

너무 늦게까지 돌아오지 않자, 조바심이 나서 레어에 돌입한 아다치 일행이 그녀를 발견하는 데는 하루로도 모자라 꼬박 이틀이 걸렸다. 그녀는 이미 숨이 끊어져 있었다. 생전의 모습은 전혀 찾아볼 수 없는 무참한 상태였다.

『차라리 잘됐어..』

론이 눈물을 닦으며 말했다.

『이래서는 살아 있을 때의 그 녀석 모습밖에는 떠오르지 않을 테니까..』

내 탓이 아니야.

아다치는 그렇게 생각하고 있다.

실제로, 아다치와의 대화, 아다치의 언동이 그녀를 죽음에 가까이 가게 했을 가능성은 전무하거나, 한없이 제로에 가까울 것이다.

단지, 그때 인정하면 좋았을걸. 솔직하게 대답한다고 해서 무슨 손해가 있었을까?

그녀가 고자질이라도 한다고?

아니. 그런 일은 절대로 없다고 단언할 수 있다. 그녀는 그런 인간이 아니었다.

두 번 다시 말하지 마, 라니.

용서하지 않는다, 라니.

아다치는 그녀에게 그런 말을 해서는 안 되었다. 그녀에게 사과 같은 걸 하게 만들어서는 안 되는 거였다.

그러나, 아다치가 그녀에게 거짓말을 하지 않았다고 해도, 뭔가 달라졌을까?

어차피 그녀는 니하로이의 레어에서 죽었을 것이다.

마찬가지다.

어느 쪽이든, 그들은 그녀를 잃었을 것이다.

그러니까 이런 후회에 의미는 없다.

그런데도, 아다치는 깊이 후회하고 있다.

어째서일까?

가설은 세워봤다.

아다치 자신을 위해서다.

그녀에게 털어놨었으면 좋았을 것이다. 그녀는 간파하고 있었던 것이다. 아다치가 부정해도 소용없었다. 그렇다면, 차라리 말하는 게 나았다.

그렇다, 라고.

그래. 어쩔 수 없잖아. 기분 탓이라고 생각하려고 했지만. 아니

야, 그럴 리가 없다고, 몇 번이나 부정했다. 하지만, 틀렸다. 사라져 주지 않는다. 이 마음만은 사라지지 않는 거다. 응, 그래. 좋아해. 그가 너무 좋아서, 좋아서 견딜 수가 없어. 나는 이상한 건가? 우스우면 웃어. 괜찮아. 나도 웃고 싶을 정도야. 그와, 렌지와 함께 있고 싶은 제일 큰 이유는, 소중한 동료이기 때문이 아니야. 분명, 좋아하니까 그런 거야.

그녀는 웃지 않았겠지.

이상하지 않아, 라고 말해주었을 것이 틀림없다.

전혀 우습지 않아. 그녀는 그렇게 단언했겠지.

어쩌면, 두 사람은 강한 공감을 느꼈을지도 모른다. 렌지는 지나치게 결벽하다고 할 정도로 결벽한 남자다. 누군가를 사랑하는 일이 있다면, 그것은 여행 동료는 아니다. 이건 이거고 저건 저거, 그렇게 분명히 선을 그어두지 않으면 직성이 풀리지 않는 성정인 것이다. 아다치는 물론이고, 그녀 또한 자기가 사랑받는 일은 없을 거라고 각오하고 있었다.

아다치가 자신을 위장하지 않았으면, 그녀와 친해질 수 있었는지도 모른다. 그녀와라면, 속마음을 터놓고 이야기할 수 있었을지도 모른다. 그녀와는, 동료 이상인 친구, 절친 같은 관계가 되었을지도 모른다.

아니, 아니야. 그게 아니야.

아다치는 줄곧 가슴속에 숨겨왔던 마음의 깊이를 누군가가 들어주길 바랐다. 그녀라면 받아들여 줬을 텐데, 용기가 없었다.

한심하다. 아다치는 절호의 기회를 놓쳐버렸다. 요컨대, 그것을 아쉽게 생각하는 것뿐이겠지.

그녀를 위해 후회하는 것이 아니다.

그녀를 추모하는 척할 자격조차, 아다치에게는 없는 것이다.

"그럼 슬슬 가자고. 준비는 되었지? 자기들?"

브리트니의 목소리가 2번 탑 계단 안에 울려 퍼졌다. 모습은 확인할 수 없다. 대열은 밑에서부터 아이언 너클, 브리트니, 진 모기스, 버서커즈, 와일드 엔젤스, 팀 렌지, 토키즈, 소속 클랜이 없는 세 명으로 이루어졌다. 아다치가 서 있는 위치에서 보이는 것은 고작해야 버서커즈 후열까지다.

"언제든지 좋다!"

"레디 만땅입니다요!"

"—아자—!"

"지루하다, 빨리해!"

"큭…!"

"왓쇼이—."

바로 뒤의 토키즈가 힘차게 대답하자, 론이 "즈에아아아아앗!" 하고 엉뚱한 큰 소리를 발하고, 다른 클랜 멤버들도 제각각의 방법으로 사기를 높였다.

"위— 아—! 아이언…! 너크ㅇㅇㅇㅇㅇㅇ을!"

"예아아아아아아아아아아아아아…!"

"다 날려버리자, 버서커즈!"

"으랴아아아아아아아아아아아아아아아아…!"

"이제 아무도 죽지 마라! 내 천사들! 알겠지!"

"라저…!"

"사랑해, 카지코…!"

"불타오르네, 와일드 엔젤스!"

론은 어째서인지 한껏 고무되어 있다. 어째서이긴, 이성이 가까이에 있으면 쓸데없이 의욕이 넘치는 성격인 것이다. 여성에게 전혀 인기가 없으면서, 여성을 너무나 좋아한다. 붉은 대륙의 전모인이나 극기인 여성에게도 추파를 던졌지만, 족족 차였다. 그를 싫어한다기보다는, 무시한다. 빡빡머리에 마초에 꽤 험악한 인상인데도, 인간의 한계치를 넘어선 어리숙한 내면이 배어 나오는 것이리라. 배어 나오는 정도가 아니라, 콸콸 흘러나온다.

렌지는 말이 없다. 조용히 기합을 넣고 힘을 축적하는 것으로 보이지도 않는다. 힘이 빠져 있다. 아무것도 생각하지 않는 것 같다. 어딘지 식물적이기까지 하다.

"렌지."

아다치가 말을 걸자, 렌지는 "어." 라고 낮은 목소리로 대답하고 나서 그에게로 눈길을 향했다.

"상황 판단은 너에게 맡긴다. 지시를 부탁한다."

"알았다."

아다치는 가급적 퉁명스럽게 대답했다. 렌지가 자기를 의지한다는 것만으로도 심장박동수가 올라가 버리는 자신에게 화가 났다.

언제나 그렇듯, 해야 할 일을 할 뿐이다.

삿사.

그녀도 그랬다.

아니면, 그녀는 뭔가 기대했을까? 렌지에게 헌신하고, 팀 렌지를 위해 몸이 부서져라 일하면, 언젠가 돌아봐줄지도 몰라. 그런 일은 있을 수 없다고 생각하면서도, 그렇게 된다면 좋을 텐데, 되었으면 좋겠다고 마음 한구석에서는 바랐던 것일까?

만약 그랬다고 해도, 그녀를 비웃을 수는 없다.

"아무도 죽게 하지 않는다."

가끔씩이긴 하지만, 아다치도 어리석은 꿈을 꿀 때가 있기 때문이다.

"한 명이라도 빠지면, 내 생존이 위태로워지니까."

"비리비리하니까, 너는!"

론이 등을 때려서, 아다치는 사레 걸릴 뻔했다.

"…너만큼은 여차할 때 버리는 패로 삼을 거다."

"좋아. 그럴 필요가 있다고 네가 판단한다면, 주저하지 말고 말해. 내 각오는 이미 되어 있으니까."

"아— 우우!"

꼬마가 론에게 대들다니, 보기 드문 일이다. 론은 "어, 어어…." 우물쭈물하더니 순순히 빡빡머리를 숙였다.

"미안. 아니, 하지만 그런 일도 없을 거라고는 단언할 수 없는 거니까…."

"우웃."

"미, 미안하다니까. 내가 잘못했다. 전원 여유 있게 돌파할 수 있게끔 힘낼게."

"…우우."

꼬마는 고개를 절레절레 흔들었다. 론이 빡빡머리를 갸우뚱한다.

"어어? 뭐라고?"

"네가 아무리 힘내봤자, 아무래도 그건 무리일 거래."

아다치가 꼬마 대신에 설명해줬더니 론의 안색이 험악해졌다.

“어어어엉…?”

“나한테 화내지 마. 너한테 그 정도의 실력은 없다고 평가한 건 꼬마 씨잖아.”

“꼬마가 어떻게 생각하든 상관없지만, 너한테 그런 말을 듣는 건 참을 수 없다고! 조금은 다른 사람 기분이라는 것도 좀 생각해라, 이 안경잡이!”

“안경잡이?”

토키즈 중 한 명이 워 해머로 벽을 쳤다. 저것은 타다라고 하는, 신관답지 않은 신관이다.

“나한테 무슨 말 했나? 거기 망할 돼지 새끼.”

“너 말고! 그보다, 망할 돼지 새끼라고오?! 해보자는 건가…!”

“해도 좋지. 어차피 이기는 건 나니까.”

“나라고, 나! 당연히 내가 이기지!”

“기운 넘쳐서 좋네! 작전 개시하자…!”

브리트니가 외쳤다. 그러자마자 론도, 타다도 무기를 거뒀다. 대열이 움직이기 시작했다.

바깥 상황은 미리 연결 다리에서 확인을 마쳤다. 요새 안뜰은 검고 이상한 놈들과, 인간형을 갖추지 않고 기어 다니는 검은 것으로 거의 가득 차 있었다. 의용병들은 저 검은 적성생물을 밀어내고 부서진 정문을 향한다. 리버사이드 철골 요새를 나가면, 북동으로 10킬로미터 정도 가면 적야 전초기지 옛터가 있다. 현재 의용병들이 피신할 만한 장소는 그 근처에 있는 원더 홀 정도밖에 없다.

안전하다고는 도저히 말할 수 없지만, 원더 홀 내부는 아직 그 전모가 밝혀지지 않았을 정도로 넓다. 아니, 길다. 듣기에 북쪽 끝까지 이어져 있다고 하니, 황당할 정도다. 적야 전초기지 옛터 부근 말고도 지상과의 접점이 있고, 원더 홀을 경유하여 멀리 도망갈 수 도 있다. 적어도 불가능하지는 않다.

또한, 원더 홀은 여러 개의 이계와 연결된다. 그 이계의 주민들이 이쪽 세계로 들어와버리기도 해서 골치아프지만, 경우에 따라서는 그중 한 이계로 피난한다는 선택지도 생각 못 할 것은 없다.

그리고, 원더 홀 탐색을 나간 채 돌아오지 않은 의용병들이 있다. 그들과도 어떻게든 합류할 수 있다면 매우 든든할 것이다.

솔직히, 의용병들은 아주 낙관적이 되지 않으면 절망하는 수밖에 없는 상황에 놓여 있었다.

풀이 죽은 자, 자포자기가 된 자도 더러 있겠지. 그래도 전원, 어떻게든 발걸음을 맞춰, 이것이 최후일지도 모를 싸움에 임하려고 했다.

아다치는 의용병의 신분이면서도 의용병 전체에 도저히 호감을 가질 수 없었다. 그러나, 호불호는 접어두고, 여기에 있는 살아남은 의용병들은 동료다. 총력을 결집하지 않으면 한 명도 원더 홀까지 도달할 수 없을 것이다.

의용병들과 브리트니 같은 전 의용병은 우선 동료라고 생각할 수 있다.

"밖으로 나간다…!"

아이언 너클의 '타이맨' 맥스가 외쳤다.

아다치는 렌지 뒤를 따라 계단을 내려가면서 그 남자를 생각했다.

진 모기스.

천룡 산맥 남쪽, 아라바키아 왕국 본토에서 원군을 끌고 온 빨간 머리의 장군.

남정군에게 공략당한 오르타나를 그 남자는 근사하게 탈환했다. 그때 쫓아낸 다무로의 고블린과 갑작스럽게 불가침 조약을 체결했다는 소식은 의용병들을 경악시켰다.

아다치도 다소 놀라기는 했으나, 그런 방법이 있었나, 라고도 생각했다.

의용병 중 대부분은 다무로 구시가에서 고블린을 살육한 경험이 있고, 아무래도 편견을 갖기 마련인 것이다. 고블린은 야만스럽고 하등한 종족이니까, 대화 따위 통할 리가 없다고 처음부터 단정지었던 것이다.

그러나, 전해 들은 바에 의하면, 인간족이 고블린과 거래한 것은 이번이 처음이 아니다.

지금으로부터 140년 가까이 전에, 왕국력 521년의 일이다. 노 라이프 킹이 이끄는 제왕 연합의 군대가 아라바키아 왕국 최남단의 도시 다무로를 함락했다.

인간족에게 있어서 최후의 보루이자 생명선이었던 다무로를 잃었으니 더이상 버틸 수는 없었다. 아라바키아 왕국은 천룡 산맥 너머로 완전히 철수할 수밖에 없었고, 다무로는 고블린의 것이 되었다. 아라바키아인들은 분풀이로 천룡 산맥 이북을 변경이라 부르게 되고, 그 이남을 본토로 정했다.

그런데, 그로부터 30여 년이 경과한 왕국력 555년, 아라바키아 왕국은 그 변경으로 돌아왔다.

그 당시 노 라이프 킹이 서거할 때까지 변경의 정세는 혼돈 그 자체였던 모양이나, 그런 것치고는 왕국의 파견부대가 쌓아 올린 교두보는 다무로에서 지나치게 가깝다. 기껏해야 4킬로 정도밖에 떨어지지 않았다. 바로 코앞이라고 해도 좋을 정도다. 이 보루가 바로 오르타나의 기원인 것이다.

분명 고블린은 아라바키아 왕국측으로부터 어떤 보상을 받았음이 틀림없다. 그게 아니라면 순순히 오르타나 건설을 눈감아주지는 않았을 것이다.

아다치가 생각하기에, 본토인인 진 모기스 입장에서는 고블린과의 화평은 그렇게까지 엉뚱한 발상은 아니었다. 단, 말하기는 쉽지만 실행하는 것은 어렵다. 그 남자에게는 결단력과 실행력이 있다. 수장으로서 유능하고, 야심가이기도 한 것이겠지.

진 모기스는 아라바키아 왕국 원정군의 지휘관으로서 변경에 나타났다. 그러나, 지금은 왕국의 장군이 아니다. 그 남자는 원정군을 아라바키아 왕국에서 이탈시켰다. 새로운 군기를 마련하고, 독립군을 재편하여 변경군이라 이름 붙이고, 스스로 그 총사 자리에 앉았다고 아다치는 들었다. 실상은 오르타나 시장 겸 방위대 대장이라고 했으니, 왕을 자처하지는 않았는지도 모른다. 그래도, 규모가 작다고는 해도 한나라, 한 성의 주인이다. ―아니 주인이었다.

그 남자는 성도, 군사도 모든 것을 내던져 버리고 오로지 홀로 도망왔다. 도중까지는 말을 탔던 모양이지만, 리버사이드 철골 요새에 도착했을 때는 도보였다. 낙오된 처지답게 맥이 빠졌느냐 하면, 그렇지도 않았던 모양이다. 기가 죽은 기색도 없이 의용병들에게 지시하고, 미움받고, 꺼려지면서도, 무시당하지는 않았고, 배척당하지도 않았다. 간신히 받아들여졌다.

진 모기스는 결코 동료는 아니다. 분명, 그 남자는 자기 목숨 말고는 뭐든 버릴 수 있다. 마키아벨리스트(주2) 무엇을 꾸미고 있는 것인가?

버리는 패.

선장은 침몰하는 배에서 마지막으로 대피한다고 하지만, 그 남자는 자기 동네(오르타나)에서 제일 먼저 도망쳤겠지. 부하들을 죽게 내버려 두었다. 그뿐인가, 적에게 먹일 미끼로 삼으려고까지 생각했을지도 모른다. 말 그대로 버리는 패다.

다음은 의용병들을 버리는 패로 삼으려는 것이 아닐까? 구체적으로는 어떻게?

거기까지는 모르지만, 경계해야 한다. 그 남자는 반드시 뭔가 저지른다. 그렇게 생각해두는 편이 좋다.

벌써 렌지와 론이 계단을 다 내려가 2번 탑 밖으로 나가려고 했다.

"―우오옷…!"

론이 힘차게 뛰어나간다. 렌지는 달리는 것처럼 보이지도 않는다. 이슈 도그란의 검을 가볍게 들처메고 쓱 앞으로 나간다.

아다치와 꼬마도 안뜰에 발을 들여놓았다. 한밤중을 지나 바깥 기온의 차가움은 그리 크게 느껴지지 않는다. 의용병들은 이미 적과 격렬하게 싸우고 있는 모양이다. 어둡다. 탑 안에는 등불이 잔뜩 설치되어 있었지만, 원래부터 안뜰은 군데군데 화톳불을 지펴놓은 게 전부였다. 그것들도 검은 침입자들에 의해 넘어져 꺼져버린 건지, 한 개도 보이지 않는다. 탑 위와 성벽 위에서 흔들리는 화톳불의 불빛은 안뜰까지는 거의 닿지 않는다.

주2) 마키아벨리스트 : 정치적 목적을 위해서는 수단과 방법을 가리지 않는 자. 마키아벨리주의자(마키아벨리즘). 니콜로 마키아벨리의 「군주론」에서 유래했다.

"불을 비춰라…!"

누군가가 외쳤다. 아이언 너클의 맥스인가? 곧바로 4, 5개의 발광봉이 오갔다. 저 봉은 한쪽 끝을 눌러 검집 상태의 캡을 열면 약 2분간 연소하며 빛을 내뿜는다. 천룡 산맥 지저에 사는 놈이 제작한 도구로, 오르타나의 비밀도구 상인이 취급했다. 일회용치고는 비쌌지만, 지금은 큰돈을 주고도 살 수 없다. 귀중품이다.

발광봉 덕분에 시야가 다소 트였다. 아이언 너클은 버서커즈와 한 무리로 뭉쳐 정문 방향으로 진행하려고 하는 건가? 맥스, 닷키가 그 선두에 있다. 그 사람 옆에서 긴 머리카락을 휘날리며, 춤추는 것 같은 몸놀림으로 검을 휘두르는 것은 브리트니다. 카지코를 포함한 와일드 엔젤스도 그들을 뒤따르고 있다.

"우리는 왼쪽으로 붙는다…!"

토키무네가 그렇게 외치면서 아다치를 추월했다. 토키즈는 선두 집단 좌측에 붙어 서포트할 테니 팀 렌지는 반대쪽에 붙어달라는 뜻이겠지.

"렌지, 오른쪽으로…!"

아다치가 말하는 것보다도 빨리, 렌지와 론은 정면을 향해 오른쪽으로 진로를 잡으려고 했다. 꼬마가 아다치 옆에 딱 달라 붙어준다. 아다치는 렌지와 론을 쫓아가고자 속도를 높이려고 했다. 하지만, 렌지와 론은 적에게 앞을 가로막혀 좀처럼 마음먹은대로 진행하지 못하고 있다.

"우와 젠장…! 성가시다고, 이놈들 진짜…!"

론은 도축용 칼을 5, 6배로 확대한 것 같은 특주 한정판 대검을 쓰고 있다. 웬만한 물건은 저걸로 간단히 동강을 내버리는데, 이 검은 적성생물은 그렇게 되지 않는다. 어떻게 해도 벨 수 없어서, 론은 어쩔 수 없이 쳐내서 날려버리고 있다.

치워도 치워도, 검은 적성생물은 잇달아 달려든다. 아무리 대검을 휘둘러봤자, 검은 적성생물은 줄어들지 않았다. 저래서는 지치고, 프러스트레이션(주3)이 쌓인다. 엄청나게 스트레스가 쌓이겠지. 그래도 하는 수밖에 없는 것이다. 계속 하지 않으면 앞으로 한 걸음도 전진할 수 없다.

단, 렌지 쪽이 아무래도 힘든 모양이다.

렌지는 이슈 도그란이라는 오크가 갖고 있던 외날의 대검을 애용한다. 론의 무기보다도 몇 배 더 절삭력이 뛰어난 일품이다. 그 근사한 절삭력이 전혀 의미를 갖지 못한다. 검은 적성생물을 상대할 때는 저런 명검이라도 철봉이나 마찬가지다.

게다가, 오로지 힘과 기세로 압박하려는 론과 달리, 렌지는 오히려 기술이 뛰어난 쪽이다. 힘을 수치화한다면, 렌지보다 론 쪽이 크다. 론은 렌지보다 키가 크지는 않지만, 근육이 붙은 방식이 정상이 아니다. 그런데도 힘겨루기를 하면 렌지가 이긴다. 론은 100이 있으면 그냥 100을 다 낸다. 렌지는 기술로 90을 110, 그 이상으로 만든다. 그런 렌지라도 검은 적성생물에게는 론과 같은 대처를 하는 수밖에 없다.

아니, 그뿐만이 아닌가?

아다치가 보기에, 검은 적성생물은 론보다도 렌지를 향해 몰려갔다. 단순하게, 렌지가 해치워야 하는 적의 숫자, 적의 양이 더 많다.

론은 자기에게 쏟아지는 불똥을 치운다기보다, 렌지에게 달려드는 검은 적성생물을 처리하는 것 같다. 론은 렌지를 보조하고 있다.

"…노리고 있는 건가?! 렌지를—"

아다치는 오른손 가운데 손가락으로 안경을 밀어 올렸다. 팀 렌지는 2번 탑에서부터 5, 6미터 떨어진 곳에서 오도가도 못 하고 있었고, 아이언 너클, 버서커즈, 와일드 엔젤, 토키즈가 앞서 가버리고 있다. 주위는 적투성이다. 전후좌우에서 검은 적성생물이 밀려온다. 그런 것치고는 아다치는 그리 위협을 느끼지 않았다. 꼬마가 지켜주고 있기 때문인가? 확실히 꼬마는 전투용 지팡이로 검은 적성생물을 쳐내고 있다. 그러나, 밀어닥치는 적을 상대하고 있는 건가? 그게 아니라, 자기 옆을 빠져나가려고 하는 검은 적성생물을 찌르거나 쳐내거나 하고 있는 것이 아닌가?

꼬마는 자기 자신과 아다치를 지킨다기보다, 렌지에게로 가는 검은 적성생물을 쳐내고 있었다.

즉, 꼬마도 또한 렌지를 돕고 있다.

"왜—?"

아다치는 생각했다. 지금은 사고하는 것밖에 할 수 없다. 검은 적성생물은 벨 수 없을 뿐만 아니라, 마법으로 파괴할 수도 없을 것 같은 것이다. 마법의 여파, 예를 들면 폭풍으로 날려버리는 것은 가능하다고 해도, 그런 일을 하면 아군에게까지 피해가 미칠 수도 있다. 마법사는 거의 쓸모가 없다. 적어도 생각해라. 머리다. 머리를 쓰는 수밖에 없다.

검은 적성생물은 어째서 렌지를 노리는 건가?

도대체 무엇 때문에?

아무런 단서도 없을 것 같다.

그래도, 포기하지 마. 계속 생각해. 답이란 건 그리 쉽게 찾을 수 있는 것이 아니야. 찾을 때까지 생각하는 거다. 여러 각도로 생각해라. 렌지를 노리고 있다. 노리는 것은 렌지뿐인 건가? 적. 검은 적성생물. 애초에 저것은 무엇이지?

리버사이드 철골 요새에 저것이 공격해온 것은, 진 모기스가 도망오고 나서부터다. 진 모기스가 의용병단에게 한 말에 따르면, 새벽에 의문의 적이 오르타나 주변에 출현. 변경군이 방어를 맡고, 시노하라 이하 오리온은 남문을 통해 오르타나를 나간 이후로 소식이 끊겼다. 이윽고 오르타나는 적에게 포위되었다. 서서히 적이 오르타나 안으로 침입해왔다. 어쩔 수 없이 변경군은 오르타나에서 철수를 시도했으나, 낙오자 다수. 살아서 리버사이드 철골 요새에 도달할 수 있었던 것은 결국 진 모기스뿐이었다. 그 직후, 리버사이드 철골 요새에 적이 밀어닥쳤다.

들은 바에 따르면, 진 모기스는 적에게 쫓기고 있었다. 그 당시 정문에서 경비를 맡던 와일드 엔젤스가, 진 모기스를 요새 안으로 들이고 곧바로 문을 닫고, 그 적을 막아냈다. 아다치는 그렇게 들었다. 그래서, 많은 의용병이 진 모기스가 저 적을 데리고 왔다고 생각하는 것이다.

즉, 진 모기스도 적이 노리고 있었다는 뜻이 아닌가?

지금, 진 모기스는?

있다.

선두집단 속이다. 앞으로는 나서지 않는다. 저 남자는 선두집단 한복판에 있다.

적은 선두집단을 향해서도 몰려들었다.

선두집단을 노리는 것이 아니라, 적이 노리는 것은 선두집단 안에 있는 진 모기스가 아닐까?

그 결과, 선두집단으로 적이 모여 있다.

즉, 진 모기스는 선두집단으로 하여금 자신을 지키게 하고 있는 것이 아닌가?

어째서 적은, 진 모기스와 렌지를?

"—렌지…! 어떻게 해…?!"

론이 대검으로 검은 적성생물을 날리면서 외쳤다. 아라가팔드(劍鬼妖鎧). 국면을 타개하기 위해서 렐릭의 힘을 쓰는 비장의 수단도 렌지에게는 있다.

렌지는 대답하지 않는다. 잠자코 이슈 도그란의 검을 계속 휘두르고 있다. 정확하게 부정하지 않는다는 것은, 아마도 렌지도 망설이고 있는 것이다.

"렌지네가 뒤처지고 있어…!"

브리트니의 목소리가 들렸다. 멀다. 선두집단과 팀 렌지는 10미터 이상 떨어져 있다. 20미터 가까운지도 모르겠다.

선두집단은 탑과 탑 사이를 지나가려고 하고 있다. 조금만 더 가면 정문이다.

진 모기스. 아다치는 저 남자가 신경 쓰여 견딜 수가 없다. 지금 그럴 때가 아닌지도 모르지만, 아무래도 눈을 뗄 수가 없었다.

이것은 비논리적인 사고일까? 그렇다면, 아다치는 다시 생각해야 한다. 저런 남자 따위를 신경 쓰고 있을 때가 아니다. 팀 렌지에만 집중해라. 저 남자에 관해서는 일단 잊어버려야 한다.

"노스타렘 상그위 사크리피시…!"

진 모기스가 움직인 것은 그때였다. 저것은 무슨 언어인가? 귀에 익지 않는 언어였으나, 왠지 라틴어 비슷하다고 아다치는 생각했다.

라틴어라니?

모르겠다. 저것은 주문인가? 무슨 키워드인가? 아무튼, 그것을 계기로 뭔가가 일어났다.

선두집단의 아이언 너클, 버서커즈, 와일드 엔젤스, 토키즈, 그리고 브리트니가 거의 일제히 쓰러졌다.

아니, 그것은 어디까지나 인상이다. 선두집단 전원이 한꺼번에 풀썩 쓰러진 것은 아니다. 실제로는 엎어진 자보다도 엉덩방아를 찧은 자나 주저앉은 자, 간신히 서 있기는 하나 휘청거리는 자 쪽이 많을 것이다. 어떤 타격을 받은 건가? 마법 종류일까? 그렇다면 비명 한두 번쯤은 나왔을 법한데, 그런 목소리는 일절 들리지 않았다. 아다치의 귀에 들어온 것은, 기껏해야 "앗…" 이라거나 "웃…" 이라는 작은 목소리 정도다. 갑자기 현기증이라도 엄습한 건가? 혹은, 몸에 힘이 빠졌다거나. 어째서인지 몸에 힘이 들어가지 않게 되었다거나. 무슨 일이 있었던 건가? 아무튼, 그들에게, 그녀들에게, 뭔가가 일어난 것이다.

예외는, 저 남자뿐이다.

단 한 사람, 빨간 머리에 거무스름한 외투를 걸친 진 모기스만이 두 다리로 제대로 서 있다.

쓰러졌거나, 주저앉았거나, 간신히 엉거주춤한 자세로 버티고 있거나 하는 선두집단의 의용병들을, 흐릿한, 아주 옅은 안개 같은 아지랑이 같은 것이 휘감고 있었다.

저것은 뭐지?

어째서 진 모기스만 아무렇지 않은 것인가?

당연하다.

진 모기스가 한 짓이니까. 무엇을 했다는 건가? 그것은 모르지만, 저 남자는 노스타렘 상그위 사크리피시라고 읊어, 뭔가를 했다.

안개나 아지랑이 같은 것이 진 모기스에게 빨려 들어간다.

순식간의 일이었다.

안개나 아지랑이 같은 것은 눈 깜짝할 사이에 사라졌다.

전부, 진 모기스 안으로 들어갔다, 라는 것일까?

저 남자가 흡수해버렸다.

그것은, 결국?

뭐냐?

도대체 어떻게 된 일인가? 뭐가 어떻게 된 거야?

아다치는 이해할 수 없었다. 이해하려고 노력하는 일조차 힘들다. 아무튼, 진 모기스가 뭔가를 했다. 그로 인해, 선두집단이 도저히 전투를 할 수 없는 상태가 되었다. 선두집단에서 떨어져 있던 탓인지, 팀 렌지는 아다치를 포함해서 무사했다. 그러나, 그 사이에도 검은 적성생물은 활동을 계속하고 있었다. 적이 공격을 늦추는 일은 없었다.

아이언 너클의 '타이맨' 맥스나 에이단, 버서커즈의 '레드 데빌' 닷키는 선두집단의 가장 선두에 있었다. 맥스와 닷키는 클랜의 리더지만, 정면 방향에서 밀려오는 검은 적성생물을 계속 물리치며 돌진하는 역할을 자진해서 맡았다. 그들은 항상 최전선에서 누구보다도 용감하게 싸워 힘을 증명하고, 동료를 지켜 존경과 신뢰를 얻어냄으로써, 거친 자들이 모인 무투파 클랜을 통솔해온 것이다. 그들 같은 남자들이 호락호락 적에게 집어삼켜지는 일 같은 건 생각할 수 없다. 물론, 승패는 병가상사다. 맥스나 닷키가 아무리 우수한 전사라도, 무운이 따르지 않으면 패할 수도 있다. 설령 패한다고 해도, 그것은 용맹 과감하게 격투한 끝에 화려하게 산화하는 영웅적인 죽음일 것이 틀림없다.

그런데, 맥스는 바닥에서 몸을 웅크렸고, 닷키는 한쪽 무릎을 짚고 있다. 검은 적성생물은 순식간에 그들을 굴복시켰다. 그저 검은 것이 그들을 집어삼켰다. 그들은 저항할 수 없었다. 도망칠 수도 없었다. 순식간에 그들은 보이지 않게 되어버렸다.

에이단과 선두집단 바깥쪽에 있던 다른 아이언 너클, 버서커즈의 의용병들도 마찬가지였다. 후미의 와일드 엔젤스도 몇 명 당했다.

토키즈는 선두집단에 흡수되지 않고 그 왼쪽에 위치를 잡고 있었다. 그 덕분인지도 모른다. 몇 명인가 검은 파도에 저항하고 있는 것 같았다.

아무튼, 아다치가 보기에, 맥스와 닷키, 에이단은 확실하게 적에게 삼켜져버렸다.

맥스와 닷키야말로 선두집단을 추진시키는 원동력이었다. 그 두 사람을 동시에 잃었다.

이것은, 큰일 났다.

이제 틀렸는지도 몰라.

아다치가 그렇게 생각하자마자, 적이, 검은 파도가, 여기저기에서 물러나기 시작했다.

"—뭐야…?!"

렌지가 이슈 도그란의 검으로 검은 적성생물을 물리치면서 고함쳤다. 무슨 일이 일어나고 있는 것인가? 사태를 파악하고 보고한다. 아다치가 그것을 해야 하는데, 잘 모르겠다.

검은 적성생물들은 맥스와 닷키 등을 집어삼키고, 선두집단을 잠식하려고 했다.

브리트니가 검은 적성생물에게 깔려 있다. 그 검은 적성생물이 튕겨 나가는 것을 아다치는 봤다.

저것은?

브리트니가 자력으로 밀어내고, 발로 차서 날려버린 건가?

아니다.

아마도, 그게 아니다.

"크윽…!"

브리트니는 일어나려고 했으나, 다시 엉덩방아를 찧었다. 몸이 말을 듣지 않는 것 같다. 다른 의용병들도 마찬가지겠지. 진 모기스가 뭔가를 했고, 그 결과, 허탈 상태에 빠졌다. 무기를 휘두르려는 의용병도 있기는 있었지만, 그들은 마치 갑자기 노인이 되어버린 것처럼 엉거주춤했다. 저래서는 제대로 응전할 수 없다. 그런데도, 검은 적성생물들의 기세가 명백하게 약해졌다.

그리고, 없다.

그 남자가.

정작 중요한 진 모기스가, 아무데도 없다.

"뭐―…?"

아다치는 눈을 크게 뜨고 이쪽저쪽으로 시선을 옮겼다.

뭔가가 이동하고 있다.

빠르다.

엄청난 속도다.

작지는 않다. 꽤 크다. 선두집단이 있는 주위를 뭔가가 날아다니는 것인가? 바람을 가르는 소리나 물건과 물건이 충돌하는 것 같은 소리가 단속적으로 울려 퍼졌다. 또렷하게는 보이지 않는다. 그것이 너무 빠른 탓이다. 그것들, 이라고 해야 할까? 단일체가 아니라 복수인지도 모른다.

아무래도, 그것, 혹은 그것들이, 검은 적성생물을 물리쳐버리는 모양이다.

정문으로 향하는 길이 생기기 시작했다.

그 길은 방금 전까지 검은 적성생물로 뒤덮여 있었는데, 열리려고 했다.

검은 적성생물의 흐름도 변했다.

렌지를 노리고 있는 것 같으니, 팀 렌지 입장에서만 말하자면, 상황이 크게 변한 것은 아니다. 돌변한 것은 아니지만, 압력이 조금 약해진 것 같은 느낌이 든다.

검은 적성생물들은, 눈으로 좇아갈 수 없을 정도의 고속으로 날뛰는 뭔가에 밀려나면서도, 선두집단이라기보다 정문 방향으로 이동하려고 있는 것이 아닌가.

"그렇다는 건—"

시각적인 능력의 한계 때문에 직접적인 증거를 얻을 수 없었기에 쉽사리 납득하기는 어렵다. 그래도 아다치의 뇌는 답을 도출해냈다.

"저것은, 진 모기스…!"

진 모기스는 노스타렘 상그위 사크리피시라고 읊조리고 뭔가를 했다. 그래서 선두집단의 의용병들이 갑자기 힘이 빠졌다.

몇 명은 적의 먹잇감이 되었다. 단, 그 행위는 의용병들을 위기에 빠뜨린 것뿐만이 아니었다. 아마도 그것이 목적은 아니었다. 의용병들을 위기에 빠뜨리는 것과 맞바꿔, 진 모기스는 힘을 얻었다. 인간을 초월한 무시무시한 속도로 움직여, 검은 적성생물들을 물리쳐 버릴 만한, 특별한 힘을.

더욱 믿기 힘들지만, 지금은 경악 같은 감정적인 반응을 도외시하고, 고정관념의 틀을 벗어나, 사실을 기반으로 해서 판단해야 하겠지. 있을 수 없다, 그런 일이 가능한 건가? 가능할 리가 없어, 불가능하다, 라는 단계에서 사고를 멈춰서는 안 된다.

게다가, 도저히 불가능할 것 같은 일을 실현시키는 방법이랄까, 그것을 위한 장치가 존재한다는 것을 아다치는 알고 있었다.

"렐릭…!"

그 순간, 연결되었다.

렐릭이다.

진 모기스는 렐릭을 갖고 있었다.

그것을 사용한 것이다.

렐릭이라고 해도, 크기도 제각각에 천차만별이랄까, 그중에는 황당한 물건도 있다. 물건에 따라서는 불가능을 가능하게 할 수 있다.

그리고, 진 모기스는 검은 적성생물들이 노리고 있었다.

렌지도 그렇다.

렐릭.

렌지도 렐릭을 갖고 있다. 붉은 대륙에서 손에 넣은 아라가팔드를 입었다.

렐릭이 열쇠였던 것이다.

“렌지, 아라가팔드를 벗어…!”

아다치는 터무니없는 소리를 하는 건지도 모른다.

아라가팔드는 렌지의 동체 부분과 두 팔, 두 다리까지를 덮고 있다. 단, 여기저기에 잠금장치가 붙어 있는 통상의 갑옷이 아니다.

원래 아라가팔드를 착용했던 것은 키가 2미터가 넘는 이형의 검사로, 아라고(검귀)라 불리는 두려움의 대상이었다. 렌지와는 체격 차이가 크다. 그런데도, 아라고를 무찌른 렌지가 그 유해에 다가가자, 놀랄 만한 일이 일어났다. 아라고가 입은 갑옷이 저절로 벗겨져, 렌지에게 기어온 것이었다. 아다치 일행은 황급히 곧바로 아라고의 갑옷에서 떨어지라고 말했지만, 렌지는 듣지 않았다. 아라고의 갑옷은 생물처럼 렌지의 갑옷을 벗겼다. 렌지가 아라가팔드를 입은 것이 아니다. 아라가팔드가 렌지의 몸에 달라붙었다. 마치 갑옷이 의지를 갖고 다음 소유자를 선택한 것 같았다.

렌지가 명하면 아라가팔드는 벗겨진다. 그렇기는 해도, 전투 중이다. 전투 와중에 갑옷을 벗는 바보가 어디에 있을까?

“론…!”

렌지는, 그러나, 이슈 도그란의 검으로 힘껏 검은 적성생물을 물리치자마자, 뛰어내렸다.

“엄호하라!”

“오우, 맡기겠다…!”

론이 렌지 앞으로 뛰어나갔다. 가끔씩 론은 리미터를 푼다, 라는 표현을 한다. 본인 왈, 저 빡빡머리 속에 스위치 같은 것이 있어서, 온·오프로 전환할 수 있는 모양이다. 평소에 그 스위치는 온 상태인데, 오프가 되면 나는 또랑또랑이 된다, 라고 론은 뇌까렸다.

"으랴라라라라라라라라라라라라라라라라라라라라라아아아…!"

론이 대검을 이쑤시개처럼 휘두른다.

물론, 저 확대 도축칼은 이쑤시개 같은 것이 아니고, 물체를 어떤 방향으로 움직이면 관성이라는 것이 작동해서, 제동하기 위해 그에 상응하는 힘이 필요하다. 요컨대, 저렇게 무거운 대검을 휘두르면 보통은 끝까지 휘두르게 되어버린다. 끝까지 가기 전에 멈추려면 어지간히 힘을 써서 버텨야 한다. 그럴 텐데도, 리미터를 풀어버린 론은 순발력인지 뭔지, 아무튼 심상치 않은 힘으로 대검을 딱 멈추더니 휙 쳐올리고, 쓱 내려치고, 딱 멈추고, 휙 쳐올린다. 무시무시한 속도로 그것을 반복한다.

저것을 할 때 론은 눈을 감는다. 상대를, 표적을 보지 않는다. 그야말로 닥치는 대로 휘두른다. 맞으면 다행이고, 오로지 그저 대검을 휘두른다. 계속 휘두른다.

그렇다는 것은, 론의 대검이 닿는 범위 안으로 들어가지 않으면 된다. 접근하지 않으면 되는 것이다. 맞지 않으면 아무 문제도 없다.

상대방이 그 사실을 이해할 수 있다면, 론이 모처럼 리미터를 풀어도 별반 의미는 없다. 기습공격에는 써먹을 수 있을지도 모르지만, 그게 아니라면 그저 위협하는 것밖에는 안 되겠지.

그러나, 검은 적성생물에게는 이것이 근사하게 적중했다.

저 적은 인간에 가까운 형태를 하고 있다. 인간에 가까운 생물적인 움직임을 한다. 그러나, 그렇지 않은 적도 있다. 새카만 민달팽이 같은, 혹은 뱀 같은 것도 있다. 무슨 생물인가? 전혀 불명이라고 말할 수밖에 없지만, 적어도 위협을 느끼고 그것을 피하려는 습성은 없는 모양이다.

적은 렌지 앞으로 나간 론을 향해 똑바로 돌진했다. 렌지에게 덤벼드는 것밖에 생각하지 않는건가? 아니면, 생각조차 하지 않는 건가? 어느 쪽이든, 리미터를 풀어버린 론에게는 절호의 사냥감이다. 검은 적성생물들은 론의 확대 도축 대검에 퍽 튕겨나갔다. 론의 또랑또랑 상태는 그리 오래 유지할 수는 없지만, 충분했다.

"아라가팔드…!"

렌지가 가슴의 갑주를 두드리며 명령했다. 거의 순식간이었다. 렌지가 아라가팔드를 벗어던진 것이 아니다. 아라가팔드라는 갑옷의 마물이 흉흉한 입을 쩍 벌려, 그 체내에서 렌지를 토해낸 것처럼 보였다.

렌지는 이제 갑옷 아랫도리만 입었다. 아라가팔드는 그 뒤에서 무릎을 꿇은 것 같은 자세를 하고 있다. 어떻게 보면 듀라한(목없는 기사) 같다.

"—우오옷…!"

론이 옆으로 펄쩍 뛰어 굴렀다. 체력, 호흡이 한계에 달한 것이리라.

"정문으로…!"

외치면서 아다치는 달렸다. 렌지가 휙 뛰어가, 론을 잡아 일으킨다. 꼬마는 론에게 뭔가 마법을 건 것 같았다.

예상대로였다.

팀 렌지 앞을 검은 적성생물들은 막아서지 않았다.

아다치는 한순간 돌아보았다.

아라가팔드다.

적은 아라가팔드에게 몰려가고 있다.

역시 렐릭이었다. 적의 정체가 뭔지는 여전히 짐작도 할 수 없다. 그러나, 적이 노리는 것은 렐릭인 것이다.

"저 녀석들은…?!"

론이 소리쳤다. 쓰러지거나 웅크리고 있던 선두집단의 의용병들을 가리키는 것이겠지.

렌지는 간신히 서 있는 키가 큰 여성 의용병에게로 달려갔다.

"카지코, 움직일 수 있나…?!"

"…렌지, 쓸데없는 참견이다!"

와일드 엔젤의 리더는 주위의 여성 의용병들을 질타하기 시작했다.

브리트니가 하늘을 우러러보고 있다.

"뭐였니? 도대체…?!"

"뭐든 됐어! 각자 정문으로 가…!"

렌지의 독촉에 브리트니가, 다른 의용병들도, 동료를 일으켜 세우고, 전우와 서로 격려하며, 간신히 태세를 다시 갖추려고 했다. 명백하게 아직 동작이 둔하다. 그들은, 그녀들은, 정예 의용병들이다. 모두, 정말로 힘든 싸움을 헤쳐나왔다. 아다치 같은 마법사조차, 근접전투는 거의 할 수 없지만, 하루 밤낮을 꼬박 걸어갈 정도의 체력은 있다. 있었어야 한다.

없어졌다.

혹시나, 빼앗긴 건가?

진 모기스는 지금도 초고속으로 뛰어다니며 검은 적성생물을 물리치고 있는 것 같다. 아다치의 동체 시력으로는 그 남자 자체를 포착할 수 없다. 그러나, 아라가팔드에 몰려든 무리와는 다른 검은 적성생물들이, 이쪽으로 가려고 하다가 저쪽으로 가려고 하다가 했다. 우왕좌왕이라기보다, 당황하고 있는 것처럼 보인다. 이쪽저쪽에서 폭발 같은 충격이 발생하고, 그때마다 검은 적성생물들이 날려갔다.

"적은 우리를 노리지 않아…!"

아다치는 소리를 높였다. 묘한 느낌으로 음 이탈이 났지만, 상관할쏘냐.

"가라! 정문으로! 전진하는 거다…!"

렌지도, 론도, 꼬마도, 토키즈 몇 명도, 자력으로 간신히나마 움직일 수 있는 의용병은 전원 동료를 부축했다. 아다치도 그랬다. 의용병들은 서로 어깨를 부축하고, 걷게 하고, 등을 밀어주면서 달리게 했다.

아다치는 팀 렌지가 무엇보다도 중요했다. 자기 자신보다도 렌지와 론, 꼬마가 소중하고, 이제 한 사람도 잃을 수는 없다. 팀 렌지 일밖에는 생각하고 싶지 않다는 마음은 솔직히 있었다. 그렇기는 해도, 지금 이 자리에 있는 의용병들을 못 본 척 내버려둘 수는 없다. 그것은 잘못이다.

인간으로서라거나, 동포의식에서라거나, 그런 이유가 아니다. 아다치는 감정적이 된 것이 아니다. 렌지는 아무 의문도 품지 않고 아라가팔드를 벗어줬다. 그건 기뻤다. 눈물이 날 것 같았다. 좀 울었는지도 모른다. 그것이야말로 감정이다. 이건 아니야. 아다치는 팀 렌지 이외의 의용병을 전력으로밖에 간주하지 않는다. 말할 필요도 없는 일이지만, 전력은 많을수록 좋다. 정문에 도달하는 의용병 수가 많으면 많을수록 전망이 밝아진다는 뜻이다. 보유 전력을 가급적 확보하고 싶다. 이것은 어디까지나 그것을 위해 하는 일이다.

생존자들은 마침내 정문으로 돌입하려고 했다. 아다치는 그 집단 선두는 아니지만, 선두 가까이에는 있었다. 정문의 벽 높은 곳에 횃불이 몇 개인가 붙어 있다. 그 덕분이기도 한데, 아다치는 정문 부근의 상황을 대충 볼 수 있었다.

요새 쪽을 향하여 억지로 밀려 열어젖힌 정문에는, 아직도 검은 적성생물이 빽빽했다. 라고나 할까, 지금 현재도 이쪽저쪽에서 적이 꾸역꾸역 밀려들고 있었다.

저것을 돌파하는 건가?

과연, 가능한가?

할 수 있다, 고는 도저히 생각되지 않는다. 아다치뿐만이 아니라 모두 마찬가지 심정이겠지.

그래도 생존자들은 정문을 향하여 돌진해간다.

무모한 것 아닌가? 자살행위다. 달리 방법은 없는 건가? 아다치는 자문자답했으나, 생존자들은 멈추지 않는다. 그 한복판에 있는 아다치도 발을 멈출 수는 없었다.

깜빡 잊고 있던 것은 아니었다. 진 모기스. 그놈은 뭘 하고 있는 거지? 애초에, 그 남자 탓이 아닌가? 그 남자에 대한 분노는 이 몸이 스러질 때까지 사라질 것 같지 않다.

기대는 조금도 하지 않았었다. 그 남자가 뭔가를 해서 형세를 좋은 방향으로 움직인다. 그런 일은 우선 있을 법하지 않았다.

그만큼, 의표를 찔렸다.

뭔가 그림자 같은 것이 엄청난 속도로 생존자들을 쫓아와, 정문으로 돌격했다. 그것은, 밖에서부터 정문으로 밀려 들어와 앞을 완전히 막고 있던 검은 적성생물들을 단숨에 날려버리고 밀어내 버렸다.

생존자들은 정해진 노선대로 행동하는 것처럼 정문으로 달려갔다. 개개인은 놀랐을 테고, 아다치도 "어엇" 하고 목소리를 내버렸으나, 그대로 달려 바깥으로 나갔다. 거기에는 어둠이 펼쳐져 있었다.

바람은 다소 강하다.

흐린 날씨였다. 동이 트기까지는 아직 멀었고, 붉은 달도, 별도 보이지 않는다.

그림갈은 너무나도 농후한 어둠 속에 갇혔다. 리버사이드 철골 요새 방벽 위의 등불 따위로는 그 어둠에 대처할 수 없다.

아다치는 허리에 찬 짧은 지팡이를 뽑아, 그 끝으로 엘리멘탈 문자를 그렸다.

"데름 헬 엔 트렘 리그 아르부."

어둠을 향하여 한줄기의 불꽃이 뻗어가, 피어오른다. 요새를 나온 생존자들 앞에 있는 것은 그저 어둠뿐만은 아닐 것이다. 검은 적성생물들이 어둠 속에 숨어 있을 것이 틀림없다. 아다치는 적을 불태우고 공격하기 위해 파이어 월(화염 벽) 마법을 쓴 것이 아니었다. 유감스럽게도, 생존자들의 적을 아르부 마법(화열마법)으로 태워버릴 수는 없을 것 같다. 아다치는 불꽃으로 조명을 밝힘으로써 그 존재를 약간이나마 명확하게 하려고 한 것이다.

아다치 외의 다른 마법사도 두 명, 세 명, 파이어 월을 발동시켰다.

정문 앞에서부터 방사상으로 네 개의 파이어 월이 나타났다.

생존자들은 마른침을 삼켰다.

불꽃이 비추는 것은 검은 적성생물뿐이었다.

지표면이 검은 것들로 온통 뒤덮여 있다. 아니, 그렇지는 않다고 아다치의 이성은 주장하고 있었다. 잘 봐. 현재 생존자들은 바닥을 밟고 있잖아. 생존자 중 몇 명은 발에 감겨오는 검은 것을 "—앗!" 걷어차기도 하고, "이게!" 무기로 쳐내기도 했다. 생존자들이 가만히 있으면 검은 적성생물들, 검은 것에 삼켜져 버릴지도 모르지만, 적어도 아직 그렇게 되지는 않았다. 군데군데 들풀이, 흙이, 돌멩이가 드러나 있다. 상당히 위기적이긴 하지만, 발 디딜 틈이 전혀 없는 상태는 아니다.

"진 모기스…."

아다치는 중얼거렸다. 목구멍이 극도로 좁아져서, 신음하는 것 같은 목소리가 나왔다.

정면 방향으로 뻗은 두 개의 파이어 월 사이에, 생존자들에게 등을 향하고 빨간 머리 남자가 서 있었다. 남자는 칼집에서 꺼낸 검을 손에 들고 있다.

"으음…."

진 모기스가 낮게 웅얼거렸다. 그 직후였다.

사라졌다.

진 모기스가.

사라진 것은 그 남자뿐만이 아니다. 네 개 있던 파이어 월 중에 두 개가 소실되었다.

아다치의 눈에는 보이지 않았지만, 분명 진 모기스가 있던 장소에서 뭔가 소용돌이 같은 것이 순간적으로 발생했다. 그로 인해 파이어 월과 그 부근의 검은 적성생물들이 날아가 버린 모양이다.

"무슨 움직임이…! 저 녀석 인간인가…?!"

론이 외쳤다.

"우하핫…!"

어둠 너머에서 누군가가 웃었다. 인간의 웃음소리인가? 아마도 진 모기스겠지만, 너무나도 기이했다. 입뿐만이 아니라, 눈도 코도 귀도, 온몸이 참을 수 없어 웃음을 터뜨린다면 저런 소리가 나오는 건지도 모른다.

"근사해…! 이것은 인간성으로부터의 해방이다…! 안타깝군, 앞으로 한 번밖에 쓸 수 없다니…!"

어둠 속에서 파르스름하게 빛나는 것이 있다.

아다치는 눈을 부릅떴다.

그 빛은 크지는 않았다. 작다.

확실하다고는 말할 수 없지만, 분명 진 모기스다.

진 모기스의 몸 일부가 빛을 내고 있는 것인가? 혹은, 저 남자가 몸에 붙인 물건일까?

예를 들면, 보석 같은 것이라거나.

목걸이, 혹은 반지에 박힌 돌 종류라거나.

돌.

보석.

발광하는 돌.

"—렐릭인가…?!"

진 모기스는 저 렐릭을 사용했다. 그것에 수십 명의 의용병이 힘을 빼앗겼다. 분명 그만큼 진 모기스는 강화되었을 것이다.

『앞으로 한 번밖에 쓸 수 없다니…!』

무슨 의미일까? 무한이 아니라는 뜻인가? 저 렐릭에는 횟수제한이 있다. 분명 효과가 영속하는 것도 아니다. 시한적이다. 틀림없이 효과 범위도 한정된다. 그래서 팀 렌지에게서는 힘을 빼앗지 않았다.

하지만, 앞으로 한 번 더 있다.

진 모기스는 한 번 더, 똑같은 짓을 할 수 있다.

저 남자가 또 렐릭을 사용한다면, 생존자들은 일제히 힘을 빼앗기겠지. 아다치는 체험하지 못했으니 정확히는 알 수 없지만, 역전의 의용병들이 쓰러지거나 웅크리고 앉아버렸다. 모두가 그런 식이된다. 그것과 맞바꿔, 시간제한이 있다고는 해도, 진 모기스는 초인적인 신체 능력을 획득한다.

첫 번째 때 저 남자는 리버사이드 철골 요새를 나갔다.

두 번째는 어떻게 할까?

아다치의 추측으로는, 생존자들을 내버려 두고 도망치겠지. 렐릭의 효과가 지속되는 동안에 가급적 멀리 가려고 하지 않을까?

애초에 진 모기스는 의용병들이 자기 아군이라거나 동료라거나, 그런 식으로는 여기지 않았다. 버리는 패조차 아니었던 것이다. 여차하면, 저 남자는 의용병들을 제물로 바칠 셈이었다. 렐릭에 횟수제한이 있는 거라면 가급적 절약하고 싶었겠지만, 달리 방법이 없으면 쓸 수밖에 없다. 그때 바칠 희생물을 저 남자는 필요로 했다. 그것이 리버사이드 철골 요새의 의용병들이었던 것이다.

"렌지…!"

죽여야 한다.

저 남자를 지금 당장 죽여야 한다.

렐릭을 사용하기 전에 숨통을 끊어놓지 않으면, 생존자들은 이번에야말로 전멸한다.

저 남자를 죽인다고 해도, 그 후에는 어떻게 하면 좋은 건가? 그건 됐어. 아니, 된 건 아니지만, 렌지, 별로 렌지가 아니어도 좋아, 누구든 상관없으니까, 우선 진 모기스를 죽여야만 한다.

아다치가 다 말하지 않아도 렌지는 알아차려 주었다. 렌지뿐만이 아니다. 론과 다른 의용병 몇 명이 어둠 너머에서 소리높여 웃고 있는 진 모기스에게 덤벼들려고 했다.

"―우오오악…."

빛이 생겨났다.

다른 빛이다.

진 모기스가 갖고 있는 렐릭이 내뿜는 것으로 짐작되는 파르스름한 빛과는 다른, 좀 더 흰 빛이었다.

그 빛은 점점 더 번쩍였다. 진 모기스가 보였다. 그의 가슴 한복판에 그 빛은 있었다. 칼인가? 검 같은 건가? 빛의 검. 빛나는 검 같은 것이 진 모기스를 등에서부터 꿰뚫었다.

"커헉, 콜록…."

진 모기스의 입에서 혈액이 흘러나왔다. 붉은 머리 남자는 떨리는 손을 들어 올리려고 한다. 그 검지는 반지를 끼고 있었다. 반지의 돌이 파르스름한 빛을 띠고 있다. 파르스름한 빛 속에, 꽃잎 같은 무늬가 떠올라 있다.

"노스타, 렘….."

진 모기스는 그 말을 읊으려고 했던 것이리라. 분명 렐릭의 효과를 발현시키기 위한 키워드를.

할 수 없었다.

빛의 검이 진 모기스에게 그것을 허용하지 않았다.

진 모기스의 두 발이 지면에서 떨어졌다. 그를 꿰뚫고 있는 빛의 검이 높이 들어 올려진 것이다. 그 결과, 그는 목이 매달린 남자 같은 꼴이 되었다.

빛의 검은 독립해서 거기 혼자 있는 것이 아니다. 빛의 검이 제멋대로 움직여서 진 모기스를 관통하고 높이 높이 올라간 것이 아니라는 사실이 명확해졌다.

들고 있는 손이 있었다.

진 모기스 뒤에 있는 뭔가가, 누군가가, 빛의 검으로 그 일을 하고 있던 것이다.

어둠에 가려져 확실히 보이지는 않지만, 그 누군가는 빛의 검을, 그리고 역시 희미하고 무거운 빛을 내뿜는 방패를 들고 있다. 아무리 봐도 인간에 가까운 모습을 한 것 같다. 거대하지는 않은 것 같다. 딱히 크지도 작지도 않다.

마치 어두운 밤을 휘감고 있는 것 같은, 한 명의 검사가 거기에 있었다.

"상그…위…."

진 모기스는 울컥울컥 피를 토하면서 키워드를 계속 입에 올렸다.

밤을 휘감은 자가 빛의 검으로 진 모기스를 관통한 채로 상승하기 시작한 것은, 그때였다.

그것은 밤을 휘감은 자의 일부인 건가? 혹은, 다른 것이 밤을 휘감은 자를 들어 올리고 있는 것일까?

밤을 휘감은 자가, 어둠을, 검은 것을 타고 있는 것 같다.

어둠의 말을 탄 어둠의 기사처럼.

밤을 휘감은 자가 빛의 검을 비스듬히 뒤쪽으로 흔들어, 진 모기스를 내던졌다. 그 남자의 육체가 바닥에 내동댕이쳐지는 소리는 나지 않았다. 그를 받아낸 것은 지면이 아니다. 검은 것들이었다.

"커헉, 우악⋯—!"

진 모기스의 단말마의 비명은 잠시 후에 끊어졌다.

밤을 휘감은 자가 소리도 없이 다가온다.

그리고, 진 모기스를 집어삼킨 검은 것들도.

오는 건가?

생존자들은 렐릭을 갖고 있지 않다. 그래도 봐주지는 않는 건가?

"7번—"

아다치는 입 밖으로 말을 뱉고 나서 깨달았다. 그 아이디어는 계속 머리 한구석에 들러붙어 있었다.

밤을 휘감은 자의 군세를 무찌르고 도망치는 것은 불가능하다. 어떤 행운을 만난다고 해도, 단 한 명도 살아남을 수는 없겠지.

7번 탑.

리버사이드 철골 요새 안에 14개 있는 탑 중 하나, 7번 탑 지하에는 요새 밖으로 통하는 탈출로가 있다.

브리트니와 와일드 엔젤스가 7번 탑 방어를 맡고 있었으나, 지켜낼 수 없어 철수했다. 지금은 어떻게 되어 있을까? 모르겠다.

희망이 있을 것이라고는 도저히 말할 수 없지만, 이대로 전진하면 확정적으로 괴멸한다. 물론, 머물러 있어도 마찬가지다. 그렇다면, 요새 안으로 후퇴해서 탈출로에 걸어보는 수밖에 없다.

"다들 뒤돌아서 7번으로! 서둘러….!"

아다치는 절규했다. 생존자들 일부는 곧바로 몸을 돌렸다. 이때다, 라고 아다치는 생각했다. 이 방어전에서 아다치는 마법을 낭비하지 않았다. 힘을 아껴두고 있었다. 사용할 타이밍은 지금이다.

확실히 마법으로 저 적을 쓰러뜨릴 수는 없다. 그래도, 건조물 같은 것에 타격을 주어 적의 추격을 방해할 수는 있다. 아다치가 남아서 그 파괴 공작에 전념하고 동료들이 도망치기 위한 시간을 버는 방법도 있다. 렌지를 위해, 팀 렌지를 위해 그것이 최선이라고 판단한다면, 아다치는 주저없이 그렇게 하겠지.

우선 생존자들이 요새 안으로 대피한 단계에서, 정문을 파괴한다. 가능하면, 밤을 휘감은 자가 밑에 깔리도록 하고 싶다.

"아다치, 뭐 하는 거야?"

렌지가 호통쳤다.

깨끗한 은발이다. 렌지는 눈동자 색도 옅다.

언제였던가, 아다치는, 그거, 원래 머리지? 라고 물어본 적이 있었다. 그런 것 같다, 라고 렌지는 대답했다.

생각해보면, 서로의 인간성에 관계되는 깊은 이야기는 거의 한 적이 없었다. 어쩌면, 한 번도 없는지도 모른다.

렌지도, 아다치도 타인을 쉽사리 받아들이지 않고, 안에 들이려고 하지 않는다.

삿사가 지적한 것처럼, 아다치는 렌지를 사모하는 마음을 품고 있었다. 그저 숨길 수밖에 없는 충동이나 욕망이, 아다치에게는 있었다.

렌지는 어떨까? 뭔가 있는 걸까?

알고 싶었다.

오랫동안 곁에 있었다. 억지로라도 물어봤으면 좋았을걸. 어차피 날 좋아하지도 않는다. 사랑받을 리가 없는 것이다. 미움받아도 좋으니까, 렌지에 대해서 알려고 했었다면 좋았을걸. 좀 더 알고 싶었다.

"그래, 가자⋯!"

아다치는 렌지에게 고개를 끄덕여 보이고 정문을 향하려고 했다.

"빛이여, 루미아리스여, 내 칼날에 가호의 빛을 깃들게 하소서⋯⋯!"

자기도 모르게 멈춰 선 것은, 생존자들 중에서 뛰쳐나간 자가 있었기 때문이다.

설마 밤을 휘감은 자를 베려고 하는 건가?

누구냐?

브리트니인가?

"세이버(光刃, 빛의 칼날)⋯!"

브리트니의 검이 눈부신 빛에 휩싸였다. 세이버. 성기사의 광마법이다.

밤을 휘감은 자는 검디 검은 네발 가진 것 위에 걸터앉아 있다. 처음에는 말 같다고 아다치는 생각했으나, 거기에는 목이나 머리에 해당하는 부위가 없다. 아무튼, 덕분에 밤을 휘감은 자는 도보인 브리트니보다 높은 장소에 있다. 단칼에 베려고 해도 간단하지는 않을 것이다.

"징그러운 것들만 상대하느라 따분했었다고…!"

브리트니의 몸놀림은 기민하다기보다는 유연하고 묘하게 매끄러웠다. 밤을 휘감은 자가 브리트니를 향해 빛의 검을 내리쳤으나, 맞지 않는다. 아슬아슬하기는 했다. 분명 브리트니는 일부러 최소한의 움직임으로 밤을 휘감은 자의 공격을 피해, 검은 목 없는 말 등에 휙 올라갔다. 거기에는 밤을 휘감은 자가 있다. 브리트니는 밤을 휘감은 자의 뒤로 파고들었다.

"나랑 좀 놀아볼래…!"

브리트니는 검을 두 손으로 들고 밤을 휘감은 자의 목에 쑤셔 박았다. 그러나, 밤을 휘감은 자는 살짝 흔들렸을 뿐이었다. 곧바로 몸을 틀어, 무겁게 빛나는 방패로 브리트니를 때리려고 했다. 브리트니는 가벼운 몸놀림으로 점프하여 밤을 휘감은 자의 방패를 피하고, 허공에서 한 바퀴 회전했다. 그리고 착지할 곳을 미리 봐둔 건가? 밤을 휘감은 자는 브리트니를 향해 검고 목 없는 말을 몰았다.

"―새크리파이스(희생의 빛)…!"

성기사였다.

브리트니가 아니다.

다른 성기사가 빛나는 방패를 들고 브리트니 앞으로 뛰어나가, 검고 목 없는 말을 막았다. 아주 약간이긴 하지만, 밀어냈다.

"나도 끼워줘, 브리 씨!"

"토키무네에에…엣?!"

저것은 킷카와의 목소리다. 토키즈. 브리트니를 엄호한 것은 토키무네였다.

"알고 있는 거겠지?! 정말 어쩔 수 없는 아이야…!"

토키무네 덕분에 무사히 착지할 수 있었던 브리트니는, 세이버를 걸어놓은 검 끝으로 뭔가 도형을 그리면서 축사를 읊었다. 도형. 루미아리스를 상징하는 육망성이다.

"빛이여, 루미아리스여! 우리의 결의를 바치옵니다!"

아다치는 마법이라는 이름이 붙은 것이라면, 신관과 성기사밖에 사용할 수 없는 광마법이든 뭐든 모조리 조사해서 머릿속에 넣어두게끔 했다. 그러나, 저 마법은 모른다.

""아르테라(인도의 빛)…!""

브리트니와 토키무네가 동시에 외쳤다. 그들이 맞춘 것은 목소리뿐만이 아니었다.

검이다.

서로의 검을 맞부딪쳤다.

그러자마자 두 사람의 성기사가 붉디붉게 흔들리는 빛나는 것을 내뿜기 시작했다. 광명신 루미아리스가 초래하는 가호의 빛에는 보통 색채가 없다. 새하얗게 보인다. 저것은 아니다.

아르테라(인도의 빛).

저 빛은 이질적이다.

"후퇴에에에에에에에에에에에에…!"

거짓말처럼 엄청난 큰 음성이 울려 퍼졌다. 아다치는 귀가 아팠다. 한순간, 갑자기 그런 소리를 내다니, 비상식 아닌가? 라고까지 생각했다.

"─아니, 하지만…."

말하려던 킷카와의 목덜미를 타다가 움켜잡고 부리나케 정문 쪽으로 달려간다. 아까 그 큰소리는 타다였나? 토키즈의 안나와 키가 큰 마법사 미모리도 타다의 뒤를 따라갔다. 그밖에 안대를 한 포니테일의 음산한 남자도 있었을텐데? 보이지 않는다.

전원, 서둘러 7번 탑으로. 처음 그렇게 말한 것은 아다치였다. 그건 그렇다 치고, 토키즈가 앞다투어 도망친다는 건 뭔가? 토키무네를 버려두고 가는 건가?

즉, 아르테라는 그런 마법이다, 라는 뜻인가?

아다치가 붉은 대륙에서 습득한 블러드 스펠(피의 마법)은, 자기 자신의 혈액을 매개로 한다. 당연한 말이지만, 지나치게 사용하면 빈혈을 일으키고, 최악의 경우엔 과다출혈로 죽어버린다.

대개는 필살기나 비장의 스킬로서 극히 일부 사람들에게밖에 전수되지 않지만, 사용자의 수명을 갉아먹는 듯한, 경우에 따라서는 그 목숨을 내놓는 대신에 경이적인 힘을 초래하는, 위대한 마법이 존재하는 것이다.

아다치가 아는 범위에서는, 루미아리스의 가호를 완전히 상실해버리지만, 성기사 본인의 상처입은 육체를 순식간에 복구하는, 크라임(罪光, 죄의 빛)이라는 광마법이 있다. 아르테라도 그런 부류에 들어가는 마법인지도 모른다.

분명, 브리트니와 토키무네는 돌이킬 수 없는 커다란 대가를 지불하려고 한다. 아르테라의 빛은 발동했다. 이제 취소할 수는 없다. 타다는 그것을 알고 있기에 최우선적으로 7번 탑으로 향한 것이 아닐까?

그렇다면, 아다치는 이렇게 생각하는 수밖에 없었다.

브리트니와 토키무네는, 말 그대로 목숨을 걸고, 밤을 휘감은 자

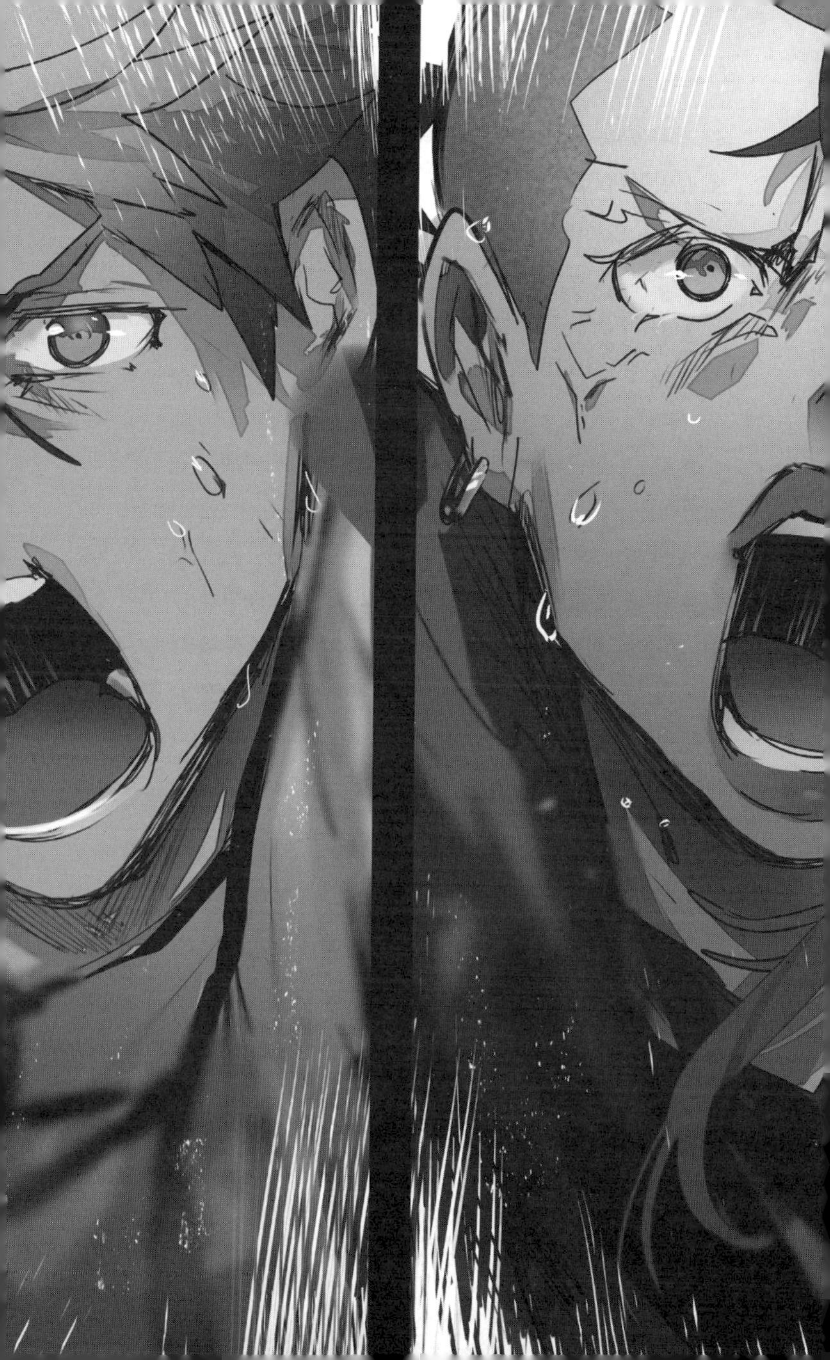

와 적들을 여기서 막아내려고 한다. 한 명이라도 더 많은 생존자들을 도망치게 하기 위해서, 그들은 자기 몸을 내던진 것이다.

지금이 아니야.

아다치는 그렇게 생각하면서 달려나갔다. 각오는 되어 있었다. 그러나, 이번에는 브리트니와 토키무네가 끼어들어버렸다. 아직 아다치 차례가 아니라는 말이다.

"사랑해, 자기들 모두…!"

브리트니의 목소리가 뒷머리를 잡아당겨도 아다치는 돌아보지 않았다. 어떻게 해서든 7번 탑에 도달해야만 한다. 렌지와 론, 꼬마를 도달하게 해주지 않으면 안 된다. 팀 렌지를 위해서도, 한 명이라도 많이 요새 밖으로 도망가게 하지 않으면 안 된다. 그러기 위해 할 수 있는 일은 뭔가? 아다치는 생각하면서 발을 움직였다. 앞에 렌지의 뒷모습이 있다. 론도 있다. 옆에는 꼬마가 있다. 공포는 조금도 없다. 잃어버린 것과 앞으로 잃어버릴 것이 무섭지는 않았다. 스스로 생각해도 우스웠다. 이 한순간, 아다치는 확실히 충족감을 얻었다.

히요는 나선계단을 올라가고 있었다.

광원으로 보이는 것은 없는데도 어둡지 않다. 그리 밝지도 않다.

아무것도 없는 공간에 나선계단만 있다.

난간은 달려 있어서, 어지간히 방심하지 않는다면 추락하거나 하지는 않는다.

추락하면 어떻게 되는 걸까? 히요는 모른다. 이 나선계단은 수백 번, 수천 번, 어쩌면 그 이상 오르내렸었으나, 난간을 넘어 뛰어내린 적은 없다.

히요는 혼자가 아니었다. 히요보다도 키가 작은 여자를 데리고 나선계단을 올라가고 있다. 키가 작은 점을 제외하면 뭐, 외모는 나쁘지 않은 여자다.

히요에게는 심미안이 있다. 종족이나 성별을 불문하고, 아름다운 것을 히요는 좋아한다.

이오가 용모가 빼어나다는 사실은 인정할 수밖에 없다.

이 여자의 부하 두 명, 그들은 글렀다. 지독하다. 추한 것도 정도가 있지.

"이봐, 당신."

이오의 목소리는 울리지 않는다. 이 공간에서는 소리가 반향하지 않는다. 이오는 히요보다 두 계단 정도 뒤에서 나선계단을 올라가고 있다. 그리 떨어진 거리는 아닌데도, 그 목소리는 분명하지 않았다.

"어디까지 가는 거야?"

"이제 곧 도착한다니까요."

대답한 히요의 목소리도 깨끗하게는 울리지 않는다. 두 사람의 발소리는 심장 고동처럼 들린다.

"이 계단, 기분 나쁘네…."

이오가 불안해 보여서, 히요는 기뻤다.

히요는 이오에게 선택지를 주었다. 그 못생긴 똘마니들과 함께 와도 상관없다. 혼자서는 아무것도 할 수 없어 불안하다면, 그렇게 하면 된다. 히요로서는 이오 이외의 사람과는 이야기할 생각이 없었고, 그 추악한 똘마니들에게 뭔가 말을 해봤자 어차피 소용없을 테고, 결국은 이오에게 달려 있으니까, 어느 쪽이든 좋았다.

단, 히요가 도발하면 이오가 응할 것이라고는 예측했다. 이오가 너무나 간절하게 정보를 원한다는 사실도 알고 있었다.

이오는 주인님을 따르게 된 지 아직 얼마 안 된다. 그런데도, 주인님은 고참인 히요보다도 이오를 아끼는 것 같다. 그렇기는 해도, 이오가 이 탑에 관해서 알고 있는 것은 제한되어 있다. 이 나선계단의 구조도 이오는 모른다. 히요가 쥐고 있는 정보와 이오의 그것과의 사이에는, 질적으로도 양적으로도 큰 차이가 있다. 이오는 바보가 아니다. 그래서, 주인님은 일부러 히요보다 이오를 중시하는 것처럼 보이면서 길들이려는 것이 아닐까? 하고 의심하고 있을 것이다. 주인님은 보기와는 달리 언변이 능하고, 사람의 마음을 장악하는 기술이 뛰어나다.

덧붙여 말하자면, 이오는 의용병 중에서도 손꼽히는 신관이었으나, 일그러진 자존심의 소유자라는 사실도 히요는 알고 있다. 이오라는 여자는 항상 별 볼일 없는 남자들을 거느리고 있었지만, 누구에게도 마음을 허락하지 않았다. 몸을 허락하는 일도 없었다.

이오 본인은 잊어버린, 주인님의 비약으로 잊게 만든 과거를, 물론 전부는 아니지만, 어느 정도 히요는 알고 있다.

주인님이 히요에게 부과한 임무에는 의용병들에 관한 정보수집도 포함되어 있었다. 짬이 날 때 시간을 들여 자주적으로 의용병들의 동향을 살피는 일도 있었다. 주인님이 명령했을 때 말고는 특정 의용병과 친하게 지낼 수는 없었다. 그러나, 관찰할 시간은 있었다.

나선계단 난간이 더는 없었다.

히요는 발을 멈추고 돌아보았다.

"여기예용."

이오는 난간이 없는 장소를 쳐다보며 눈썹을 찡그렸다.

"…아무것도 없는 것처럼 보이는데."

"신기하지요. 이 탑은 정말이지 미쳤거든요. 그거 알아요? 옛날 옛적, 이 탑은 '말뚝'이라고 불렸다고 하네요."

"말뚝…."

"아주아주 예전부터 이 장소에 박혀 있었다는 뜻이에요. 오르타나뿐만 아니라, 다무로가 생기기 훨씬 전, 인간족이 처음 이 부근으로 왔을 때는 이미 말뚝은 여기 있었다네요."

"당신은 어째서 그런 걸 알고 있는 거야?"

"히요가 언제부터 그림갈에 있는 줄 알아요?"

"…모르지만—나는 기억이 없고. 그래도, 당신은… 나보다는 연상이지?"

"배려해주는 거군요. 혼자 있을 때의 이오 씨는 좀 귀엽고, 싫지 않아요. 그렇게 새끼고양이인 척하는 것이 몸에 밴 것뿐인지도 모르지만요. 그야말로 고양이 탈을 썼다는 거네요.”

히요는 난간이 끊어진 부분을 향하여 오른손을 뻗었다.

아무런 감촉도 없다.

거기에는 역시, 아무것도 없다.

그러나, 마치 허무에 삼켜져 버린 것처럼 히요의 오른손이 사라졌다.

손목에서부터 위, 더욱이 팔꿈치에서 그 위, 히요의 오른팔이 점점 사라져간다.

“…어—”

이오의 아름다운 얼굴이 보기 민망하게 긴장된다. 실로 유쾌하다.

“따라와요. 위험은 없으니까요.”

히요는 웃으며 그 너머로 뛰어들었다.

거기에는 보이지 않는 입구가 있었다기보다, 오히려 갑자기 어둑어둑한 홀로 전송되었다고 표현하는 편이 맞을 것 같다. 왜냐하면, 히요가 내려선 곳은 그 홀 가장자리가 아니었다. 거의 한복판 부근인 것이다.

곧이어 이오도 히요 바로 뒤에 나타났다. 이오는 두 눈을 크게 뜨고 재빨리 홀 안을 둘러보고, 겁먹은 고양이처럼 경계했다.

“…여기는?”

“창고 같은 것일까요?”

히요는 걷기 시작했다.

이 홀 천장은 상당히 높다. 7, 8미터 정도는 되는 건가? 폭은 24~25미터쯤 되고, 세로 길이는 그 두 배에 가깝다.

천장과 벽에 녹색이 도는 빛을 내뿜는 둥근 조명기구가 몇 개나 설치되어 있다. 덕분에 손 주위, 발 주위는 보이지만, 홀 전체를 밝히기에는 부족하다. 그래도, 얼핏 봐도 이 홀이 텅 빈 것은 아니라는 것을 알 수 있었다.

여기저기에, 라기보다 홀 안에, 수많은, 크기도 형태도 제각각인, 엄청난 숫자의 물건들이 즐비하게 놓여 있었다.

구체인 물체도 있고, 네모난 물체도 있다. 얇은 물건이나 두꺼운 것, 좀 더 복잡한 형태를 띤 물건도 있다. 가구로 보이는 물건, 도검이나 갑옷 등 명백한 무구, 무기가 될 만한 물건도 있다. 선반 위에 문구 같은 물건이 놓여 있기도 했다. 크고 작은 용기가 있다. 단지 같은 물건과 투명한 병도 있다. 용기는 비어 있기도 했고, 뚜껑이 덮여 내용물을 확인할 수 없는 것도 있었다. 액체가 가득 담긴 병도 있다. 액체만 있는 경우도 있고, 그 안에 뭔가 떠 있는 것도 있다. 바닥에 가라앉은 것도 있다. 선반도 있다. 서적도 있다. 두루마리도 있다. 전기를 공급하면 아직 움직일 것 같은 물건이 있다. 무선기. 티브이, 전화기. 히요는 잘 모르는 전기제품류가 있다. 액자에 들어 있는 그림이 있다. 동상도 있다. 흙으로 빚은 조각도 있다. 그러한 무수한 물품들이, 난잡하게 쌓여 있지 않고 각각 안치되어 있다.

홀 중앙에는 물품이 놓여 있지 않은 공간이 통로처럼 되어서, 그곳을 히요와 이오는 걸어가고 있다. 이 통로는 바둑판 눈금처럼 뻗어 있다.

히요는 주인님이 이 홀에 물품을 들여놓는 모습을 본 적이 있고, 그 일을 거든 적도 있다. 주인님의 명령으로 작은 물품을 혼자 갖다

놓으러 온 적도 있다.

물건은 늘어나기만 했다.

이 홀은 점점 좁아지고 있다.

사실, 말뚝 안에는 여기 말고도 방이 있다. 히요가 알고 있는 것만 해도 넓은 홀이 두 개는 있기 때문에, 물건 놓을 곳이 부족한 일은 당분간은 없을 것이다.

상황이 상황인 만큼, 렐릭이나 렐릭일 가능성이 인정된 물건, 렐릭이라고는 부를 수 없지만 이계에서 유래한 것으로 간주되는 물건을 찾아내는 것은 꽤 어렵다. 즉, 당분간은 물건이 늘어나지는 않을 것 같다는 점이 문제겠지.

어쩌면 주인님은 언젠가는 이러한 사태가 발생할 것을 간파하고 있었던 걸까?

"신기한 물건들뿐….."

이오가 중얼거렸다.

마침 등받이가 달린 빨간 장의자가 눈에 들어와서, 히요는 거기에 걸터앉았다. 다소 먼지가 있지만, 참지 못할 정도는 아니다. 주인님 왈, 이 홀뿐만 아니라 말뚝 안의 주요부에는 공기를 정화하고 온도를 일정하게 유지해주는 장치가 있다고 한다.

"앉지 않을래요?"

히요는 의자 바닥을 가볍게 두드렸다.

이오는 잠시 망설였으나, 고개를 끄덕이고 히요 왼쪽에 앉았다.

"이 의자—"

히요는 등받이에 몸을 기대고 천장을 우러러봤다.

"렐릭이었답니다. 주인님이 여러 방면으로 열심히 조사해봤는데, 앉아 있는 사람이 보이지 않게 된다는 마술 같은 힘을 갖춘 거지요."

"나, 당신이 보였는데?"

"이젠 그냥 의자니까요. 렐릭은 엘릭시르라 불리는 특수한 에너지를 갖고 있거든요. 이것은 주인님 말씀을 빌린 건데, 주인님이 이름을 붙인 건지 아니면 어디에서 들은 지식인지는 히요는 모른답니다. 주인님을 섬긴 지 오래되었지만, 하나부터 열까지 다 가르쳐주시는 건 아니니까요."

"이 의자는— 그 에너지—… 엘릭시르를 잃은 건가?"

"그보다 말이죠, 뽑아낸 거예요."

"당신… 주인님이?"

"아이, 참. 히요의 주인님은 이오 씨 주인님이기도 하잖아요?"

"그러네."

이오는 즉답했다. 웃음을 띠고 있다. 진의가 따로 있을 때는 아무리 교묘하게 웃음을 꾸며내도 눈이 죽는 법인데, 이오의 두 눈은 반짝거렸다. 극상의 미소다.

"스스로 결단을 내린 일이고, 잘못했다고도 생각하지 않아."

"이오 씨의 기억을 빼앗은 것은 주인님과 히요인데요?"

"이유가 있어서 그런 거잖아?"

"사람에게는 모르는 게 약일 때가 있으니까요. 원래 인간족은 바깥 세계에서 왔어요. 그리고, 이 세계에서 문명을 구축한 엘프며 드워프를 무찌르고 풍요로운 중원을 자기 걸로 만들었다. 침략자라고요."

"…그건, 우리 선조가—그랬다는 뜻?"

“글쎄요. 하지만, 이오 씨 같은 사람들은, 그림갈의 인간족이 사용하는 언어를 보통으로 이해할 수 있었잖아요. 글자도 읽을 수 있고요. 아무래도 글자는 인간족이 들여온 모양이네요. 인간족이 나타나 그림갈에 문자가 퍼졌다. 그러니 상식적으로 생각하면, 침략자들은 이오 씨의 선조가 아닐까요?”

히요는 이오가 의자 바닥을 짚고 있는 오른손으로 시선을 향했다.

왼손을 뻗어 이오의 오른손에 살며시 겹쳐본다.

이오의 손이 한순간 긴장했다. 하지만, 그뿐이었다. 히요의 손을 쳐내려고는 하지 않는다.

“여러 가지 일이 있었던 거예요. 나름대로 경위가 있었던 거라고요. 야만스럽게도 오르타나를 탈취하려고 했던 집단이 있었다거나. 지식은 몸을 지킬 뿐만 아니라, 타인을 공격하는 무기가 되기도 하고, 그 때문에 이유나 동기를 만들기도 하지요.”

“당신은… 그것을 봐온 거야?”

“주인님만큼 오랫동안 지켜본 것은 아니에요. 심지어 그런 나이로는 보이지 않지요? 이건 비밀인데—”

히요의 왼손이 이오의 오른손을 잡았다. 거친 의용병이었다고는 도저히 생각할 수 없다. 깨끗한 손이었다.

“원래는 쭈글쭈글한 할머니가 되었어도 이상하지 않을 텐데 말이죠. 그렇게는 안 보이지요?”

“안 보여. 전혀 그렇게 안 보여.”

“주인님 덕분이에요. 그분은 어마어마한 일을 꾸미고 있다, 라는 표현을 하면 좀 그런가요? —엄청난 일을 생각하고 계신 것 같고,

히요처럼 밑에서 섬기는 아랫것들에게 주인님이 베풀어주신 은혜는, 작다면 작은 건지도 모르죠. 주인님에게 있어서는 말이에요. 가급적 오래 살고 싶다, 노화를 막고 싶다, 라는 건 분명 어떤 세계의 어떤 지적생명체라도 생각할 만한 일이고요. 주인님은 분명히 가르쳐주지는 않지만, 그런 종류의 렐릭은 꽤 있는 모양이에요.”

“…나도 그 은혜를 입을 가능성이 있다는 거네.”

이오가 히요의 손을 맞잡는다.

“당신처럼, 충성을 계속 보인다면.”

“이오 씨가 바란다면―그리고, 그럴 필요가 있다고 주인님이 판단한다면, 받을 수 있을지도 모르죠. 역시, 젊고 아름다운 채로 있고 싶나요?”

“나는 아름다워?”

“네, 예쁘다고 생각해요.”

“좀 의외네.”

“히요가 이오 씨를 솔직하게 칭찬한 게 말인가요?”

“거짓말을 한다는 느낌이 안 들어.”

“진심이니까요. 히요는 기본적으로 여자아이 쪽을 좋아한답니다. 이오 씨처럼 예쁜 여자, 실은 아주 좋아하거든요.”

“나를 원하는 거야?”

이오는 눈을 가늘게 뜨고 살짝 미간을 찌푸렸다. 입술 양 끝이 약간 올라가 있다.

히요는 입맛을 다셨다.

“그게 이오 씨 수법인가요?”

“무슨 말?”

이오는 태연하게 반문했다. 히요의 왼손을 잡은 이오의 오른손은 긴장하고 있지 않았다. 이오는 이런 게임을 반복해왔고, 특히 남자들을 조종해왔다. 기억을 잃어도 경험이 완전히 지워진 것은 아니다.

"나는 그저 물어본 것뿐이야. 당신은 나를 원하는 걸까? 지저분한 생물은 좋아할 수 없지만, 당신은 그렇지는 않아."

"내용물이 할머니라도 말인가요?"

"지저분한 노파라면 다가가고 싶지 않아. 당신은 그렇게 보이지 않아."

"히요를 농락하는 건 무리예요, 이오 씨."

"정말로?"

"이오 씨가 원하는 건 히요가 아니잖아요?"

"내가… 원하는 것?"

이오의 눈이 순간, 초점을 잃었다. 의표를 찔린 것 같다.

남자들은 이오를 욕심낸다. 이오는 남자들이 원하는 대상이다. 원하면 원할수록 가치가 높아진다. 수요와 공급이 균형이 맞아서는 안 된다. 항상 가급적 공급을 줄이고, 수요는 그보다 훨씬 웃돈다.

히요가 관찰했던 이오는, 마치 그 상태를 유지하는 것만이 목적인 것처럼 행동했다. 아마도 그것이 맞겠지.

"이오 씨는, 뭘 원하는 건가요?"

히요는 이오의 손을 잡아당겼다. 아주 약간 이오의 몸을 자기 쪽으로 끌어당긴다. 이오는 거부하지 않았다.

"여기로 이오 씨를 안내해도 좋다고 주인님이 히요에게 말씀하셨어요. 요컨대, 보상이에요. 여기에는 엘릭시르를 뽑아내고 남은 쓰레기밖에 없지만요. 수많은 보물이 잠들어 있는 방도 있어요. 히요가 들어갈 수 있는 방도, 주인님밖에는 들어갈 수 없는 방도 있지요."

히요는 이오의 오른쪽 어깨에 가볍게 뺨을 비볐다.

"주인님 말씀대로 따르다 보면, 언젠가 원래 세계로 돌아갈 수 있을지도 모르죠. 그리 간단하지는 않을 거라고 생각하지만요. 주인님도 아직 못 하는 거니까요. 아무튼, 주인님이 주시는 상은 그것뿐만이 아니에요. 젊어지는 건 히요가 알고 있는 한에서는 불가능하지만, 안티에이징이라면 가능하고요—"

이오의 오른쪽 어깨에 머리를 기댄다. 히요는 한번 숨을 내쉬고, 손잡는 방식을 바꿔봤다. 손가락을 단단히 깍지끼고, 손바닥끼리 맞댄다.

"주인님의 말을 잘 들으면, 매일 살아가는 데는 부족함이 없어요. 바깥은 지금 세카이슈투성이지만요, 말뚝의 기능을 사용하면 바깥으로 나갈 수도 있답니다. 기능을 발동함으로써 무슨 일이 일어날지는 좀 예상할 수 없는 것 같아서, 주인님도 신중해지셨지요. 세카이슈가 이런 식으로 난동을 부리는 것도 과거에는 예가 없었던 모양이고요."

"…즉— 좀 더 공헌하라는 뜻?"

"아니요? 아닌데요?"

"아니야…?"

"히요네는 있죠, 주인님을 섬기는 수밖에 없답니다. 이제, 그래요… 섬기고, 섬기고, 섬기고, 섬기고, 섬기고, 섬기고…. 섬기고 섬기고 섬기고 섬기고 섬기고 섬기고 섬기고 섬기고… 끝없이 섬기는 수밖에 없답니다."

히요는 이오의 숨결을 분명히 느낄 수가 있었다.

약간 호흡이 빠르다.

"주인님은 말이죠, 커다란 야망이 있답니다. 그 주인님이라도, 말뚝의 전부를 다 알고 계시는 건 아닌 것 같고요, 모든 기능을 다 사용할 수 있는 것도 아니에요. 주인님은 말이죠, 말뚝을 완전히 가동시키기 위해서 엘릭시르를 모으고 있는 거예요. 히요는 그걸 위해 부지런히 일해온 거라고요."

"…나도 마찬가지라 이거네."

이오가 툭 던지듯이 중얼거렸다. 살짝 눈을 내리깔고 앞쪽을 보고 있다. 앞을 보고 있는 것은 아닐 테지. 앞쪽으로 그저 멍하니 눈길을 향하고 있다. 앞으로 무슨 일이 있다고 해도, 아무것도 없는 것과 그리 큰 차이가 없다.

"하지만, 일한 만큼 은혜가 돌아온다면, 나쁘지는 않아. 아무것도 없는 것보다 좋아."

"정말로―"

히요는 이오의 귓가에 입술을 갖다 대고 물었다.

"그렇게 생각하나요?"

이오는 움찔 몸을 떨고, 한순간, 옆눈으로 히요를 봤다.

뭔가 말하려고 했으나, 말이 나오지 않는 건가? 아니면 뭔가 말하려다가, 역시 말해서는 안 된다고 생각하고 멈춘 것인가?

히요는 이오의 뺨에 작게 소리를 내어 입맞춤했다. 푹신푹신할 정도로 부드러운 뺨이다. 먹어버리고 싶어졌다. 부러워서 견딜 수가 없다.

주인님의 보상으로 나이 먹는 것을 멈춰도, 육체의 노화를 완벽하게 막는 일은 할 수 없었던 것이다. 전에는 없었던 주름살을 발견할 때마다. 그 주름이 깊어질 때마다, 히요는 초조함에 휩싸인다. 때때로 패닉을 일으킨다. 몸을 만져본 느낌이 옛날과 다르다. 스스로도 그것을 알 수 있다. 10년 전에는 좀 더 감촉이 좋았다. 근육이 붙은 것도 아닌데도 살이 딱딱하다.

게다가 머릿속은, 히요의 마음은, 확실히 나이를 먹어간다. 젊게 행동하려고 하면 할수록 어색하고, 작위적이 되어버린다는 것을 히요는 깨닫고 있었다.

아무리 방법을 동원하고, 어떠한 희생을 치렀다고 해도, 젊은 채로는 있을 수 없다.

나는 이제 젊지 않아.

지나버린 시간은 돌아오지 않아.

소모하면 하는 만큼 반드시 시간은 줄어든다.

남은 시간을 늘릴 수는 있다. 그래도 시간은 한정되어있다.

나는 이제 젊지 않다.

나는 시간을 낭비해왔던 건지도 모른다.

"이오 씨, 나는―"

히요는 이오의 귓불을 가볍게 깨무는 것처럼 하며 속삭인다.

"몇십 년인가 뒤의 당신이에요. 당신은 나처럼 되고 싶나요? 나는 당신보다 주인님에 관해서도 말뚝에 관해서도 더 알고 있어요. 조금씩, 조금씩, 한 걸음 한 걸음, 주인님께 헌신하고, 헌신하고, 헌신하고, 헌신하고, 헌신하고헌신하고헌신하고헌신하고헌신하고 헌신하고헌신해서, 작디작은 퍼즐 조각을 하나씩 먹이처럼 얻어,

그것을 짜 맞춤으로써, 간신히 간신히, 의용병들이나 아라바키아 왕국의 인간들, 엘프나 드워프, 오크, 대다수의 언데드들보다도, 그림갈에 관해서 넓고 깊게 알고 있다고 말할 수 있을 정도의 신분이 되었어요. 이오 씨는, 내가 되고 싶나요? 어느 쪽이든, 주인님 마음이지만요. 만약 주인님의 기분을 거스른다면, 그것이, 주인님이 너 따위 이제 필요 없다고 생각하면, 그 순간, 나는 잘려나가 버려요. 어쩌면 이오 씨가 내 후임자가 될지도 모르지요. 내 대신은 그 앨리스인가 하는 아이일지도 모르고요. 시호루인지도 모르지. 주인님 마음먹기 나름이죠. 이오 씨는 나처럼 되고 싶나요? 당신은 뭘 하고 싶은 거야? 뭘 원해? 말뚝을 완전히 가동시킨다면, 뭘 할 수 있을거라고 생각하죠? 그때가 와도 주인님은 모든 것을 가르쳐주지는 않겠죠. 나는 도구니까, 주인님께 충실한 노예니까. 있잖아요, 이오 씨, 당신은 나처럼 되고 싶은 건가요—?”

　수백 대, 수천 대가 되는 칠흑의 마차가 대지를 밟아 흔들고, 까맣고 사라지지 않는 바퀴 자국을 남기는 것 같았다.

　풍조 황야의, 때로는 지나치게 강렬했던 햇빛이나 변덕스레 휘몰아치는 바람을 견뎌낸 초목은, 세카이슈의 침략에도 어디까지나 무관심을 관철하고 있는 것 같았다. 그러나, 야수들은 그렇지는 않을 것이다.

　하루히로 일행이 아득히 먼 곳을 달려가는 짐승의 모습을 발견하는 일은 있었다. 빈번하지는 않았다. 고작해야 하루에 한 번이나 두 번이다.

　새가 거의 없다. 풍조 황야에 발을 들인 후 벌써 6일이 되지만, 하루히로와 란타는 하늘을 나는 새 같은 것을 본 적이 없었다. 시력이 좋은 유메나 이츠쿠시마는 가끔씩 새가 있다고 가리킨다. 드문 일이기 때문이다.

　동글동글하고 꼬리가 있는 치모, 다리가 긴 토끼 같은 페비 등, 풍조 황야뿐만 아니라 그림갈에 널리 분포하고 있는 매우 흔해 빠진 작은 동물조차 좀처럼 보이지 않는다. 이츠쿠시마의 말로는, 도마뱀이나 뱀 종류도 극단적으로 적다고 한다.

　약 한 달 전, 철혈왕국을 향하여 이 풍조 황야를 북상했다. 그 무렵과는 모든 것이 달라져 있었다. 마치 다른 세계 같다.

　지금 하루히로 일행은 완전히 달라져 버린 풍조 황야를 남하하고 있다. 검은 피가 흐르는 혈관처럼 사방으로 퍼져 있는 세카이슈를 피할 방법은 없다. 어쩔 수 없이 하루히로 일행은 한동안 세카이슈를 넘어 나아갔다. 뛰어넘는 일도 있었다. 상당히 폭이 넓은 띠, 혹은 용의 목처럼 두꺼운 관이 되어버린 세카이슈가 앞을 가로막는 경우에는 만약을 위해 후퇴하기로 했다. 세카이슈에 물리적인 자극을 주어도 반격당하는 일은 없는 것 같지만, 위험이 전혀 없다고는 단언할 수 없는 것이다.

대부분의 세카이슈는 그저 거기에 놓여 있기만 한 정물로 보일 뿐이다. 그러나, 천천히 몸을 뒤트는 세카이슈와 조우하는 일도 있었다. 하루히로 일행은, 끈 상태의 세카이슈와 끈 상태의 세카이슈가 한데 묶여 좀 더 두꺼운 세카이슈가 되어가는 장면을 몇 번인가 관찰했다. 세카이슈에 반 정도 잡아먹혀 숨이 끊어진 짐승의 사체 같은 것도 여기저기서 발견했다.

가급적 세카이슈에는 접근하지 않는 것이 좋다. 아마 접근해서는 안 될 것이다.

문제는, 세카이슈는 어디에나 있다는 점이다.

보아하니 세카이슈는 땅밑에서부터 스며 나오는 것처럼 생겨나, 어딘가를 향하여 이동하고 있다. 보드 벌판에서 목격한 세카이슈는 동쪽으로, 분명 쿠로가네 산맥으로, 철혈왕국 쪽으로 뻗어 있었다. 단, 모든 세카이슈가 철혈왕국을 향해 가는 것은 아닌 모양이다. 북쪽으로 향하는 세카이슈도 있는 것 같고, 남쪽으로 향하는 세카이슈도 있는 것 같다. 동서 방향으로 뻗어 있는 세카이슈가 없다고는 단언할 수 없다.

하루히로 일행의 앞길에는 왕관산이 솟아 있다. 어느 각도에서 봐도 산의 모양이 흡사 왕관과 비슷하여 그렇게 불리게 되었다고 한다.

왕관산에서부터 남쪽으로 약 150킬로, 서쪽으로 100킬로 정도 가면 오르타나가 있다.

분명히 하루히로 일행은 오르타나를 향하고 있다. 하루히로는 그렇게 생각하고 있지만, 확실한 것은 모른다.

아니, 역시 오르타나다. 우선은 오르타나로 돌아가는 수밖에 없다. 몇 번인가 이야기를 나눈 끝에 그렇게 결정한 것이다.

열은 내렸다. 두 손의 상처는 아직 아프다. 아프다, 고는 말하지 않기로 했다. 말해봤자 소용없다. 아픔이 가라앉는 것은 아니다.

솔직히, 입을 열고 싶지 않다.

타이밍 좋게도, 이츠쿠시마와 유메는 주위를 경계하는 일과 진행 방향을 정하는데 집중하고 있고, 란타도 두 사람을 방해하지 않으려고 조용히 있다. 늑대개 포치는 필요하지 않을 때는 짖지 않는다.

가끔씩 누군가가 말을 해도 하루히로는 잠자코 있었다.

며칠인가 전까지는 유메가 종종 말을 걸어왔으나, 그때마다 하루히로가 괜찮아, 라고만 대답했더니 그것도 없어졌다. 그 전후에 란타가, 내버려 둬, 라고 유메한테 말했다. 란타에게 감사 같은 건 하지 않지만, 그 말이 맞다. 내버려뒀으면 좋겠다.

지금은 모든 것이 무거운 짐이다.

힘들다거나, 괴롭다거나, 슬프다거나, 종류는 불문하고, 어떠한 감정도 다 하루히로를 무겁게 짓누른다.

뭔가, 어떻게든 해야만 해. 그것은 알고 있지만, 뭘 해도 무의미하다고밖에 생각이 들지 않는다.

걸어도, 걸어도, 계속 걸어가도, 목적지에는 도달할 수 없겠지.

목적지?

애초에 그런 것이 있긴 한 건가?

목적?

목표?

어떠한 전망?

방향성?

도리?

몸을 향하고 있는 방향이 앞이라는 것은 안다. 그 정도의 일은 어떻게든, 간신히 이해할 수 있다. 하루히로는 앞을 향하여 나아가고 있는 건지도 모른다. 앞으로. 한 걸음씩 앞으로. 한 걸음씩이 무리라면, 반걸음씩이라도 앞으로. 계속 그렇게 해왔다. 자기 나름대로 걸어왔다고 생각했다. 그래서 어떻게 되었나?

이 꼴이다.

하루히로는 아무것도 생각하고 싶지 않았다. 생각하지 않으려고 해도, 생각하지 않을 수가 없다.

누구나 어떤 상황 하에서 올바른 판단을 내리려고 한다. 실수하고 싶지 않다. 실패하고 싶지 않다. 가능하면 이익을 남기고 싶다. 이득이 없더라도, 손실은 받아들이기 힘들다. 아무것도 잃고 싶지 않다. 상처 입지 않을 수 없고, 어떻게 해도 뭔가를 잃는다면, 적어도 최소한으로 하고 싶다. 최선이었는지 아닌지는 모른다. 그래도, 애썼다. 잘했다, 라고 생각하고 싶다.

전부 소용없었던 것이다.

하루히로는 결국 구덩이를 파고 있던 것과 마찬가지 아닐까? 조금씩 파고, 파고, 파고, 계속 파고, 구덩이 옆에 흙을 쌓아놓았다.

땀범벅이 되어 자기가 판 구덩이를 내려다보거나 흙더미를 바라본다거나 할 때면 뿌듯한 심정이 들기도 했다. 처음보다 어느 정도는 땅을 파는 게 능숙해지는 것 같은 느낌이 들고, 흙더미는 꽤 커졌다. 뭐야. 대단하잖아. 하면 되는 거구나.

그래서?

이 구덩이는?

무엇을 위한 구덩이인가?

그냥 구덩이?

지금까지 내가 해왔던 일은 구덩이를 파는 것뿐? 구덩이를 팠다? 단지 그것뿐?

아니, 그렇지는 않아, 라고, 누군가에게 상담한다면 위로해줄지도 모른다. 그림갈에서 눈을 뜬 이후로 지금까지 여러 가지 일이 있었잖은가. 만남이 있었다. 헤어짐도 있었다. 수많은 풍경을 봤다. 내 힘으로, 동료들과 힘을 합쳐서, 이뤄낸 일도 있지 않은가. 지금은 그렇게 생각할 수 없을지도 모르지만, 그 순간순간은 무수한 색채로 물들여져 빛나고 있었을 것이다. 아무런 쓸모도 없는, 그저 구덩이를 파온 것은 아니다. 결코 쓸데없는 일이 아니었다. 결과적으로 보답받지 못했다고 해서 과정을 부정해서는 안 된다. 그런 말을 한다면, 어차피 모두 죽으니까 살아 있는 일에 의미는 없고, 태어난 것 자체가 완전히 무의미하다는 말이 되어버린다.

그렇지, 라고 하루히로도 생각하지 않는 것은 아니다. 무엇보다, 의미 같은 게 거기 그냥 놓여 있는 것이 아니다. 찾아내는 것이다. 예를 들어 하루히로가 구덩이를 판 것뿐이라고 해도, 그 행위에서 의미를 찾아낼 수 있다면 무의미하지 않다. 구덩이를 파면서 즐거운 일만 있었던 것은 아니었지만, 만족스러운 나날도 확실히 있었다. 그때의 하루히로는 거기에서 의미를 찾았었다.

지금은 공허할 뿐이다.

아니, 기쁘게 구덩이를 파던 기억이, 더욱 하루히로를 괴롭힌다.

이렇게 될 줄 알았다면, 구덩이 같은 건 파지 않았으면 좋았을걸.

이렇게 잃을 거였다면, 아무것도 원하지 않았을 것이다. 아무것도 필요 없었다.

시간이다.

시간이 필요한 것이다.

마나토 때도, 모구조 때도 그랬잖은가. 한동안은 견디는 수밖에 없다.

—그래서?

언제까지 견디면 돼?

안 되는 건가?

끝내서는 안 되는 건가?

누가 금지한 거야?

미안해.

유메와 란타에게 사과할까?

미안.

이제 무리인 것 같아.

무책임하다고 생각한다. 여기에서 탈락하는 것은 아닌 것 같다고. 아직 두 사람이 있는데 말이야. 도망치는 것 같고, 비겁하지.

그래도.

그래도 말이야.

란타는 유메가 있고, 유메에게는 란타가 있잖아?

유메에게는 이츠쿠시마와 포치도 있잖아?

나는?

나에게는?

뭐가 있어?

알아. 내가 여기에서 도망치면, 유메와 란타가 얼마나—

얼마나.

하지만, 그 때문에, 나.

너희들 때문에, 그렇게까지 애써야만 하는 건가?

도망치면, 안 되나?

대단한 일 아니잖아?

특별한 일은 아무것도 하지 않아도 돼. 나를 내버려 두기만 하면 돼. 두고 가주기만 하면 돼. 나, 별로 아무것도 하지 않아. 그저 여기에 있는 것뿐이야. 앉아 있어. 조만간 누울 거야. 한번 누우면, 아마 일어나지 못할 거라고 생각해. 분명 일어나지 않아. 됐어, 그걸로.

나에게는 그게 어울려.

끝으로 만들고 싶은 거야.

끝으로 하고 싶어.

끝내자.

끝나자.

끝내는 거다.

끝내도 되지?

끝날 뿐이다.

그저 끝날 뿐인 거야.

끝은 가깝다.

무척 가까워.

그러니까, 끝내자.

아무도 불만을 말하지 말아줘.

어차피 끝나는 거야.

모두 끝나.

모든 것이 다 끝나.

시작했을 때부터 끝날 것은 정해져 있어.

시작했을 때는 이미 끝나가고 있는 거야.

남은 건 끝나는 것뿐이다.

끝의 풍경이 펼쳐진다.

세카이슈에게 갈가리 찢긴 풍조 황야는 아무리 봐도 종말적이다.

이 손으로 막을 내릴 것까지도 없이, 모든 것이 끝나려고 하는 건 지도 모른다.

끝나는 거다.

끝난다.

끝나자.

아무것도 말하지 않아도 되지?

누구에게도 양해를 구하지 않아도 되지?

허락 같은 건 필요 없어.

끝나는 것뿐이다.

그저 끝낼 뿐인 것이다.

언제부터인지 늑대개가 옆을 걸어 다니고 있었다. 기분 탓인가 생각했다. 우연인가? 생각했는데, 포치는 배를 부비는 것처럼 달라붙는다.

저리 가.

떨어져 줘.

끝내고 싶다고.

끝내려고 하는 것뿐이라고.

하지 마.

끝내고 싶은데, 방해하지 말아줘.

때때로 고개를 돌려 나를 올려다보거나 하지 말아줘.

유메도 그러지 마.

쉬고 있을 때 어깨를 맞대거나 하지 말아줘.

옛날이야기 같은 것 하지 말아줘.

란타도 하지 마.

쓸데없고 질 낮은 농담을 날리며 웃거나 하지 말아줘.

이츠쿠시마가 밤하늘의 별을 우러러보며 서 있었다.

"나는, 살아 있다."

"뭐야? 그게."

란타가 웃었다.

유메는 벌떡 일어나 외쳤다.

"웅냐아아아아! 유메도 있지! 살아 있다구우우우우…!"

"흥! 나도 그렇다고…!"

란타가 지지 않겠다는 듯이 고함쳤다.

"나 님은 살아 있다아아아아아…! 어떠냐—이 멍청아아아아…!"

그러지 마.

끝내고 싶단 말이야.

끝내려고 한단 말이다.

끝내고 싶은데, 어째서 끝내지 못하고 있는 건가?

내가 무엇을 움켜잡고 있는 건지, 무엇에 매달리려고 하는 건지 모르겠다.

간단한 일인데도.

그저 끝내면 된다.

그러면, 끝난다.

아무것도 보이지 않게 된다.

아무것도 들리지 않게 된다.

아무것도 느끼지 않게 된다.

아무것도 없게 된다.

그걸로 됐어.

없어져 버려.

후회도, 바람도, 아무것도 필요 없어.

왜 끝낼 수가 없는 것인가?

뭐가 날 붙잡고 있는 건가?

무섭지는 않은데도. 이제 와서 무서울 리가 없다. 여한도 없다. 못다 한 일 같은 건 아무것도 없다. 있다고 해도, 끝내고 싶다. 끝내는 편이 훨씬 쉽다.

아침이 온다.

또 아침이 와버린다.

세카이이슈에 찢긴 대지 끝에서 아침 해가 떠오른다.

무릎을 끌어안고 지평선 너머에서 얼굴을 내민 태양에 이별을 고

하고 싶다.

이것이 최후다.

이번에야말로, 안녕.

약속할게.

다음은 없어.

그러니까, 가르쳐줬으면 좋겠어.

이런 식으로 매일매일 질리지도 않고 계속 빛을 비추면서, 허망하지 않은가?

그런 식으로 쓸모없는 몸을 따뜻하게 해줘봤자 무엇 하나 되받지 못한다.

보답받는 일 없는 반복을 이제 그만두려고는 생각하지 않는 건가?

늑대개가 차갑게 젖은 콧등을 내게 누른다. 얼굴을 핥는다. 늑대개는 뭐든지 다 아는 것 같은 눈을 하고 있다.

나는 아무것도 모른다, 고 중얼거려본다.

"가자, 멍청아."

란타가 머리를 때렸다.

"정말이지! 그런 짓 하면 안 된다고 했잖여!"

유메가 볼이 튀어나와 항의하자, 란타는 생생한 상흔이 눈에 띄는 얼굴을 거만하게 찡그리며 아랫입술을 삐죽 내밀었다.

"힘 조절했다고! 이런 건 커뮤니케이션의 범위 안에 들어가잖아. 일일이 잔소리하지 마, 뽀뽀해버린다, 짜샤."

"뽀뽀는, 유메 아무 짓도 안 했는데도 저번에 갑자기 했잖여!"

"뭐?"

"어어어어어이이이잇?! 아아아아아아저씨, 안색 변해서 화살 겨누지 맛! 그보다, 빠르잖앗! 활 들고 화살을 시위에 끼는게 너무 순식간! 아아아아니얏, 오, 오해얏! 유메가 파루피로만, 그러니까, 뭐랄까, 잘 모르겠지만, 내가 있잖아, 그런?! 그럴 땐 확실히 표시한다거나, 그런?! 아아아아저씨도 남자라면 이 뉘앙스 전해졌겠지?!"

"알게 뭐야."

"그그그그그러니까 활시위를 팽팽하게 당기지 말라니까…!"

"이제 란타는 뽀뽀 금지니까 그런 줄 알아!"

"뭐어어어어어어어엇―――?! 말도 안 돼애애애?! 계속?! 영원히이이?! 뽀뽀 없음?! 실화야?! 제정신이냐? 너?! 너도 싫어하지 않았잖아?!"

"깜짝 놀랐었고. 싫거나 그런 건 아니지만, 갑자기였잖여?"

"거봐! 싫지 않았잖앗! 그것 보라고오오오오…!"

"유, 유메….""

"아저씨 진정해! 다 큰 아저씨가 무릎부터 무너져내리는 걸 처음 봤다! 유감이네요!"

"스승님, 왜 그래? 괜찮아?"

"됐어! 됐다고, 유메! 지금 네가 위로하면 오히려 더 괴로울 뿐이라고!"

"웅? 그런 거야?"

끝내도 되는 것 아닌가, 하고 하루히로는 생각한다.

나는 모두의 발목을 잡을 뿐이다.

내가 없어도, 모두 걸어간다.

나는 걸을 수 없다.

이제 걷고 싶지 않아.

말할 수 없는 것뿐이다.

도저히 말을 꺼낼 수가 없다.

그래서, 잠자코 따라간다.

될 대로 되라다.

어떻게든 되라지.

걸어가면 되지?

걸을게.

어디에서 시작해서 어디까지 이어지는지 모를 검은 관과 검은 관, 세카이슈와 세카이슈 사이를 걸어간다.

"—아아, 젠장!"

란타가 땅을 박차며 방향을 틀려고 한다. 이 앞은 세카이슈와 세카이슈가 얽혀 그물망 상태다. 세카이슈를 밟지 않고 가는 것은 어렵겠지.

란타가, 이츠쿠시마가, 유메가, 발길을 돌리고 우두커니 서 있는 하루히로를 포치가 올려다본다.

하루히로는 걷기 시작했다.

"야…."

란타가 불러세운다.

하루히로는 아랑곳하지 않고 계속 걸어간다.

세카이슈를 힘껏 찍어누르지는 않았다. 그저 짓밟고 앞으로 걸어갔다.

이제 와서 뭘 두려워할 일이 있는가? 무섭지는 않다. 처음부터 이렇게 하면 좋았을걸.

끝내자. 끝으로 하자. 끝내고 싶다.

그렇다.

하루히로는 끝을 향하여 걸어가고 있다. 나아가는 방향에 있는 것은 끝인 것이다.

어떤 형태로 끝나는 걸까? 뭐가 끝나게 하는 건가? 그것은 모른다. 아무래도 좋다. 어쨌든, 언젠가는 끝난다. 그것만큼은 틀림없다.

하루히로는 멀리 솟아 있는 왕관산만을 응시하며 발을 앞으로, 앞으로 움직였다. 발밑이 흙이든 들풀이든 세카이슈든 신경 쓰이지 않는다. 뭐든 마찬가지다.

란타와 유메, 이츠쿠시마가 쫓아온다. 모두 어떻게 하고 있는 걸까? 세카이슈를 밟고 가는 건가? 알 바 아니다.

포치는 때때로 하루히로 앞에 나타난다. 시야에서 벗어나는 일도 있다.

왕관산에 가까이 가면 가까이 갈수록, 세카이슈가 세력을 넓혀간다.

세카이슈가 쳐놓은 그물망은 점점, 점점 더 촘촘해진다.

지표면은 세카이슈로 온통 뒤덮여버리고 있었다.

세카이슈가 지상을 거의 점령하고 있다.

어느샌가 해가 저물고 있다.

눈이 멀어버릴 것 같은 서쪽 해도 세카이슈를 비추지는 않는다. 세카이슈는 광택이라는 것이 일절 없다. 세카이슈의 검정은 어둠보다도 어둡다. 그 검정은 한없이 깊고 바닥이 없다.

하루히로는 세카이슈 위에 서 있었다.

적어도, 하루히로 앞에는 세카이슈와 노을에 물든 하늘밖에 없다.

왕관산이라고 생각했었다.

어느 각도에서 봐도 왕관의 형태를 한 산이라고.

아니, 그것은 왕관산이다.

왕관산도 세카이슈에 뒤덮여 있었다.

멀리서 볼 때는 몰랐다.

왕관산 산기슭과 중턱까지 꿈틀대는 것이 있다.

세카이슈인가? 세카이슈의 집합체가 융기하거나 해서 저런 형태를 만든 걸까?

그게 아니었다.

어째서 하루히로는 아니라고 생각한 건가?

저것을 알고 있기 때문이다.

하루히로는 풍조 황야에서 몇 번이나 저것을 목격했다. 본 것뿐만이 아니다. 달라붙었다.

"거인…."

가늘고 긴 거인이다.

인지가 미치는 범위가 아니다. 저 가늘고 긴 윤곽이 특징적인 거인들은, 풍조 황야를 자유롭게 활보했었다. 너무 거대해서 우러러봐도 어떤 얼굴을 하고 있는지 확인할 수 없었는데, 그야말로 거만한 얼굴이었다. 엄청난 천재지변으로 풍조 황야의 지형이 바뀌었다고 해도, 가늘고 긴 거인들은 꿈쩍도 하지 않겠지. 인간이나 엘프, 드워프, 오크들이 멸망한 뒤에도 가늘고 긴 거인들은 유유히 존재할 것이 틀림없다.

말하자면, 생물이라기보다 신에 가까운 존재가 아닐까? 하고, 하루히로는 머리로 생각하는 것이 아니라, 느끼고 있었다.

그 가늘고 긴 거인들이 세카이슈에 붙잡혀 있다.

얼핏 본 것만으로도, 왕관산 산기슭에 둘, 중턱에 하나, 좀 더 위쪽, 산 정상 부근에도 가늘고 긴 거인으로 보이는 모습이 하나 보인다. 서 있는 가늘고 긴 거인은 일단 그것뿐이라고 생각하지만, 하루히로의 수백 미터 전방에서 몸부림치는 것처럼 움직이는 것도 가늘고 긴 거인 아닐까? 전부 다 새카맣기 때문에 구분하기 힘들지만, 검은 바닥에서부터 검고 가늘고 긴 거인의 상반신이 (나 있는) 것 같다. 그쪽 땅이 움푹 들어가서, 가늘고 긴 거인이 빠질 것 같은 상황인지도 모른다. 개미지옥으로 끌려들어 가지 않으려고 발버둥 치는 것처럼 보이기도 한다. 혹은 왕관산 기슭에 가늘고 긴 거인이 빠질 정도로 큰 구멍이라도 있는 건지도 모른다.

세카이슈는 땅속에서부터 생겨난다.

어쩌면, 그 구멍에서 세카이슈는 발생하는 건지도 모른다.

그런 구멍이 있었던가? 하루히로는 모른다. 본 적은 없다. 이츠쿠시마에게 들은 기억도 없다.

보드 벌판 골짜기 밑에서부터 세카이슈는 생겨났다. 이 일대의 세카이슈는 왕관산 지저에서 발생하는 건지도 모른다. 이미 왕관산 자체가 세카이슈로 변한 것처럼 생각되기도 한다.

실제로 그런지도 모른다.

왕관산뿐만이 아닌지도 모른다.

다른 장소에서도 비슷한 일이 일어나고 있는 건지도 모른다.

온 그림갈 안에서 세카이슈가 발생하고 있는 건지도 모른다.

세카이슈가 그림갈을 뒤덮으려고 하는 건지도 모른다.

저것은, 세카이슈란, 그림갈이 앓는, 저항하기 힘든, 치명적이고, 치유 불가능한 병 같은 것인지도 모른다.

그림갈은 죽으려고 하는 건지도 모른다.

모르겠다.

하루히로는 알 수 없다.

알 리가 없다.

끝내지 않아도 끝나려고 하는 건지도 모른다.

조만간 모든 것이 끝나버리는 건지도 모른다.

이것이 진짜 끝인지도 모른다.

　머지않아 검은 것이 도래하여 세계를 집어삼킨다.

　가장 깊은 곳 밑바닥에서 검은 것이 지나갈 때까지 숨죽이고 기다려라.

　검은 것이 초래하는 재앙 뒤에 새로운 새벽이 우리를 맞아주리라.

　일찍이 한 우고스(현자)가 그렇게 예언했다.

　최초의 우고스, 아직도 그를 뛰어넘는 재능은 태어나지 않았다고 평가되는, 종족 최고, 정점의 환시자인 토고로고가, 그 무시무시한 미래를 본 것이다.

　왕 되는 자의 역할은, 그저 종족을 지키고, 번영시키고, 그 권능을 다음 대로 물려주는 것뿐만이 아니다. 토고로고가 환시한 다가올 재앙에 대비해야 한다.

　토고로고는 10대 전의 모가도(왕)를 섬기고 있었다고 한다. 그 당시의 왕은 토고로고의 조언을 받아들여 다무로에 오오동고(가장 깊은 골짜기)를 파기 시작했다. 그것은 재앙의 날에 몸을 숨기기 위한 대피소가 될 것이다. 그후 토고로고는 죽었다. 5대 전의 왕이 이 오오동고를 마침내 완성하였고, 재앙의 날까지 이것을 현자들의 거주지로 삼고 모든 종족의 보물을 숨겨두기로 했다. 재앙을 헤쳐나온 뒤에 우리 종족에게 오오동고 이외에 아무것도 남아 있지 않은 사태는 피해야만 한다. 5대 전의 왕은 그렇게 생각했던 것이다. 우리(고블린) 전체가 재앙을 피해 살아남을 수는 없을 것이다. 살아남아야 할 자를 선별해야만 한다.

왕 과가진은 오오동고 최심부에서 뜬눈으로 밤을 지새웠다.

그 방에는 종족의 보물이 놓여 있고, 옥좌와 그것을 둘러싸고 현자들의 자리가 마련되어 있고, 벽에는 토고로고의 예언을 토대로 한 그림이 새겨져 채색되어 있다.

오오동고의 수혈식 주거 밑에서부터 횡혈식 동굴을 파게 하여 여덟 개의 방을 만든 5대 전의 왕은, 이 가장 안쪽에 위치한 방을 예언의 방이라고 이름 붙였다. 수혈 밑에서 두꺼운 철문을 열어 각 방을 지나가지 않으면 예언의 방에 도달할 수는 없다.

1대 전, 과가진의 선대에 해당하는 왕은 어느 날 착란을 일으켜 재앙이 찾아왔다고 오인하여 예언의 방에 틀어박혔다. 선대 왕은 얼마 후 스스로 문을 열고 나오더니, 예언의 방에는 저주가 충만하다고 떠들어댔다. 별일은 아니었다. 문을 닫으면 예언의 방은 완전히 밀폐되기 때문에 왕은 서서히 숨이 답답해진 것이다.

우리는 체내의 독소를 날숨에 섞어 배출하고, 그 독소가 충만한 장소에서는 물속처럼 익사해버린다. 선대의 왕은 우고스들이 밝혀낸 그 사실을 어리석게도 믿지 않았지만, 과가진은 달랐다. 왕이 되자마자 바로 우고스들의 진언을 수용하여, 여덟 개의 방에 각각 샛길과 공기 저장조를 증설시켰다. 불도 또한 독소를 흩날린다는 사실이 판명되었기 때문에, 교배로 만들어낸, 빛을 내뿜는 날아다니는 장충을 번식시켜 주요 광원으로 삼았다.

지금 이 예언의 방에도 무수한 발광 장충이 날아다니고, 과가진과 우고스들, 옹기종기 모여 구석에서 떨고 있는 다섯 명의 왕비, 16명의 어린 왕의 자식들을 비추고 있다.

사실, 과가진 본인은 자기 재위 중에 이런 처치가 실제로 도움이 되는 날이 올 거라고는 절대 생각하지 않았었다. 예언은 무시할 수 없지만, 언제 검은 것이 덮쳐올지는 정확하지 않았던 것이다. 그렇다면, 우리는 예언의 날에 대비하면서도, 오히려 용기를 갖고 밖으로 확장해나가야 하는 것 아닐까?

우리 세력을 다무로 바깥으로 넓히기 위해서도 과제는 있었다. 과제만 잔뜩 있다고 말해도 과언이 아닐 정도였다.

무엇보다도, 우리는 전부 지나치게 단명한다.

과가진 같은 왕종(王種)조차도, 사물을 인식하게 되고부터 100을 30 묶은 낮밤을 살 수 있다면 오래 산 것이다. 많은 자들은, 100을 10 묶은 낮밤을 보낼 무렵에는 몸을 가누기 힘들 정도로 약해진다. 우고스들은 100을 40 묶은 낮밤을 넘기는 일도 있을 정도로 장수했다. 그것도, 영리한 자들을 선발하여 극력 운동을 피하게 하고 충분한 영양을 공급하고 보호했기 때문이다. 가끔씩 태어나는 홉(체격이 큰 종) 중에는 왕종과 같은 정도의 수명을 가진 자가 있지만, 그들은 기억력이 나쁘고 매우 우둔하다.

분명히 우리는 좀 더 똑똑해져야 하는데, 대부분의 자들이 100을 10 묶은 낮밤밖에 살 수 없어서는 배울 수 있는 것도 적고, 그나마 배우고 익힌 것들도 그자의 죽음과 함께 사라져버린다.

과가진은 자기들이 인간족이나 오크보다 열등하다는 사실을 인정하고 있었다. 왕이 되고 나서, 그 최대의 요인은 짧은 수명이 아닐까? 라는 생각에 이르렀다.

예언의 방의 옥좌에 과가진은 말없이 앉아 있었다. 왕을 둘러싼 우고스들도 입을 다물고 있다. 왕비, 왕자들도 가끔 서로 속삭이는 정도이며 대부분 조용히 있었다. 닫힌 예언의 방에서 재앙이 지나가기를 기다리는 동안은 가급적 독소를 배출하지 않도록 가만히 있는 것이 중요하기 때문이다.

검은 것이 다무로에 밀려들어 왔다는 소식을 듣고 과가진은 오오동고로 피난하는 것을 주저했다. 모두가 닥쳐온 재앙을 겁내 대혼란에 빠졌는데, 왕인 자신이 제일 먼저 예언의 방으로 도망치는 게 맞는 것일까? 우고스들의 만류를 뿌리치고, 과가진은 검은 것의 침입을 어떻게든 막으려고 했던 것이다.

결과적으로, 그 보람은 있었다, 는 뜻이겠지.

이제 시간 경과를 알 수는 없지만, 과가진은 6 낮밤에 걸쳐 아아스바아신(지극히 높은 천상)에 계속 머물렀다. 그러나, 마침내 검은 것이 오오동고에 도달하려는 시점에서 결단을 내릴 수밖에 없게 되었다.

과가진은 따르는 자들의 경호를 받으며 오오동고 내벽에 둘러쳐진 계단을 뛰어 내려갔다. 계단을 다 내려가기도 전에 검은 것이 내벽을 흘러 떨어지기 시작했다. 검은 것이 뚝뚝 떨어지는 그 광경을 잊을 수가 없다. 과가진은 수치도 체면도 무릅쓰고 비명을 질렀던 것이다.

왕비와 왕의 자식들은 몇 낮밤도 전에 오오동고로 내려와 있었고, 주축인 우고스들도 예언의 방에 모여 있었다.

예언의 방 문을 꼭 닫았던 순간의 일을 과가진은 기억한다. 우고스와 보물들에 둘러싸여, 옥좌에 앉아, 몇 명이나 되는 아내와 아이들이 함께 있어도, 이미 자신은 왕이 아니라고 통렬하게 느꼈다.

그 이후로 과가진은 후회하고 있다.

과가진은 아아스바아신에서 움직이지 않아야 했는지도 모른다.

죽는 수밖에 없다면, 왕 되는 자로서 어울리는 죽을 장소는 아아스바이신이었던 것 아닐까?

왕이 되고 나서, 아니, 왕이 되기 전부터, 제대로 말이 통하는 것은 우고스들뿐이었다. 그 우고스들도, 우리는 장명종(長命種. 수명이 긴 종)을 목표로 해야 한다고 과가진이 주장하면 조심스럽게 반대 의견을 표출했다. 특권계급을 차지한 왕종이 절대로 찬성하지 않을 것이다, 모반을 꾸미는 왕종까지 생길지도 모른다고 충언하는 우고스도 있었다.

그러나, 그 왕종이 무엇을 해왔는가? 그저 다른 자들보다 오래 살며, 사는 동안 향락만을 누려왔지 않은가? 왕종들은 왕종끼리만 피를 섞었고, 단명하는 자들을 멸시하고, 권력투쟁과 미식, 음란한 짓에 심취했다. 단명의 자들을 서로 죽이게 하고, 서로 잡아먹게 하는 악습을 악습이라고도 생각하지 않는 추악한 왕종이야말로 우리가 떠안고 있는 악종이 아닌가?

그리고 과가진도 또한 그 악종인 왕종 중 한 명이었다.

"동족포식이다."

과가진은 중얼거렸다.

우고스들은 모두 고개를 숙이고 있었다. 몇 명인가가 얼굴을 들고 왕을 보았다.

예언의 방 문은 바깥에서부터 뭔가에 강하게 압박당해서 삐걱거리고 있다. 한참 전부터다. 처음엔 우고스들, 왕비, 왕자들이 겁을 먹고 떠들어댔으나, 이제 아무도 신경 쓰지 않는 건가? 공포에 익숙해진 건지도 모른다.

"왕종이나 우고스는 동족포식을 하지 않는다. 그렇지? 단명의 자들은 동족을 먹는다. 왕종은 한참 전에 동족을 먹는 것을 그만둔 자들의 후예인 것이다. 우고스들이여. 그대들에게 우리의 죽음에 관해서 조사시켰었지? 단명의 자들은 몸이 쇠해지기 전에 지독히 밤을 두려워하게 되고, 영문 모를 말을 지껄이게 된다. 서서히 언어가 불명료해지고, 보행이 곤란해지고, 자리에서 일어나지 못하게 되고, 숨이 멎는다. 이것이 전형적인 단명의 자들의 죽는 방식이다. 그렇지? 그러나, 왕종이나 우고스가 그러한 방식으로 죽는 것은 드물지 않은가? 왕인 이 과가진이 알고 있는 한에서는, 단 한 사람밖에 모른다. 내 숙부님, 선대 왕 보드진이다. 보드진은 기행을 되풀이하던 끝에, 주위의 자들에게 욕설을 퍼붓고, 옥좌에 달라붙어 떨어지지 않게 되고, 대소변을 흘리면서 거품을 물었다. 우고스여. 그대들도 알고 있겠지? 보드진은 악취미스럽게도 단명의 자들을 죽여서 먹었다. 몰래 동족을 잡아먹는 짓을 하고 있던 것이다. 우리는 먼저 동족을 먹는 것을 그만둬야 하는 것이 아닌가?"

과가진은 보물 갑옷을 걸치고, 왕관을 쓰고, 왕의 석장을 들었다. 그 외에도 몸에 장식할 수 있을 만큼의 번쩍이는 보물은 전부 몸에 장식했다. 그것들을 하나도 남김없이 뜯어내 버리고 싶었다. 과가진이 원했던 것은 이런 것이 아니다.

"동족포식을 금지해야 했던 것이다. 그것으로 인해 일어날 식량난을 해결하는 방법은 반드시 찾아낼 수 있었을 것이다. 역시 우리는 밖으로 나가야 했다. 우리는 겁쟁이였던 것이다. 분명히 예언은 들어맞겠지. 토고로고는 진짜 환시자였다. 그러나, 우리에게는 토고로고 뒤를 이을 환시자가 없었다. 토고로고 세대라면 우고스라고 해도 동족포식을 했을 것이다. 동족포식을 하지 않았다면 토고로고도 좀 더 오래 살았을지도 모르지. 토고로고는 수많은 미래를 보고, 우리에게 길을 제시해줬던 건지도 몰라. 단명의 자들도 동족포식을 하지 않았다면 왕종과 다를 바 없었던 것이라면, 그들 중에서 수많은 총명한 자, 힘이 센 자가 배출되었을 것이다. 그러면 우리는 좀 더 똑똑하고, 좀 더 강해질 수 있었을 것이 틀림없다. 동족포식이 없어지면, 여자들이 낳고 키운 자식들을 잡아먹히는 슬픔을 맛보는 일은 없다. 낳아서 버려야 하는 것처럼 잇달아 아이를 낳지 않아도 된다. 우리는 한 명 한 명의 동포를 소중히 여길 수 있었을지도 모른다. 왕인 이 과가진 한 명이 이런 생각을 갖는 것만으로는 달라지지 않아. 이 생각을 이어가고 키우려고 해도, 우리는 너무 일찍 죽는다. 우리는 동족포식을 끊어야 했었다. 어째서 좀 더 빨리 깨닫지 못했을까? 우고스들이여, 가르쳐다오. 이 왕 과가진은 역시 어리석었던 것인가? 지나치게 우둔했나?"

나란히 앉아 있는 우고스들은 모두 고개를 숙이고 흐느껴 울었다. 왕비와 나이 든 왕자들은 훌쩍거리고 있다. 어린 왕자들도 시무룩했다.

100을 수십 번 합친 것보다도 많아 보이는 발광 장충들이 예언의 방 앞을 엄청난 속도로 날아다니고 있다.

문뿐만이 아니다. 돌바닥을 깔아놓은 바닥이, 예언자 토고로고가 환시했던 재앙의 모양을 그린 벽이, 튼튼한 기둥과 대들보로 받치고 있는 천장이, 아니, 예언의 방 전체가 흔들리고 있다.

"우리에게 내일은 없는 것인가?"

과가진도 오열을 참을 수가 없었다.

"우리는 무엇을 잘못했는가? 검은 것이란 무엇인가? 무엇이 우리를 멸망시키려는 것인가? 우고스들이여, 제발 가르쳐다오. 이 왕 과가진은 어리석었다. 과가진의 책임이라면, 과가진만을 멸망시켜다오. 굳이 우리 모두를 멸망시킬 것은 없지 않은가? 우리를 근절하려 하지 마라. 검은 것, 재앙이여, 우리를 몰살하지는 말아다오. 우리는 동족포식을 끊겠다. 모두 똑똑해진다. 강해진다. 일찍이 노라이프 킹은 우리의 손을 잡고, 품에 안고, 함께 일어서자, 함께 설 수 있다고 격려했다고 한다. 그렇다. 우리는 일어설 수 있다. 우리는 야만족이 아니다. 적어도, 다른 자들에게 야만족이라 불리며, 업신여김을 당하는 처지에 만족하지는 않는다. 우리는 나아갈 수가 있다. 우리에게 내일이 있다면 걸어갈 수가 있다. 재앙이여, 우리를 멸하지 마라. 우리에게 기회를 다오—"

굳게 닫혀 몇 겹으로 자물쇠를 걸어놓은 문이 밀려 열리려고 했다.

과가진은 옥좌에서 일어섰다. 예언의 방에 수납되어 있던 갑옷과 목걸이, 귀걸이, 팔찌 등등, 왕인 과가진이 몸에 차고 있는 이 보물들은 특별한 힘을 숨기고 있을 것이다. 오르타나의 각지에서 발견된 보물도 있다. 옛날에 인간족과 거래하여 받은 보물도 있다. 많지 않은 모험가들이 어디에선가 갖고 돌아온 보물도 있다. 지금이야말로 숨겨진 보물의 힘을 발휘할 때가 아닌가?

"우리는, 멸망할 수는 없는 것이다!"

아아, 문이 열린다.

검은 것이 예언의 방으로 쏟아져 들어온다.

과가진은 지팡이를 치켜들고, 보물이여, 힘을, 이라고 외쳤다.

검은 수면에 날개를 접은 백조를 연상시키는 성곽의 모습이 비치고 있다. 수많은 등불의 빛을 받은 저 성은 실제로 오크어로 웨하고란, 백조성이라 불린다고 한다.

찌그러진 표주박 같은 모양을 한 칸다 호수는 놀랍게도 그림갈 최대의 호수라고. 백조성과 그 성시인 그로즈덴다르(승리의 함성의 도시)는, 칸다 호수 서쪽 기슭, 표주박의 잘록한 부분 서쪽에 위치한다. 그 잘록한 모양이 독특하고, 남쪽으로 쑥 튀어나오기도 해서, 현재 쿠자크와 세토라가 있는 이 남쪽 기슭에서부터 백조성까지는 5, 6킬로밖에 떨어지지 않았다. 오늘 밤은 바람이 없어 수면이 거의 거울 같아서, 마치 백조성이 두 개인 것처럼 보인다.

쿠자크는 팔짱을 끼고 몇 번이나 끄덕였다.

"별 같은 것도 엄청 예쁘고."

중얼거린 쿠자크의 뒤통수를 곧바로 세토라가 때렸다. 쿠자크는 자기도 모르게, 아얏, 하고 목소리를 낼 뻔했으나, 황급히 입을 손으로 막아 일을 모면했다.

알고 있다. 알고 있다니까요, 라고 쿠자크는 몸짓으로 표현했다. 이 칸다 호수 남쪽 기슭에 있는 것은 쿠자크와 세토라뿐만이 아니다. 섣불리 말하지 마, 조용히 있어, 라는 뜻이겠지.

사실, 그렇게까지 조심할 건 없지 않나?

쿠자크와 세토라는 말 그대로 호반에 있다. 이 부근은 대부분 사막이고, 몇 미터만 더 가면 물가다.

왼쪽으로 시선을 향하면, 남정군의 야영지가 펼쳐져 있다. 오크며 언데드며 회색 엘프들로 구성된 남정군은, 쿠로가네 산맥에서부터 힘겹게 행군해와서 여기 칸다호 남쪽 기슭의 어촌 근처에서 마침내 최후의 야영을 하게 된 것이다.

그렇기는 해도, 울타리를 치거나 망루를 세우는 일은 일절 하지 않는다. 듬성듬성 화톳불이 타오르고 있거나, 횃불을 든 보초들이 이쪽저쪽에 서 있거나, 천천히 걸어 다니기도 하는데, 만전의 태세로 경계에 임한다는 인상은 받을 수 없다. 오히려 그 반대다. 이미 한밤중을 지나고 있다. 대부분의 병사들이 푹 잠들어버린 것 아닐까?

남정군은 아침이 오면 수 킬로 서쪽으로 진군해, 칸다호로 흘러들어오는 루코라는 강에 놓인 다리를 건넌다. 그러면, 그 뒤는 그로즈덴다르까지 센토라 왈, '지호지간'(주4)이다. 지호지간, 이라는 것은, 바로 코앞, 요컨대 아주 가깝다는 의미인 모양이다.

내일, 이 아니다. 이미 날짜가 바뀌었으므로 오늘이다. 남정군은 오늘 중으로 그로즈덴다르에 들어간다. 여러 가지 일이 있었지만, 그림자 숲에서 엘프를 쫓아내기도 하고, 오르타나를 함락시키기도 하고, 드워프 여왕을 죽이기도 하고, 그럴싸한 전공을 세우고 돌아온 셈이니까, 병사들 입장에서 보면 뭐, 개선 기분이 아닐까?

여러 가지 일이 있었고, 여러 가지 일이 있어서, 실은 이 남정군은 본진이 아니다. 별동대인 것이다. 잠보의 포르간 등을 포함한 본진은 쿠로가네 산맥에 남아 있고, 마가 오도하 라던가 하는 오크가 이 별동대를 여기까지 인솔해왔다.

말단 병사들과 달리, 예를 들어 그 마가 오도하 같은 지휘관 클래스는 복잡한 심경인지도 모른다. 적어도, 이겼다 이겼다, 하고 들떠

주4) 지호지간 : 指呼之間. 손짓하여 부를 만큼 가까운 거리.

서, 자, 집에 돌아가서 푹 쉬자, 라는 기분은 들지 않겠지.

"여러 가지 일이 있었으니….''

또 자기도 모르게 중얼거려버렸다.

당연히 또다시 쿠자크는 세토라에게 맞았다.

미안, 미안. 쿠자크는 손짓을 섞어서 사과했다. 세토라는 어이 없다는 얼굴이다. 그런 점은 변하지 않았다.

쿠자크 본인은 그다지 변하지 않았다는 실감이 있다. 물론, 전혀, 아무것도, 어디도 변하지 않았다고는 말할 수 없다.

한 예를 들어보자면, 두 사람은 캄캄한 칸다 호반에 머물러 있는데, 쿠자크는 세토라의 얼굴이 뚜렷하게 보인다. 세토라도 마찬가지겠지.

그리고, 몸이 희한하게 가볍다. 눈에 띄지 않도록 지금은 갑옷을 입지 않고 검은색 계통의 의류를 착용하고 있는데, 별로 그 때문이 아니다. 알몸이어도 전과는 다르다. 특별히 기운이 난다.

기억은 있다.

이렇게 되기 전 일은 기억나지 않는다.

하루히로, 란타, 유메도 기억한다.

쿠로가네 산맥의 철혈왕국을 탈출한 뒤, 쿠자크는, 그리고 세토라도 한번 죽었다. 그 순간의 일은 솔직히 애매하지만, 이크, 죽는다, 라고 생각했고, 아마 쿠자크는 그 말대로 죽었던 것이겠지.

살아 돌아오고 나서는, 분명 온몸이 엉망진창이고 머릿속도 뒤죽박죽이었다. 조금씩 정리되어가다가, 어떤 타이밍에, 그렇구나, 메리 씨 말을 들으면 되는 거구나, 라고 생각했다. 외모는 메리여도 메리는 아니다. 그것은 쿠자크도 알고 있었지만, 일단 메리 씨의 말대로 하자, 라고 결정했다. 그것이 제일 좋다. 옳은 일이라고 쿠자크는 이해했다.

변하지 않은 부분은 변하지 않았지만, 역시 예전의 나와는 다른 사람인 거겠지, 라고 쿠자크는 느끼고 있었다.

나쁘지는 않아.

지금의 나로 있는 것이 불쾌하지는 않아.

즐거운가? 즐겁지 않은가?

그런대로 즐겁다. 쿠자크는 지금의 자신을 즐기고 있다.

세토라가 쿠자크의 등을 손으로 가볍게 밀었다. 슬슬 가자, 라는 신호다. 쿠자크는 고개를 끄덕였다.

두 사람은 머플러를 눈 바로 밑까지 올리고 외투의 후드를 썼다. 이러면 복면을 쓴 것과 대충 비슷하다. 피부가 거의 노출되지 않았다. 적당히 검은색 복장이다.

세토라가 앞서가고, 쿠자크는 따라간다.

문득 쿠자크는 생각한다. 나는, 이렇게 쑥쑥 걸을 수 있었던가?

전에는 뭐랄까, 무슨 일을 해도 생각대로 잘 안 된다고나 할까, 답답했던 것 같은 느낌이 든다. 이렇게 하고 싶다, 저렇게 하고 싶다, 이런 식으로 하고 싶다, 라고 상상해도, 좀처럼 그렇게 되지 않았다.

분명 몸이 큰 탓이다. 쿠자크는 그렇게 생각했다.

키가 너무 크다. 팔다리가 너무 길다. 동체도 길다. 감당을 못 하는 것이다. 근력이 부족한 건가? 단련해보기도 했지만, 근육을 붙여서 체중이 늘면 그건 그거대로 불편함이 생겼다. 딱 좋은 상태라는 것은 그리 간단히 찾을 수 없어서, 자신의 베스트를 알 수가 없었다. 남한테 상담을 청할 수도 없었다. 자기 몸이니까. 결국, 쿠자크 본인이 어떻게든 하는 수밖에 없었다. 정신없이 집중할 때 말고는, 나는 둔하네, 라거나, 왜 이렇게 어설프지? 라거나, 이 덩치 치고는 파워가 부족하네, 라거나, 아무튼 나쁜 점이 신경 쓰여서 견딜 수가 없었다.

그렇다고 해서 예전의 쿠자크가 수많은 자기 결점을 그렇게까지 심각하게 받아들였던 것은 아니다. 타인에게 엄격한 편은 아니었다고 생각하지만, 자기 자신에 대해서도 관대했던 것이다. 응석을 부리는 것이 좋았고 받아주길 바랐으니까 자신도 남한테 관대해졌다.

비교적 기분 나쁜 녀석이었는지도, 나.

지금의 쿠자크는 그런 식으로 생각한다.

그런 녀석이 있어도, 뭐, 나쁘지는 않겠지만.

마치 남 일처럼, 그렇게 생각한다.

세토라와 쿠자크는 거침없이 남정군의 야영지로 다가간다.

야영지 가장자리에는 역시 보초들이 드문드문 서 있었다. 세토라는 대담하게도 보초와 보초 사이를 태연하게 걸어간다. 쿠자크도 뒤를 따랐다. 오크들이 뒤섞여 잠들어 있다. 두꺼운 천이나 모피를 바닥에 깔고 그 위에 누워 있는 자도 있고, 땅바닥에 그냥 누운 자도 있다. 100명인가 수백 명의 오크가 노숙하고 있고, 대개 그 중심에 천막이 있다. 분명 부대장은 천막 속에서 잠들어 있겠지. 팔자 좋네. 천막 근처에는 횃불을 든 호위병이 서 있다. 화톳불도 설치되어 있다. 불쑥 일어나 어딘가로 비틀비틀 걸어가는 오크도 있다. 소변이라도 보러 가는 거겠지.

아무도 세토라와 쿠자크를 알아채지 못했다. 본다고 해도, 설마

침입자라고는 생각지도 못할 것이다.

야영지 중심 부근에 근사한 원형 천막이 쳐져 있었다. 저 크기라면 한두 가족이 살 수 있을 것 같다. 원래 오크 대부분은 황야에 천막을 치고 살았다고 한다. 저 천막은 아마도 씨족장의 집쯤 되지 않을까?

커다란 천막이, 그보다 작은 다섯 개인가 여섯 개의 천막에 둘러싸여 있다. 저 일대는 꽤 밝고 보초의 숫자도 역시 많다. 오크는 예로부터 거대한 멧돼지 같은 동물을 사육하며 타고 다니는 모양인데, 그 짐승도 몇 마리 묶여 있는 것을 확인할 수 있었다.

남정군 별동대를 이끄는 마가 오도하는 분명 저 커다란 천막 안에 있다.

왕의 부탁으로 3일 전에 그로즈덴다르를 향하여 출발할 때까지 쿠자크와 세토라는 구 철혈왕국의 방위를 맡고 있었다.

처음에는 왕과 쿠자크, 세토라밖에 없어 황량하기 짝이 없었지만, 다행히 구 철혈왕국 내와 그 주변에는 드워프나 엘프, 오크 등의 사체가 얼마든지 나뒹굴고 있었다. 지금은 완전히 각성해버린 왕은, 위대하달까, 우스울 정도로 엄청난 힘으로 그것들을 전화(주5)시킬 수가 있다. 왕의 가신 언데드 완성이라는 것이다. 망가져 움직일 수 없게 된 언데드도 새로운 언데드의 부품으로 리사이클할 수 있다.

게다가, 언데드는 세카이슈에 강하다. 애초에 왕은 세카이슈에 대항하기 위한 수단 중 하나로 언데드를 만들어냈다고 한다. 언데드들이 인간의 벽 아닌 언데드의 벽을 만들어버리면, 세카이슈는 쉽사리 다가오지 못하는 것이다.

주5) 전화 : 轉化. 바뀌어서 달리 됨. 또는 바꾸어 다르게 함.

사실, 세카이슈 말고도 적은 있었는데, 남정군 본진의 무리가 어떻게든 구 철혈왕국으로 들어가려고 여러 가지 방법을 썼었다. 쿠자크와 세토라는 왕의 부탁으로 주로 이쪽을 담당했었다.

죽이는 수밖에 없는 경우에는 죽였지만, 몇 명은 산 채로 포로로 잡아 왕이 심문했다. 왕은 인간의 언어도, 오크의 언어는 물론 언데드의 언어도 유창했던 것이다.

이렇게 해서 입수한 정보를 토대로, 왕은 쿠자크와 세토라에게 이번 임무를 의뢰했다. 그간의 사정을 생각하면, 강압적으로 명령해도 거부는 하지 않을 텐데도, 일일이 부탁하는 점이 왕답다. 왕은 왕이라 불리는 것도 사실은 싫다고 했다. 다음에 볼 때는 뭔가 다른 호칭을 생각해주고 싶다.

마가 오도하는 유력 씨족 오도하의 수장으로, 처음부터 디프 고군 대왕과 사이가 좋았던 것은 아닌 모양이다.

디프 고군도 마가 오도하도 씨족장이며 고군 씨족과 오도하 씨족 사이에도 딱히 우열은 없었다고 한다. 클래스로서는 같은 정도이고, 요컨대 라이벌이었을 것이다. 마가 오도하 입장에서 보면, 같은 급의 디프 고군을 따라야 할 도리는 없다.

그래서 마가 오도하는 처음엔 해볼 테면 해봐라, 라는 파이팅 포즈를 취했던 모양인데, 시비걸려 싸웠다가 박살 나기도 하고, 괴롭힘을 당하기도 하고, 부하가 회유당해 배신하기도 하고, 열 받아 쳐들어갔다가 상대가 잠복하고 있어서 되레 당하기도 하고, 이러니저러니 하는 동안에 급소를 찔려 마침내 무릎을 꿇는 수밖에 없었다.

그러나, 마가 오도하는 신하로서 복종하는 대신에 우리 오도하 씨족을 제대로 우대해라, 그러지 않으면 전멸할 때까지 싸우겠다,

라고나 할까, 너를 죽이고 나도 죽는다, 정도의 각오를 보였다. 디프 고군은, 제법이군, 과연 기합이 제대로 들어갔어, 사나이잖아, 라는 느낌으로 감동하여, 기꺼이 그것을 받아들였다고 한다.

마가 오도하는 오도하 씨족의 전통에 따라 체모를 녹색과 노란색으로 나눠 물들이고, 큰 언월도를 자유자재로 다루는 호걸이라고 한다. 하지만, 오크들 사이에서는 무투파라기보다 두뇌파이며, 현명한 남자로 간주된다. 박식하고, 독서도 많이 하고, 쿠자크네 왕 정도까지는 아니겠지만, 어학에도 능통하다고 한다. 오크의 말 이외의 언어도 구사하고, 포르간의 잠보 등과도 비교적 친하다. 현재는 디프 고군 대왕의 심복 중 하나로, 직언할 수 있는 사이인 모양이다.

세토라는 마가 오도하의 천막을 둘러싼 천막과 천막 사이를 빠져나갔다. 쿠자크도 뒤를 따른다. 5미터도 떨어지지 않은 곳에 보초가 있었는데, 용케 들키지 않았다. 예전의 쿠자크였다면 분명 상당히 조마조마했을 것이다. 지금도, 괜찮아, 절대 아무렇지 않아, 라고 생각하고 있는 것은 아니다. 과연? 들키지 않을까? 하고 걱정하고는 있다. 아니, 걱정과는 좀 다른지도 모른다. 공포심이 거의 없다. 거의, 라고나 할까, 전혀 없다. 위험해진다면 위험해지는 거고, 그때 무슨 일이 일어날지 자기가 어떻게 될지도 포함해서, 기대된다.

기대되는 일은 여러 가지 있다.

예를 들어, 하루히로를 보고 싶다.

쿠자크와 재회하면, 하루히로는 어떤 얼굴을 할지. 지금의 쿠자크를 알게 되면, 하루히로는 울까? 웃을까? 무서워하거나, 혼란스러워할지도 몰라.

이 손으로 하루히로를 죽일 수 있다면, 쿠자크는 어떻게 느낄까?

예전의 쿠자크는 하루히로를 좋아했다. 조금이나 약간 좋아하는 것이 아니었다. 모든 것이 다 좋았고, 존경했다. 하루히로에게 마음을 빼앗겼었다.

지금의 쿠자크는 어떤가?

싫어지지는 않았다고 생각한다. 지금의 쿠자크도 하루히로는 분명 좋아한다.

단, 하루히로의 심장을 검으로 찌를 수 있느냐 하면, 아마도 할 수 있다.

예전의 쿠자크라면, 무슨 일이 있어도 할 수 없었다. 하루히로를 죽일 바엔 자살하는 것을 택했을 것이다.

지금은, 흥미가 있다.

구체적으로 쿠자크는 어떻게 변한 것인가? 하루히로를 만나면 어느 정도는 알 수 있을 것 같다. 죽이면, 좀 더 확실해진다. 갑자기 한 번에 죽이지 않아도, 빈사 상태의 하루히로 목에 손을 대고, 정말로, 당장 죽일 수 있다, 라는 상황에서, 쿠자크 본인이 무엇을 생각하는지, 어떤 말을 하는지, 하루히로는 어떻게 할지, 가능하다면 시험해보고 싶다.

세토라는 천막과 천막 사이를 빠져나가서도 멈춰 서지 않았다. 남은 것은 마가 오도하의 대천막까지 일직선이다.

대천막 출입구는 정면에 있다. 이쪽은 뒤쪽이다.

보초는 가까이에 있었다. 3미터도 떨어지지 않은 장소에 무장한 오크가 서 있다. 투구에서 삐져나온 머리카락이 녹색과 노란색이다. 오도하 씨족의 오크답다.

보초 오크는 아직 세토라와 쿠자크를 알아차리지 못한 것 같다. 하지만 시간문제겠지. 두 사람은 그 오크 바로 옆을 태연하게 걸어 대천막으로 육박하려고 하는 거니까, 눈치채지 못할 리가 없다.

세토라가 검을 뽑아 대천막을 찔렀다.

그 소리를 들은 것이겠지. 보초 오크가 이쪽을 향했다.

아랑곳하지 않고 세토라는 검으로 대천막의 두꺼운 천을 프레임까지 같이 세로로 찢어버렸다.

오크가 그들의 말로 뭔가 소리쳤다. 그때는 이미 세토라와 쿠자크는 두꺼운 천의 찢어진 틈새로 대천막 안으로 뛰어들어갔다. 천막 벽의 골조를 꽤 망가뜨려 버렸지만, 그 정도로 무너져버릴 만한 것은 아니다. 이 대천막은 튼튼하다. 대천막 내부는 중앙에 굴뚝이 달린 난방기구가 있고, 낮은 침대가 한 대, 책상, 의자, 선반, 궤짝, 나무통 등이 놓여 있다. 침대에서 자고 있던 오크가 벌떡 일어났다. 이 대천막 안에 있는 것은 그 오크 한 명뿐인 모양이다.

"쿠자크."

세토라에게 지시받기 전에 이미 쿠자크는 움직이고 있었다. 머리 회전이 좀 둔하다는 자각은 있다. 그래도, 이럴 때 해야 할 일을 잊어버릴 정도로 얼간이는 아니다.

그 오크는 190센티나 되는 쿠자크보다도 크다. 키보다 폭과 두께가 엄청나다. 긴 더벅머리와 수염은 녹색과 노란색으로 물들였다. 두른 띠를 앞으로 여며 닫는 기모노 같은 옷밖에 입지 않았다. 잠옷이겠지.

오크는 품에서 단도를 꺼내어 칼집을 벗겨내려고 했다. 쿠자크는 그보다 빨리 오크의 왼쪽 손목에 손날을 때려 넣었다. 오크는 "웃…" 하고 단도를 떨어뜨렸다. 미안. 쿠자크는 그렇게 생각하면서 오크의 명치에 왼손 주먹을 꽂아 넣었다. 거의 동시에 오른쪽 손바닥으로 오크의 턱을 아래에서부터 쳐올렸다. 역시 쿠자크의 몸은 상당히 잘 움직여주는 모양이다. 피로도 느끼지 않았다. 그야말로 쾌조다. 이만큼 뜻대로 몸이 움직여주면 정말로 기분이 좋다.

"누아구앗…!"

오크는 쿠자크를 부둥켜안으려고 했다. 반사적으로 도망치려는 것이 아니라, 공격을 선택한다는 점이 대단하다. 하지만, 오크는 냉정한 판단하에 그렇게 한 것이 아니었다. 본능적이거나, 괴로움에서 벗어나기 위해서거나. 쿠자크는 오크가 달려드는 것을 쉽사리 피하고 등 뒤로 돌아갔다. 오크를 뒤에서 결박하고, 그 자세 그대로 침대에 앉힌다. 오크는 물론 저항하며 발버둥 치려고 했다. 기분은 알겠지만, 쓸데없는 짓이다.

"마가 오도하 장군."

세토라가 오크의 목덜미에 검을 들이댔다.

"우리는 노 라이프 킹이 보낸 사자다."

"―눗…."

그 이름을 듣자마자, 마가 오도하는 저항을 멈췄다. 일단, 상당히 놀라기는 한 것 같다.

오크 병사들이 뭔가 외치면서 대천막으로 들어왔다. 세토라는 출입구 쪽으로는 눈길도 주지 않고 마가 오도하를 응시하고 있다. 한순간에 마가 오도하를 절명시킬 수 있을 검 끝은 전혀 흔들림이 없다.

"물러나게 해줘. 우리는 이야기를 하고 싶은 것뿐이다."

"…우가, 굿도아…."

마가 오도하는 신음하는 것처럼 말하고 나서, 병사들에게 뭔가 명했다. 병사 중 한 명이 반론했으나, 마가 오도하는 강한 말투로 거듭 명령했다. 병사들은 쿠자크와 세토라에게 등을 보이지 않고 대천막을 나갔다.

아직 몇 명의 병사는 세토라가 대천막을 찢어 만든 구멍으로 안을 엿보고 있다. 그러나, 돌입해올 기색은 없다.

"노드라고오… 노 라이프 킹, 이라고…?"

마가 오도하가 그르렁그르렁 목을 울리면서 말했다.

"너희들… 인간이다. 인간이… 노 라이프 킹의, 사자, 라고…?"

"그렇다."

세토라는 여전히 검을 잡은 손에 미동도 하지 않는다.

그러고 보니, 세토라 씨는 어떨까? 쿠자크는 생각한다.

예전의 세토라와 지금의 세토라. 어디까지 변하지 않았고, 어디가 달라진 걸까? 쿠자크가 끈질기게 물어봐도 세토라는 제대로 대답해주지 않는다. 적어도, 예전보다 말이 없어진 것 아닐까? 원래 더할 나위 없을 정도로 침착한 사람이었지만, 더욱 감정을 겉으로 드러나지 않게 되었다.

"우리는 한번 죽었다. 노 라이프 킹이 그 일부를 나눠주어, 우리를 인간이 아닌 것으로 바꾸었다."

"…사람… 인간이 아닌, 건가?"

"일찍이 파이브 칠드런(최초의 아이들), 혹은 '파이브 프린스(5공자)'라 불리는 자들이 있었다. 알고 있나?"

“…안다. 지금도, 이시왕, 데레스 파인, 아키테클라, 개비코… 살아 있다.”

“우리도 그들과 같은 존재라고 생각해도 무방하다. 요컨대, 새로운 프린스다.”

세토라가 진지한 얼굴로 그런 말을 해서 쿠자크는 자기도 모르게 약간 웃어버렸다.

“뭔가 어울리지 않고, 세토라 씨는 프린스보다는 프린세스지만.”

“쓸데없는 말 하지 마.”

노려보지도 않고 주의를 주니 왠지 서운하다. 어차피 할 거면 찌릿 노려보고 때리거나 발로 차거나 해주길 바란다. 나, 마조인가? 라고 쿠자크는 의심하기도 했다. 누구에게나 그런 식으로 취급당하고 싶은 것은 결코 아니다. 단, 세토라에게 매몰차게 당하는 것은 꽤 좋아한다.

“노 라이프 킹의, 프린스….”

마가 오도하는 홋— 하고 코로 숨을 내쉬고, 머리를 살짝 흔들었다.

“믿어라, 라고… 하는 건가?”

“아니.”

세토라는 갑자기 검을 거두었다. 그뿐만이 아니다. 검을 손에서 놓았다. 세토라의 검은 바닥에 깔린 양탄자에 떨어져 둔탁한 소리를 냈다.

“강요는 하지 않지만, 믿어주길 바란다. 말했을 텐데. 우리는 이야기를 하고 싶다. 쿠자크.”

“오케이.”

쿠자크는 마가 오도하를 해방시켜주자마자 침대에서 떨어져 세토라 옆으로 이동했다. 먼저 한쪽 무릎을 꿇고 고개를 숙인 것은 세토라였다. 쿠자크도 그 행동을 따라했다.

"무례를 사죄드리오, 마가 오도하 장군."

세토라는 고개를 숙인 채로 말했다.

"그러나, 이렇게라도 하지 않으면 장군에게 접근할 수는 없었을 것이오. 우리는 싸움을 바라지 않소. 장군이 통솔하는 병사를 죽게 하고 싶지 않아. 그 때문에, 이러한 수단을 취했소. 아무쪼록 이해 바라는 바이오."

쿠자크는 언제든지 세토라의 검을 주워 공격으로 전환할 수가 있다. 야영지의 병사들을 베어버리고 도주하는 것도 불가능하지는 않을 것이다. 해보지 않으면 모르지만, 지금의 쿠자크와 세토라라면 아마 어떻게든 될 것이다. 단, 그것은 어디까지나 최종수단이다.

"…싸움을, 바라지 않는다고."

마가 오도하는 침대에 앉은 채로 있었다. 쿠자크가 쳐낸 단도든, 침대 근처에 세워둔 큰 언월도든 손으로 잡을 수도 있을 텐데, 그렇게 하지 않는다.

"이야기를, 하고 싶다. 그렇게, 말했다."

"그렇소."

세토라는 아직 고개를 들려고 하지 않는다. 빤히 아래로 시선을 떨구고 있다.

"왕은 대화를 바란다. 당신들과 친구가 되고 싶다. 제왕 연합의 시대와 다름없이. 그것이 바로 왕의 바람이오."

"친구가…."

"덧붙이자면, 왕은 우리에게 명령한 것이 아니오. 우리에게 부탁한 것이오. 자기 대신에 당신들에게 가서 그 뜻을 전해달라고."

세토라의 말을 듣고 있노라니 노 라이프 킹의 목소리와 얼굴이 떠올랐다.

만약 왕이 그 모습이 아니었다면 어땠을까? 한달음에 다녀와다오, 부탁한다. 바란다, 라는 말을 듣고 네— OK, 라고 흔쾌히 받아들이지는 않았을지도 모른다.

아니면, 왕이 어떤 왕이든 관계없는 건가?

말하자면, 왕은 생명의 은인이다. 낡은 쿠자크와 세토라를 토대삼아 새로운 쿠자크와 세토라를 만들었다. 어떤 의미에서는 낳아준 부모이기도 하다.

과연 쿠자크와 세토라는 왕에게 거역할 수 있었을까?

어쩌면, 왕이 부탁하면 거절하지 못하는 것인지도 모른다. 아무리 무리한 요구라도, 어떠한 강제력 같은 것이 움직여, 거부할 수는 없게 되는 건지도 모른다. 그건 모르지만, 아— 글쎄요, 역시 그거, 하고 싶지 않은데요, 라고 말할 수 있을 것 같은 느낌은 든다.

단, 얼굴이, 그렇잖아?

물론, 목소리도 그렇지만.

메리 씨란 말이지—라는 이유는 솔직히, 있다.

쿠자크도 이해하고는 있었다. 왕은 메리 같지만, 메리가 아니다. 왕 속에 메리가 아직 있는지 아닌지도 확실치 않다. 어쩌면, 정말로 그냥 껍데기뿐인지도 모른다.

하지만, 메리 씨란 말이지.

아무래도 그렇게 생각하게 되어버린다.

기억하지는 못하지만, 쿠자크는 메리를 좋아했던 것은 아닐까? 그녀에게 연애감정을 품고 있었던 것은 아닐까? 라고, 쿠자크는 의심하고 있다.

하지만, 하루히로가 메리를 좋아하고, 메리도 하루히로를 좋아했다. 두 사람 다 순정파에 순진하니까 어느 정도 진전되었는지는 정확하지 않지만, 서로 좋아했다는 것은 틀림없다.

분명 쿠자크는 메리에게 호의를 품었다. 사랑하게 되고 말았다.

쿠자크의 성격을 생각해보면, 좋아하게 되면 명확하게 좋아 좋아 빔을 발사했을 것이다. 자기가 고백하지 않는다는 것은 우선 있을 수 없다고 생각한다. 그리고, 격침당했다. 분명하게 실연당했든지, 부드럽게 회피당했든지. 어느 쪽이든, 그 후에 하루히로와 메리가 가까워졌다. 라고나 할까, 하루히로가 나보다 메리와 더 오랜 인연이니, 더 좋아했던 것이 아닐까?

하지만 그 점은 하루히로다. 그야, 하루히로잖아. 그 하루히로니까, 계속 꾸물거리고 있었을 것이 틀림없다. 그래도 이러니저러니 우여곡절 끝에, 마침내 두 사람은 사귀게 되었다. 정말, 어디까지 진도가 나갔을까? 흥미진진하지만, 알 수는 없다. 아무튼, 뭔가 좋은 분위기가 되었다. 그럴 때 그런 일이 일어나버렸다.

예전의 쿠자크라면 필시 아팠을 가슴이, 지금은 오히려 설레고 있다.

글쎄 말이야.

불쌍하잖아, 하루히로.

이런 일이 다 있냐고.

있어도 되는 거냐고.

생겨버려도 되냐고.

정말이지. 무지막지하게 불쌍하단 말이야. 엄청나게 충격을 받았겠지, 하루히로.

이런 일을 당하고, 하루히로는 다시 일어설 수 있을까? 안 죽었다면 말이지만. 왠지 살아남았을 것 같다고 쿠자크는 예상하고 있다. 질기거든, 하루히로는.

게다가, 그 사람, 희한하게 운이 좋단 말이지.

하루히로 본인은 그런 식으로 생각하지 않는지도 모르지만, 사실이 증명해준다. 아무리 생각해도 죽지 않을 수가 없는 상황에서, 하루히로는 몇 번이나 목숨을 건졌다. 어지간히 운이 좋지 않으면, 쿠자크처럼 어처구니없게 죽어버린다. 그것은 운이다. 하루히로는 운이 좋다. 웬만해서는 죽지 않겠지.

그러니까 하루히로는 분명 괜찮다.

지금도 어딘가에서 살아 있다.

노 라이프 킹은, 마가 오도하 장군, 나아가서는 오크의 대왕 디프고군과 마주앉아 이야기하고 싶어하는 모양이지만, 쿠자크가 이야기하고 싶은 상대는 단연 하루히로다.

하루히로, 나 있잖아, 메리 씨와 같이 있어. 지금은 좀 떨어져 있지만, 같이 행동하고 있다고나 할까. 내용물은 달라도, 역시 메리 씨잖아.

메리 씨의 일부가 내 속에도 있어.

느껴져, 그게.

나와 메리 씨는 각각 다르지만, 어딘가에서 이어져 있다고나 할까?

왜 있잖아, 나, 메리 씨를 좋아했잖아? 차였는지 어쨌는지는 모르지만, 최종적으로는 하루히로랑 메리 씨가, 그렇고 그런 분위기가 되었잖아?

최종적, 이 아닌가?

그 뒤편이 있었던 거니까.

나는 메리 씨와 함께지만, 하루히로는 그렇지 않은 거고.

아마도 나, 이렇게 되면 영원히 메리 씨와 함께라고 생각하거든.

하지만, 말해두는데, 내가 그러고 싶었던 게 아니야.

어쩌다 이렇게 되어버린 거지. 그런데, 이건 이거대로 나쁘지 않다고 나는 생각한단 말이지. 세토라 씨도 있고, 적어도 외롭지는 않은 정도가 아니라, 그 반대인가? 불안감 같은 것은 없고. 착각이겠지만, 뭐든지 할 수 있을 것 같은 느낌이 들고.

내가 그런 말을 하면, 하루히로는 어떤 얼굴을 할까? 울까?

분명 펑펑 울지 않을까?

보고 싶다, 고 쿠자크는 생각한다. 오열하는 하루히로를, 천천히 감상하고 싶다. 그때 쿠자크는 무엇을 느낄까? 무척 흥미롭다.

세토라는 마가 오도하의 중개로 디프 고군 대왕과 면회하기 위한 교섭을 담담하게 진행하고 있다. 그것은 왕의 바람이고 중요한 일이겠지만, 쿠자크는 하루히로를 만나고 싶었다. 언젠가 그 기회가 찾아오겠지. 지금부터 벌써 너무나 기대된다.

"이봐."

세토라가 쿠자크의 옆구리를 팔꿈치로 찔렀다.

"…어? 뭐? 뭡니까?"

"듣고 있지 않았나?"

세토라가 쿠자크를 향하는 차가운 눈길은 살기를 띠고 있다. 무섭다, 무서워. 쿠자크는 에헤헤 하고 웃어보인다.

"아뇨? 들었는데? 대충이긴 해도. 그냥저냥. 어? 이야기, 끝났나?"

"제반 사정을 감안하여, 우리는 일단 포로로서 그로즈덴다르로 연행되는 걸로 했다. 그 후, 어떻게 하든 디프 고군 대왕을 알현할 수 있게끔 마가 오도하 장군이 손을 써준다."

"포롱?"

"포로다."

"네엣? 그건, 우리가 붙잡힌다는 뜻? 괜찮은 건가요? 그래도?"

"장군의 입장을 생각해. 갑자기 진중으로 돌입해온 자를 손님 취급할 수는 없지."

"적이 아니라는 뜻으로 한 명도 안 죽였는데. 누군가와 대화한다는 것도 꽤 어려운 거네요. 뭐, 됐나."

쿠자크는 시키기 전에 일어서서 몸에 차고 있던 무기를 전부 풀었다. 일단, 알몸이 되는 편이 좋을지 마가 오도하에게 물어봤지만, 그럴 필요까지는 없다고 해서, 옷을 입은 채로 두 손을 들었다.

"자요—. 묶든 뭘 하든 마음대로 하십쇼."

"좀 더 진지한 태도를 보일 수 없는 건가?"

세토라에게 잔소리를 듣고 말았다. 그러는 세토라도 쿠자크와 마찬가지로 스스로 무장해제를 했다. 마가 오도하는 오히려 어이가 없어 하는 것 같은 모습이라 왠지 좀 웃겼다.

이렇게 쿠자크와 세토라는 구속되어 포로가 되었다. 그렇기는 해도, 손을 등 뒤로 돌려 수갑을 차긴 했으나, 말뚝에 묶이거나 감옥에 갇히거나 한 것은 아니다. 아직 동이 트기까지는 시간이 있었지만, 마가 오도하는 전군에게 기상, 출발 준비를 명했다. 남정군 별동대는 해가 뜨기 전에 행군을 개시했다.

행군 중에 쿠자크와 세토라는 수많은 오크 병사들에게 둘러싸여 걸었다. 장군과 달리 병사들은 야수 같은 체취를 풍겨 제법 괴로웠으나, 그들은 원정에서 돌아가는 길이니까 그런 것이겠지. 게다가 시간이 좀 지나자 냄새에는 익숙해졌다.

해가 뜨기 시작할 무렵에 루코강을 건넜다. 돌로 만든 아치를 여러 개 이어놓은 다리는 견고해 보였고, 모양이 근사했다.

쿠자크는 이미 칸다 호수 너머로 그로즈덴다르를 본 적이 있어서, 어, 백조성이네, 흠, 비교적 도시? 정도로 생각했었는데, 전혀 달랐다. 비교적 도시, 정도가 아니다. 건물 수가 장난 아니었다. 오크는 몸이 크다. 작은 집에는 살 수 없기 때문일까? 기본적으로 모든 건물이 큰 것 같았다.

그로즈덴다르 도시부 외곽에 펼쳐진 농지도 장관이었다. 길과 방풍림으로 깔끔하게 나뉜 밭에는 파릇파릇한 농작물이 무성했고, 곳곳에 물레방아가 있기도 하고, 가옥이나 창고가 모여 있기도 했다. 그것이 끝도 없이 이어지는 것이다. 지나칠 정도로 문명적이라 놀랍다. 오르타나 주위에도 밭이며 목초지는 있었지만, 규모가 다르다. 너무 다르다. 하늘과 땅만큼이나 차이가 난다.

다리에서부터 그로즈덴다르로 이어지는 도로는 돌로 포장되어 있었다. 그 도로 폭이 15미터는 족히 되어, 마가 오도하가 이끄는 남정군 별동대도 쉽게 행진할 수 있었다. 전혀 비좁지 않았다.

남정군 별동대는 그로즈덴다르 바로 앞에서 정지하고, 길옆의 풀

밭에서 대기해야만 했다. 기다리는 동안에도 거리 풍경을 바라보고 있는 것만으로도 시간 때우기가 가능했다.

이윽고 여기저기에서 민간인으로 보이는 남녀노소 오크들이 몰려와서, 환성을 지르기도 하고, 박수를 치기도 하고, 휘파람을 불기도 하고, 남정군 별동대의 병사들에게 형형색색의 꽃잎이나 술 같은 액체를 뿌리기 시작했다.

환호하며 맞아주는 대상은 병사들이고, 옆에 있는 세토라는 무표정을 넘어서 완전히 무반응을 관철하고 있는데, 쿠자크는 피가 끓었다. 확실히 쿠자크에게는 관계없다. 하지만, 약간 정도라면 기쁘게 떠들어대거나 해도 누가 뭐라 하지 않지 않을까?

세토라에게는 확실하게 야단맞겠지만.

그렇겠지. 혼나겠지. 분명히.

괜찮을까? 뭐, 별로. 혼나도.

"예이—! 야호…!"

그래서 쿠자크도 소리를 내봤는데, 예상대로 세토라가 발등을 전력으로 힘껏 밟아, "—으걱?!" 비명을 지르는 꼴이 되었다.

"…부서진다니까요. 세토라 씨. 뼈가요. 박살 나고 부러진다고요. 아프다고요."

"어차피 낫는다."

"그야 뭐."

이러니저러니 하는 동안에, 쿠자크와 세토라는 병사들과는 별도로 호송되어 그로즈덴다르에 들어섰다. 제반 사정인지 뭔지 때문에, 거기서부터는 마차를 타고 이동했다. 말이 아니라 거대한 멧돼지 같은 생물이 끌고 있으니 마차는 아닌가? 창문을 꽉 닫은, 마차가 아닌 마차에는, 쿠자크와 세토라 말고도 오크 병사 두 명이 함께 탔다. 감시역이겠지.

"저기요, 세토라 씨. 저 커다란 멧돼지 같은 짐승, 뭐라고 부르는지 알아?"

"글쎄."

"물어봐요. 우리를 감시하는 오크에게."

"나도 오크 말은 몰라. 알고 싶으면 네가 물어봐."

"싫어요. 그런 건, 귀찮아."

"너는 질이 나빠졌군…."

"네에? 그래요? 원래 이런데? 세토라 씨는 예전보다도 더 매몰차잖아. 사이좋게 지내자고요. 모처럼이니까. 동료잖아. 지금은 이제 운명공동체 같은 거잖아? 앗, 그렇다. 세토라 씨, 다음에요, 나랑 아이 만들기 해보지 않을래요?"

"…뭐라고?"

"아이 만들기. 한번 시험해보고 싶지 않아요? 한번이 아니어도 좋지만, 우리가 만들 수 있는지. 아이. 생긴다면, 어떤 아이가 태어날지. 흥미 없어요?"

"흥미본위인가?"

"아니? 세토라 씨랑이라면, 나는 엄청 적극적으로 하고 싶은데요. 하고 싶다고 말하면 좀 그렇지만. 야한 거나 그런 게 아니라고요. 진지한 이야기임. 우선 외모가 좋고, 성격도 어떤 의미에서는 귀엽고."

"어떤 의미란 어떤 의미냐?"

"어떤 의미지?"

"네가 말했다."

"뭐, 요컨대. 좋아한다는 뜻. 사랑하냐고 묻는다면 좀 미묘하지만, 좋아해요. 나, 세토라 씨를."

세토라는 한숨을 쉴 뿐 아무런 대답도 하지 않았다.

마차가 아닌지도 모를 마차는 꽤 오랫동안 달렸다. 마침내 마차가 아닌지도 모를 마차가 정지할 때까지 감시 오크 병사 두 사람은 한 번도 말을 하지 않았다. 그저 잠자코 쿠자크와 세토라를 감시하고 있었다. 덧붙이자면, 오크 병사 두 사람 다 검은 털을 빨강과 파랑으로 나눠 물들였다. 쿠자크는, 그 머리 멋지네, 라고 말을 걸어 보기도 했으나, 무시당했다. 분명 인내심 강한 오크들이었다. 체격도 좋고, 오렌지색 옷에 은색 갑옷과 투구, 손도끼에 장검 등 장비도 고급인 것 같았다. 그냥 감시병이 아니라 엘리트 병사인지도 모르겠다.

마차가 아닌지도 모를 마차에서 내리자, 백조성 바로 앞이었다. 정면에서 올려다본 백조성은 창공으로 날아오르려는 순백의 거대한 새로 보였다.

백조성으로 이어지는, 새하얗게만 보이는 돌계단 양옆에는, 주황색 옷에 은 갑옷, 손도끼, 장검, 더욱이 창과 방패를 든 오크 병사들이 나란히 서 있다. 그들의 투구에서 삐져나온 머리카락도 빨강과 파랑이다. 아마도 같은 씨족이겠지.

이런 장소에서는 어떻게 행동해야 하는 건가? 쿠자크가 알 리가 없으므로, 세토라가 시키는대로 하는 수밖에 없다. 두 사람은 오크들에게 앞뒤로 포위되어 돌계단을 올라가, 폭 10미터 이상, 높이는 15미터를 넘을 것으로 보이는, 금으로 온갖 문양이 새겨진, 장대한 것도 정도가 있어야지, 싶은 문을 지나갔다. 그 앞은 이미 백조성 내부였다.

백조성은 아무튼 천장이 높았다. 너무 넓어서, 어떤 방향에 어디까지 복도가 이어져 있는 것인지 금방은 판단할 수 없다. 창문은 높은 곳에만 있었고, 거기서부터 스며들어오는 빛이 잘 닦인 바닥에 반사하고 있다. 무장한 오크도 있고, 평복이랄까, 윤기 나는 기모노 같은 옷만 입고 무구를 몸에 장비하지 않은 오크도 있는데, 보기에 오크밖에 보이지 않는다. 오크투성이다.

쿠자크는 인간—이랄까, 전 인간이라서 그런지도 모르지만, 의외였다. 등줄기를 쭉 펴고 기모노 같은 옷을 차려입고, 아름다운 색으로 물들인 머리를 묶거나 올려붙이거나 땋거나 한 오크들은 제법 멋스럽다.

성 안에는 남성들뿐만이 아니라 여성도 있다. 인간을 기준으로 하면 오크 여성은 상당히 다부진 체격이지만, 목이 길고 머리가 작아서 스타일이 좋아 보인다.

녹색 피부가 왠지 파충류 같다고나 할까, 아무래도 기이하게 보이긴 하지만, 오크가 좋아하는 모양인 모발이나 의상의 화려한 색과는 상성이 좋다.

쿠자크가 상상했던 것보다 오크는 패셔너블한 종족인 모양이다. 덕분에 성 안을 한참 동안 걸어가고 있는 중에도 쿠자크는 전혀 지루하지 않았다. 혐오감이 들긴 커녕, 기분이 고조되었다. 지나치는 오크 여성에게 말을 걸고, 어때요? 같이 춤추지 않을래요? 이런 식으로 유혹하면 안 되는 걸까? 안 되나? 안 되겠지? 포로이고. 포로인 건가? 포로 취급은 아닌 것 같은. 헌팅 정도는 해도 되지 않나?

안 되나? 해봐? 해볼까?

한참 망설였으나, 쿠자크는 충동을 억눌렀다. 대단하네, 나. 나 자신을 칭찬해주고 싶다.

이쪽저쪽으로 걸어 다닌 끝에, 쿠자크와 세토라는 성 안의 한 방으로 들어갔다. 그 방은 그리 넓지는 않았다. 백조성의 규모를 생각하면, 아담한 방이다. 천장도 낮은 편이었다. 그래도 4미터 정도는 될 것 같지만, 복도 천장이 꽤 높았기 때문에 다소 압박감이 느껴진다. 바닥에도 긴 털이 달린 양탄자가 깔려 있고, 비단인지 뭔지로 된 기모노를 입은 오크들이 앉아 있었다. 모든 오크가 의자를 이용하지 않고, 엉덩이 밑에 방석을 깔고 양반다리를 하고 있다. 분위기상 상류계급이겠지. 7명 있다. 오크의 나이는 잘 모르지만, 일곱 명 다 젊지는 않은 것 같다.

여기까지 쿠자크와 세토라를 데려온 엘리트 병사들은, 두 사람의 수갑을 풀어주더니 방에서 나가버렸다.

잠시 동안 쿠자크는 뭘 해야 할지 몰랐고, 세토라는 차분하게 서 있었다.

분명 상당한 고령으로 보이는, 주름이 자글자글하고 뼈가 앙상한 오크가 말했다.

"앉게."

또렷한 인간의 말이었다.

방구석에 방석이 잔뜩 쌓여 있다. 세토라가 거기에서 방석 두 개를 갖고 와서 하나를 쿠자크에게 건넸다.

"어디에 앉으면 되는 걸까요?"

쿠자크는 세토라에게 물었지만, 방금 전의 그 고령 오크는 자기 왼쪽 옆을 손으로 가리켰다.

"여기에."

일곱 명의 오크는 대충 빙 둘러 앉아 있다. 사실 정확한 원진을 짜고 있는 것은 아니고, 빽빽하게 모여 있는 것도 아니다. 간격은 다소 넓게 여유가 있다. 세토라가 고령 오크 왼쪽 옆에 앉기에 쿠자크는 그 반대쪽인 오른쪽 옆에 방석을 깔고 앉았다.

"너는….."

세토라는 눈살을 찌푸렸다. 오크들은 약간 당황한 것 같다. 고령 오크는 당혹스러운 건가? 몇 번인가 세토라와 쿠자크를 번갈아 쳐다봤다.

"어? 안 되나요? 하지만 그게, 나랑 세토라 씨가 나란히 앉으면 좁지 않나 해서 밸런스를 맞추려고—"

쿠자크는 도중에 입을 다물었다. 누군가가 방에 들어왔다. 역시 오크다.

그 오크는 거침없이 나타났다. 주황색 옷에 검은 두루마기, 흰색, 빨강, 파랑 3색으로 물들인 외투로 꽤 화려한 차림이었으나 너무 튀지는 않는다. 빨강과 파랑으로 나눠 물들인 머리와 수염은 한 치의 어긋남도 없이 가지런히 정돈되었고, 입술 끝에서 엿보이는 송곳니는 희고 선명했다. 두말할 것 없는 위장부로, 미남이라고까지 쿠자크는 생각했다. 머리에 쓴 황금 왕관은 오히려 우아하고, 아주 잘 어울린다.

"…혹시, 대왕?"

쿠자크의 중얼거림이 귀에 들어가지 않았을 거라고는 생각할 수 없다. 그러나, 디프 고군 대왕으로 짐작되는 그 오크는 쿠자크에게는 눈길도 주지 않고, 방석을 잽싸게 두 개 집어 고령 오크 맞은편 부근에 그것들을 겹쳐 놓았다. 대왕은 허리에 빛나는 검을 차고 있었다. 그 검을 허리띠에서 빼서 바닥에 놓고, 방석에 엉덩이를 붙이는 일련의 동작도 늠름하고 세련되었다.

이 또한 예상외였다.

오크 대왕이라고 할 정도니 좀 더 위험할 정도로 억세고, 그야말로 세 보이고, 무서운 인상으로는 제일가고, 엄청나게 흉포할 것 같은, 그러면서도 교활해 보인달까 빈틈이 전혀 없는, 그런 오크를 쿠자크는 상상했다. 그야, 오크니까. 선입견이라는 것은 무서운 것이다. 쿠자크는 편견에 사로잡혀 있던 것이리라.

"디프 고군 대왕님이시다."

고령 오크는 그렇게 말하더니 무릎에 손을 올려놓고 고개를 숙였다. 다른 오크들도 똑같이 절했다. 쿠자크도 황급히 오크들을 따라 하려고 했으나, 세토라는 대왕을 응시하며 미동조차 하지 않는다. 괜찮은건가? 예를 갖추지 않아도. 세토라가 하지 않는다면, 뭐 괜찮은가.

대왕이 뭔가 말했다. 오크의 언어겠지. 고령 오크가 얼굴을 들었다.

"이 토나크(막실)에서는 예의범절은 따지지 않는 고로, 서로 경의만 있다면 과도한 예절은 불필요하다고 대왕께서는 말씀하셨다."

"…그보다, 당신 엄청 유창하네요. 나보다 어려운 말을 많이 알 것 같은데요."

쿠자크가 자기도 모르게 말하자, 대왕이 아주 살짝 웃었다. 훗, 이라는 느낌인데, 아마도 저건 웃은 것 아닐까? 고령 오크뿐만이 아니라 대왕도 분명 인간의 언어를 안다. 그 점을 염두에 두는 것이 좋을 것 같다.

그렇기는 해도, 고령 오크의 통역을 거쳐 대왕과 이야기하는 것은 세토라의 역할이었다. 쿠자크는 세토라의 호위라고 말하고 싶지만, 솔직히 지킬 것까지도 없다. "내가! 이 내가! 온 힘을 다해! 너를 지킬 테니까!" 등등의 말을 쿠자크가 지껄였다면, 세토라에게 비웃음을 당했겠지. 완전히 묵살당했을지도 모른다. 고작해야 시종, 아니, 뭔가 보필하는 것도 아니므로 그저 거기에 있기만 한, 단순한 동행자다. 세토라가 하라고 시키는 일을 하면 될 뿐이니까, 마음 편하고 좋다.

세토라는 노 라이프 킹이 틀림없는 그 불사의 왕이라는 것, 오크들과 적대할 의사는 없다는 것, 현재 구 철혈왕국에서 새롭게 언데드들을 만들고 그들을 리버시안(환생자)이라고 부른다는 것 등등을 디프 고군 대왕에게 설명했다.

그래. 그랬다. 그러고 보니 쿠자크와 세토라도 큰 틀에서 보면 환생자이고, 노 라이프 킹은 리버시안의 창조자이며 리더인 것이다. 리버시안(Rebirthian)이라는 명칭은 쿠자크도 나쁘지 않다고 생각하고, 비교적 마음에 들었다. 무엇을 숨기랴, 세토라는 오크 대왕 디프 고군에게 파견된 리버시안즈(환생자 군대)의 사자이고 쿠자크는 그의 단순한 동행자인 것이다.

세토라가, 리버시안즈에게는 목적이 있고, 그것은 언데드 DC(불사의 천령)를 지배하는 이시왕과 '대공' 데레스 파인의 타도라고 말하니, 디프 고군 대왕은 고령 오크가 통역하기 전에 표정이 바뀌었다. 역시 대왕은 인간의 언어를 분명히 이해하고 있다.

리버시안즈는 이시왕과 데레스 파인을 배제하고 모든 언데드를 해방시키고 싶다.

덧붙여 오크들과 손을 잡고 싶다.

누구보다도 오크 대왕 디프 고군과 협력 관계를 맺고 싶다.

그 때문에 노 라이프 킹은 대왕과의 회담을 희망한다.

대왕은 고령 오크를 제지하고 마침내 직접 대답했다.

"만나고 싶다. 노 라이프 킹이 참으로 노 라이프 킹이라면. 그러나, 그 증거가 어디에 있나?"

굵직하고 배에 울리는 목소리였으나, 결코 협박조는 아니다. 그러면서도 엄청난 위압감이다. 위엄이 충만하다고 해야 할지도 모르겠다.

"인간이여. 그대들은 노 라이프 킹이 보낸 사자라고 했다. 그것을 어찌 믿으면 좋은가? 우리는 노 라이프 킹의 이름을 안다. 그 사정을 안다. 허나, 아무도 노 라이프 킹 그 자체를 모른다."

"우려하시는 건 당연하다."

세토라는 차분했다. 너무나 차분해서, 쿠자크는 좀 무서웠다.

"우리 왕도 증거를 내세울 방법이 없다는 사실을 고려했다. 그러나, 대왕 폐하가 우리 왕과 직접 만나신다면, 반드시 노 라이프 킹이라는 것을 알게 되실 것이다."

"그렇다면, 사자를 보낼 것이 아니라 직접 오면 좋았을 것을."

"우리 왕도 그리 하시고 싶어 했다."

"그럴 수 없었다는 건가?"

"세카이슈가 우리 왕을 노리고 있다."

"세카이슈…."

대왕은 7명의 오크를 둘러보았다. 대부분의 오크는 고개를 가로 저어 보였다. 퍼뜩 놀란 것처럼 입을 열었던 것은 한 명뿐이었다. 언어가 달라서, 그 오크가 대왕에게 말하는 내용은 모른다. 다른 오크들도 가까이 앉은 오크와 뭔가 말하기 시작하여, 방 안 전체가 갑자기 시끄러워졌다.

"그 세카이슈라는 것은, 검은 것이 초래하는 이변을 말하는 건가? 요즘 각지에서 보고가 잇따르고 있는—"

고령 오크가 세토라에게 물었다. 세토라는 고개를 끄덕였다.

"그야말로 그것이 세카이슈다. 땅밑에서 솟아나 우리 왕을 집어삼키려고 한다. 언데드 DC의 에봐레스트에는 우리 왕의 낡은 육체가 숨겨져 있을 것이다. 105년 전, 이시왕과 데레스 파인이 공모하여 우리 왕을 봉인했다. 우리 왕은 자신의 일부를 은밀히 도피시켜 다행히도 궁지를 모면했으나, 부활에는 긴 시간을 요했다. 일찌기 우리 왕이 잠시도 떼어놓지 않고 지니고 다니셨던, 세카이슈를 물리치는 렐릭은 낡은 육체와 함께 있다. 우리 왕은 그것을 탈환하고 싶어 하신다."

세토라가 흘린 정보는 오크들에게는 어지간히 충격적이었던 모양이다. 오크들은 안색이 바뀌어 잇따라 세토라에게 질문세례를 퍼부었다. 오크끼리의 토론도 단숨에 격렬해졌다. 대왕은 잠자코 듣고 있지만, 빈번하게 뺨을 만지기도 하고 머리를 훑어내리기도 했다. 속내는 편치 않아 보이는 모습이다.

쿠자크는 하품이 나오려고 했지만, 간신히 참았다. 별로 졸리지는 않지만, 이 자리에 있다는 사실이 지겨워지기 시작했다. 세토라는 어째서 왕의 사자라는 임무를 고지식하게 수행하고 있는 거지?

쿠자크로서는 솔직히, 달리 할 일도 없고, 세토라가 한다고 하니까, 정도의 기분밖에 없었다. 좀 더 자기 나름대로 뭔가 생각하는 게 좋을까? 생각하는 것은 질색이지만, 하고 싶은 일이 없다는 것도 곤란하다.

하고 싶은 일.

뭐지? 하고 싶은 일.

당장 떠오르는 것은, 역시 그거다.

하루히로, 인가?

쿠자크가 이것저것 상상을 펼치고 있는 동안에 이야기가 정리된 모양이다.

디프 고군 대왕에게는 노 라이프 킹과 대면할 의사가 있다. 단, 틀림없는 노 라이프 킹이라는 것이 증명되지 않은, 바다생물인지 산의 생물인지도 모를 누군가와 만나기 위해 나설 수는 없다. 노 라이프 킹이라 여겨지는 자를 그로즈덴다르로 초대하는 건 가능하다고 해도, 조건면에서 조정이 필요하다고. 요컨대, 좋다, 만나자, 까지는 가지 않았어도, 이 건에 관해서는 긍정적으로 검토하겠습니다, 라는 뜻이겠지.

대왕이 이끄는 오크와, 이시왕파, 데레스 파인파의 언데드와는 절친한 사이는 아니지만, 분명히 적대하는 것도 아니다. 남정군에는 언데드도 참가하고 있지만, 그들은 이시왕파, 데레스 파인파와는 다른 세력인 모양이다. 두 파의 타도를 목표로 하는 노 라이프 킹과 오크가 손을 잡을 수는 있다. 적어도 그럴 여지는 있는 것 같다.

그리고, 오크들은 세카이슈에 관한 정보제공을 요구했다. 응할

용의가 있다, 라는 것이 세토라의 대답이었다. 우리와 친하게 지내준다면, 우리가 알고 있는 것은 얼마든지 가르쳐드리죠, 라는 뜻일까?

세토라는 구 철혈왕국에 침입을 시도하고 있는 남정군 본대의 철퇴를 대왕에게 요구했다. 이에 대해 대왕은, 공격적인 군사행동의 정지를 즉각 명령할 것을 약속했다. 공격 정지만으로 되는 걸까? 쫓아내지 않아도 되는 걸까? 뭐, 이런 교섭에는 거래라는 것이, 밀고 당기기 같은 부분이 있는 건지도 모르겠다.

결국, 뭐가 정리되었는가 하면, 앞으로 대화하여 뭔가 결정해가는 관계 구축의 토대를 마련하기로 했다, 라는 느낌이겠지.

세토라와 쿠자크는 디프 고군 대왕과의 회담 내용을 갖고 돌아가게 되었다. 대왕이 식사에 초대해주었는데도, 세토라가 단칼에 거절해버려서 상당히 아쉬웠다. 두 사람은 백조성에서부터 마차가 아닌지도 모르는 마차를 타고 그로즈덴다르 외곽으로 나가 거기서 내렸다. 이것도 세토라의 희망이었다. 또 걷는 건가? 하고 쿠자크는 구시렁대고 싶었지만, 그만뒀다.

루코강 다리에 도착했을 무렵에는 해가 저물어 있었다. 다리 위에서, 강과 그 너머에 펼쳐진 칸다 호수, 등불로 채색된 그로즈덴다르의 거리 풍경을 바라보니, 제법 멋진 풍경이었다. 쿠자크는 자기도 모르게 소리를 높였다.

"저거 봐봐, 세토라 씨! 무지 예뻐! 경치! 최고 아니야?"

"쓸데없긴. 간다."

"아니. 좀 더 이렇게, 뭐랄까? 마음의 여유랄까. 풍류라는 걸 좀…."

"여유라면 있다. 전망에는 딱히 흥미가 없는 것뿐이다."

"가지자고요, 흥미. 인생, 즐기자고?"

"인생이라."

"그래. 이거, 제2의 인생인 거잖아요? 내 경우에는, 그림갈 전, 그림갈 후, 그리고 지금이니까, 제3인지도 모르지만."

"나도 즐기고 있지 않은 것은 아니야."

"그런 것치고는 그다지 즐거워 보이지 않잖아? 그런 면이 있거든, 세토라 씨는."

다리를 건넌 부근에 어두운 연지색 외투를 걸친 한 무리가 서 있다. 다섯 명인가? 여섯 명인가? 무리는 길가에 있어서 통행을 방해하지는 않는다. 그렇기는 해도, 경비 오크 병사를 제외하면 무리 이외에 멈춰 서 있는 자도 없기 때문에, 척 보기에도 이상하다.

"있잖아, 저건―"

쿠자크는 세토라에게 말을 걸었다. 세토라는 살짝 고개를 저어보였다. 입 다물어, 라는 뜻이겠지.

무리는 외투 후드를 눈까지 깊이 뒤집어쓰고 있다. 피부를 노출하지 않았고, 얼굴도 모른다. 오크일까? 그런 것치고는 몸이 가늘다. 언데드인가?

두 사람은 무리 옆을 지나쳤다. 잠시 후에 무리가 움직였다. 약간 간격을 두었다가, 두 사람을 따라간다.

다리에서 1킬로 정도 떨어진 곳에서 무리가 발걸음을 빨리했다.

쿠자크는 예전부터 사용하던 대검을 등에 차고 있는데, 그것과는 별도로 철혈왕국에서 발견한, 딱 적당한 길이의 검도 허리에 찼다. 드워프 대장장이가 만든 걸작이다. 쿠자크는 그 검의 칼자루에 손을 댔다.

"해도 되는 거지?"

작은 목소리로 세토라에게 묻는다.

"기다려."

세토라가 대답하고 발을 멈췄다. 쿠자크는 돌아보자마자 검을 뽑으려고 했으나, 연지색 외투 무리가 일제히 후드를 벗고 고개를 숙였기 때문에 행동을 멈췄다.

역시 오크는 아니다. 언데드도 아니다.

전원 머리카락 색이 밝다기보다 연하다. 약간 검게 그을린 것처럼 보일 정도로 핏기없는 피부다. 갸름한 얼굴에 이목구비는 가지런하지만, 다소 납작한 느낌이다.

"…엘프?"

쿠자크는 칼자루를 쥔 채로 중얼거렸다.

그들은 귀가 뾰족했다.

"회색 엘프로군."

세토라가 말했다. 여섯 명 중 한 명, 선두의 회색 엘프가 끄덕였다.

"그렇습니다. 저는 메르델하이드라고 합니다. 제 주군 투아르츠펠드 님의 명에 따라 남정군에 참가하고 있었습니다. 당신들이 노라이프 킹의 사자라는 것 등 사정은 어느 정도 알고 있습니다."

"그렇군. 메르델하이드 님이라면 남정군의 부장 중 한 명일 텐데. 깨진 골짜기의 왕의 오른팔이로군."

"오. 꽤 높은 사람이구나."

쿠자크는 주변을 둘러보았다.

"그런 대단한 사람이 이런 곳에서 우리를 기다리고 있었다니, 뭘까요."

"전하고 싶은 일이."

그건 그렇다 쳐도, 메르델하이드뿐만이 아니라 회색 엘프들은 식물처럼 표정이 빈약하다. 말할 때의 입의 움직임도 최소한이다. 무엇을 생각하고 있는 건지 전혀 알 수가 없다.

"저희 깨진 골짜기의 회색 엘프는 노 라이프 킹의 충실한 벗이었습니다. 저희는 노 라이프 킹의 재림을 염원하고, 또한 예견하고 있었습니다. 노 라이프 킹이 재림하셨다면, 저희가 일절 위해를 가하지 않았다는 것은 알고 계실 터. 모든 것은 이시왕과 데레스 파인의 간계에 의한 것입니다. 저희 깨진 골짜기의 회색 엘프가 지금도 변함없는 벗이라는 사실을 노 라이프 킹께 아무쪼록 전해주십시오."

"그것은 투아르츠펠드 왕의 의사라고 생각해도 무방한가?"

세토라가 묻자, 메르델하이드는 곧바로 수긍했다.

"노 라이프 킹의 요청이 있다면, 저희 주군은 즉시 회색 엘프에게 깨진 골짜기를 버리고 벗의 곁으로 달려가게끔 명하시겠지요. 혹여 노 라이프 킹이 이시왕과 데레스 파인을 친다고 말씀하신다면, 저희는 총력을 기울여 그리 할 것입니다. 그 공자들은 노 라이프 킹의 자식이나 마찬가지. 고로 저희는 그 공자들에게 굳이 거역하는 길을 선택하지 않았었습니다. 저희는 벗의 자식을 겨누는 칼을 갖고 있지 않았던 것입니다. 허나, 벗이 그자들은 이미 자신의 아이가 아니라고 말씀하셨다면, 일절 용서는 하지 않을 것입니다."

"알겠다. 틀림없이 우리 왕께 전하지."

"감사합니다."

“어쩌면, 머지않아 내가 깨진 골짜기를 방문하게 될지도 모른다. 그때는 투아르츠펠드 왕께 잘 부탁드린다.”

“기다리고 있겠습니다.”

메르델하이드는 품에서 투명한 네모난 팻말 같은 것을 꺼냈다. 유리인가? 아니면, 수정 같은 것일까? 금속으로 테두리가 둘러져 있고 문장 같은 도안과 문자가 새겨져 있다.

“받아주십시오. 저희 주군의 이름으로, 신분을 보장하는 증표입니다.”

“받아두지.”

세토라가 팻말을 받자, 메르델하이드는 고개를 숙여 인사하고는 뒷걸음질 치더니 후드를 썼다. 회색 엘프들이 발걸음을 돌려 걸어간다. 쿠자크는 칼자루에서 손을 뗐다.

“저거, 괜찮은 거야? 회색 엘프라는 건 일단 오크의 동료지요? 오크 대왕은 뭔가, 아직, 자, 어떻게 할까나? 이런 태도였는데, 회색 엘프는 상당히 웰컴인 것 같잖아. 하지만, 이런 곳에서 높은 사람이 우리한테 접촉하다니. 그 점, 오크 쪽에 다 알려지지 않을까?”

세토라는 코웃음을 쳤다.

“너도 전혀 아무 생각도 없는 건 아니로군.”

“걸핏하면 그렇게 바보 취급한다. 확실히 머리를 쓰는 건 잘하지 않지만, 아무것도 생각하지 않는 건 아니라고요, 나.”

“그러니까, 아무 생각도 없는 건 아니로군, 이라고 말했잖아.”

“아, 그런가? 그럼 칭찬한 거구나.”

“칭찬한 건 아니야. 나는 비꼰 것이다. 즉, 폄하한 거다.”

“결국, 바보로 본 거잖아. 이러니까. 계속 그러잖아. 나를 바보 취급하는 게 재미있나요?”

“쓸데없는 말을 할 필요가 있나?”

“응? 무슨 뜻?”

세토라는 대답을 하지 않고 걷기 시작했다. 별로 쿠자크를 놓아 두고 가버릴 생각은 없는 모양이다. 쿠자크는 곧바로 따라잡아 세토라와 나란히 걸었다.

쓸데없는 말을 할 필요가 있나?

그 물음은, 쓸데없는 말을 할 필요는 없다, 라는 의미겠지. 싫으면 싫다고 말한다. 하고 싶지 않은 일은 하지 않는다. 원래 세토라는 그런 인간이었다.

아니, 의외로 그렇지도 않았던가? 세토라 나름대로 분위기를 파악하고, 여러 가지를 참고 있었다거나 했는지도 모른다.

두 사람은 길을 피해서 칸다 호수를 따라 걸었다. 어젯밤에도 날씨가 좋았지만, 오늘 밤도 바람이 없고 물결이 잔잔하다. 호숫가인 이 일대는 돌멩이가 많아 걷고 있으면 기분 좋은 소리가 울린다.

“있잖아, 세토라 씨. 아까 그 이야기 말인데.”

“아까란 건, 언제 이야기?”

“제2의? 제3의? 인생, 즐기자 하는 이야기. 세토라 씨는 즐기고 있어?”

“노 라이프 킹에게는 흥미가 있다. 그 주변 상황이나 과거의 경위에도. 오크 대왕도 제법 재미있을 것 같은 사내였다.”

“어어. 그런 걸 좋아하는구나?”

“좋은지 싫은지는 그리 중요하지 않아.”

“흠. 꽤 중요하다고 생각하는데. 뭐, 사람은 제각각이니까.”

“네 표현을 빌자면, 나 나름대로 제2의 인생을 즐기고 있다는 말
이다.”

“그런가. 나도 있지. 기왕이면 좀 더 좀 더 즐기고 싶고, 그럼 나
는 뭘 하면 즐거울까? 하고 생각하는 참임.”

“좋을 대로 하면 돼.”

“아니, 피차 좋을 대로 하면 된다는 건 분명히 그렇긴 하지만, 그
럼 이야기가 거기서 끝나버리잖아? 적당히 흘려넘겨줘도 되니까
좀 들어줘요. 내 이야기.”

“듣기만 하는 거라면 들어주지.”

“하루히로를 죽이는 건 어떨까 하고.”

쿠자크는 말하면서 웃어버렸다. 손으로 입을 누른다. 억지로 참
으려고 해도 웃음소리가 새어나와버린다. 횡격막의 떨림이 멎지 않
는다. 세토라가 옆눈으로 쿠자크를 보고 있다. 한 번 더, 말하고 싶
다. 말하지 않으면 직성이 풀리지 않아.

“하루히로 죽여버릴까 하고.”

“어째서지?”

세토라는 굴곡 없는 말투로 물었다.

쿠자크는 계속 웃었다. 너무 웃다가 눈물이 나왔다. 이크. 세토
라가 한숨을 쉬고 있다. 이러다가 날 어이없게 생각하겠다. 이미 진
작부터 그랬겠지만. 쿠자크도 별로 웃고 싶은 게 아니라, 웃지 않고
는 견딜 수가 없는 것뿐이다.

“…아니, 있잖아? 아니거든? 밉다거나 그런 게 아니라고요? 세
토라 씨도 알고 있겠지만, 나, 하루히로는 좋아했었으니까? 했었다
고나 할까? 지금도 좋아해. 보고 싶은 사람 넘버 원이고.”

"보고 싶은 건지, 죽이고 싶은 건지, 어느 쪽이야?"

"음, 양쪽, 다? 나와 만나면 하루히로, 어떤 얼굴을 할지, 그런 생각을 하면 저릿저릿하고. 그리고, 아주 좋아하는 하루히로를 이 손으로 죽이면, 어떤 느낌일까? 라거나. 뭐지? 내 반응? 감정이라거나. 맛보고 싶은 거야. 잘 모르겠지만, 하루히로를 죽일 때가 제일, 우와아아—할 것 같은 느낌이 드니까. 다른 누구를 죽일 때보다도. 내가 죽는 건 한번 체험해봤으니, 이번에는 아주 좋아하는 사람을 죽여보고 싶은 건가?"

"그렇군."

"세토라 씨도 알아요? 이런 마음."

"나는 딱히 누군가를 죽여보고 싶다고는 생각하지 않지만, 이해는 할 수 있어."

"이해는 할 수 있다, 라. 세토라 씨답네."

"나다움을 논할 정도로 네가 나를 이해한다고는 생각할 수 없는데."

"그야 뭐. 나, 복잡한 건 생각하지 못하니까. 세토라 씨는 그야말로 복잡기괴하니까, 나는 밝혀낼 수가 없어. 그래도, 진심 나 나름대로 여러 가지로 생각해봤는데. 예를 들면, 그냥 하루히로를 죽이는 게 아니라, 그 뒤의 일도, 실은 나, 제대로 생각하고 있거든."

세토라가 발을 멈추고 쿠자크에게 얼굴을 향했다. 눈을 깜빡인다. 보아하니 흥미를 유발한 모양이다.

"뭔데? 말해봐."

"왕한테 부탁해볼까, 하고."

"뭐?"

"우리처럼 만들어달라고 부탁할 수 없을까? 하고."

"우리… 처럼?"

"응. 이거, 할 수 있을지 어떨지. 나는 좀 판단이 안 서니까 확인이 필요하지만. 하루히로를 죽이고, 우리처럼 만들어달라고 하면 어떨까 하고."

쿠자크는 힘껏 좌우의 손으로 세토라의 어깨를 움켜잡았다. 세토라는 움찔조차 하지 않는다. 빤히 쿠자크를 응시한다.

"있잖아, 세토라 씨는 어떻게 생각해? 그 하루히로가 어떤 느낌이 될지, 구경해볼 만하다고 생각하지 않아? 어떻게 되든 하루히로는 하루히로이고, 나는 하루히로가 싫어지거나 하지는 않을 거지만? 하루히로니까, 죽여도 분명 나를 용서해줄 테고, 자칫하면 절대 용서 못 하게 된다고 해도, 그건 그거대로 도대체 어떻게 될까? 그런 식으로, 기대라고 하면 기대되고. 어느 쪽이어도, 엄청 재미있는 전개밖에 떠오르지 않는다고나 할까—"

또 웃어버릴 것 같다. 참아야 해. 웃으면 제대로 말을 할 수 없게 되어버려. 세토라에게 제대로 전하고 싶어.

"그러니까, 나, 하루히로와 만나면 죽이고 싶은 거야. 비교적 그것만 생각하고 있거든. 아마 살아 있을 테고. 죽었다면 실망이지만, 내 감으로는 괜찮다고 믿고 있고, 하루히로를 죽이고 싶다고. 뭔가 뜨겁게 열변을 토해버려서 미안해. 아무래도 흥분해버리게 된단 말이야. 하루히로 보고 싶다. 만나고 싶어. 죽이고 싶어. 하루히로, 죽이고 싶어. 하루히로도 우리처럼 되었으면 좋겠어. 어때? 어떻게 생각해?"

세토라의 눈이 천천히 가늘어졌다.

“괜찮지 않을까?”

입가가 풀어진다. 입술이 약간 벌어지고, 양쪽 끝이 살짝 올라간다.

“재미 있을 것 같다.”

오르타나를 둘러싼 방벽은 3분의 1에서 반 가까이가 붕괴되었다. 그저 무너진 부분도 있고, 무너져 낮게 내려앉은 곳이 세카이슈가 지나다니는 길이 된 곳도 있다. 북문은 세카이슈를 위해서만 열려 있는 것 같은 꼴이었다.

오르타나 바로 남동에 위치한 언덕은, 열리지 않는 탑째로 세카이슈 그 자체로 변했다. 게다가, 그 일대의 세카이슈에는 멀리서 봐도 그거라고 알 수 있을 정도의 움직임이 있다. 명백하게 형태가 변화한 세카이슈, 표면에 거품이 일거나 물결치거나 하는 세카이슈, 분명히 이동하고 있다는 것을 알 수 있는 세카이슈는, 죽은 것 같은 세카이슈보다도 위험하다. 하루히로 일행은 언덕에 접근하는 것은 포기했다.

북서의 방벽이 일부, 2미터 정도에 걸쳐 떨어져 나갔고, 그 주변에서는 세카이슈를 확인할 수 없었다. 거기서부터 오르타나로 들어가면, 북구와 니시초(서쪽 마을)의 경계선 근처였다.

북구의 서부는 원래 오래된 목조건물이 많고, 니시초에는 폐가나 다름없는 황폐한 집들이 밀집해 있다. 길이라고는 도저히 부를 수 없을 것 같은 좁은 골목이 아주 복잡하고 나 있고, 조망은 상당히 나쁘다. 하루히로 일행은 북구의 북서 가장자리 부근에 있는 루미아리스 신전으로 향하기로 했다. 루미아리스 신전은 높은 언덕에 세워져 있고, 오르타나 안에서는 천망루 다음가는 높이를 자랑하는 석조건물이다.

루미아리스 신전 앞에 서니 오르타나의 전경을 대강 둘러볼 수가 있었다.

오르타나는 세카이슈에 침식당했다. 특히 북구에서부터 남구에 걸쳐, 천망루 앞의 광장과 화원 거리, 셰리의 주점이 있던 천공 골목, 의용병단 사무소나 장인 거리 부근에는, 몇 줄기나 되는 새카만 강이 흐르고 있었다. 사실, 상상했던 것만큼 비참한 광경은 아니다. 오르타나에는 인적이 없었다. 새 한 마리 찾을 수 없다. 이 거리에 공포를 흩뿌리고 파국을 초래했음이 틀림없는 세카이슈도, 적어도 지금은 활동적이지는 않은 것 같다. 조용했다. 그저 조용히 스러져가려 하는 것이다. 언젠가 전부 풍화되어 흔적도 없어지겠지. 아직 그렇게 되지 않았을 뿐이다. 오르타나는 마치 죽음의 거리였다.

하루히로 일행은 광명신 루미아리스의 거상이 안치된 3층 예배당에서 한숨 돌렸다. 빛 고리를 등에 진, 여성으로도 남성으로도 어느 쪽으로도 볼 수 있는 신상의 높이는 10미터도 안 될 정도일까? 예배당 천장은 꽤 높다. 의자나 책장 등이 벽 쪽에 붙어 있고 난잡하게 쌓여 있다. 파손된 물건도 많다. 돌바닥에는 군데군데 흠집이나 검게 변색한 얼룩이 있다. 넓이는 충분하다. 충분한 정도가 아니라 너무 넓다. 수백 명이 새우잠을 잘 수 있을 것이다.

"여기라면, 불을 지펴도 괜찮을 것 같지?"

"그러네."

"먹을 것, 아직 제로가 아니지만, 확보해두는 게 좋겠지. 뭐, 찾아보면 뭔가 있겠지."

란타와 유메는 바닥에 모피를 깔고 그 위에 나란히 앉아 있었다. 란타는 은근슬쩍 유메의 어깨에 머리를 기대고 있다. 유메는 뿌리치려고는 하지 않는다.

이츠쿠시마는 포치와 함께 루미아리스 신상을 올려다보고 있다.

하루히로는 좌우의 손을 순서대로 천천히 쥐어봤다. 아픔이라고 할 정도의 아픔은 느껴지지 않는다. 위화감은 있다. 양쪽 손 다 움직이기 힘들다. 아마 무의식중에 동작을 제한하고 있는 것이겠지.

몸이 두려워하고 있다. 무엇을 두려워할 일이 있다는 건가? 하루히로는 모르겠다.

"거리를 보고 올게."

"하루 군 혼자 가는 거야?"

"나 혼자인 편이 좋아."

"…글쿠나."

"다녀올게."

"조심해."

유메는 걱정스러운 얼굴이었다.

"돌아와라."

란타는 퉁명스럽게 그렇게만 말했다. 이츠쿠시마와 포치는 잠자코 하루히로를 배웅했다.

하루히로는 신전을 뒤로하고 니시초로 발걸음을 향했다. 니시초는 그늘의 거리다. 어떤 길을 지나가도 햇빛을 받는 일은 거의 없다. 지면은 비와 이슬뿐만 아니라 사람들이나 새와 동물들의 배설물을 흡수하여 항상 습하다. 불결하고, 악취로부터 피할 수 없다. 한동안 있다 보면 익숙해지지만, 오랜만에 방문하니 자기도 모르게 코를 막고 싶어진다. 그토록 냄새나는 니시초에서, 하루히로는 얼굴 한번 안 찡그리고 평범하게 숨을 쉴 수가 있었다. 때때로 어둠 속에서 기름벌레 종류가 꿈틀대는 기척은 있지만, 쥐새끼 한 마리 있을 것 같지 않았다.

어떤 골목으로 가보니 낮은 철문에 맞닥뜨렸다. 열쇠 구멍이 달린 손바닥 문장이 새겨져 있다.

하루히로는 몸을 굽혀 철문의 문장에 오른손을 댔다. 힘껏 힘을 주자, 오른손 손목이 아팠다. 이렇게 해서 문장 부분을 누름으로써, 안에 신호가 보내지는 구조로 되어 있다. 그대로 잠시 기다려봤지만, 반응은 없었다.

하루히로는 철문을 등지고 땅바닥에 앉았다.

시간이 좀 지나고 나서, 일어서서 또 문의 문장을 눌렀다.

그것을 네 번 반복했다. 역시 아무 일도 일어나지 않는다.

"엘라이자 씨."

하루히로는 불러봤다. 이 골목의 소리는 전성관을 통해 안에서 들을 수 있다. 소용없겠지, 라고 생각했다. 예상대로, 대답은 없다. 도적 길드도 무인인 모양이다.

니시초를 벗어나, 하루히로는 남구 쪽으로 발길을 옮겼다. 장인 거리의 제일 눈에 띄는 거리에는 몇 개의 세카이슈가 서로 얽힌 것처럼 바닥을 기고 있었다. 여기에는 의용병들이 빈번하게 이용하는 대장간이 있었다. 직물 장인이 있었다. 석공이나 목공도 있었다. 장인들의 공방은 모조리 약탈당하거나 부서지거나 해서, 지난날을 회상하는 일조차 어렵다. 장인 거리 근처에는 노점촌이 있었다. 하루히로 일행은 종종 거기서 식사를 했다. 소르조라는 면류를 파는 포장마차가 있었다. 삶은 고기가 들어간 짭짤한 국물에 노르스름한 면이 가라앉아 있다. 모구조가 좋아했었다. 그 소르조 포장마차가 있었던 장소 부근에, 새카만 세카이슈가 몸을 눕히고 있었다.

하루히로는 의용병 숙사에 들렀다. 옛날과 그리 달라지지 않은 방을 둘러봐도, 자기가 생각해도 신기할 정도로 아무런 감개도 없다. 마나토와 모구조의 이름을 입에 올려봐도, 가슴이 지끈거리는 일조차 없다.

과거 숙사 현관에는 기둥 시계가 설치되어 있었다. 지금 거기에는 아무것도 없었다.

여기에서 시간을 확인했던가?

하루히로는 그런 일을 생각해봤다.

의용병 숙사에서 지내던 무렵, 여기에 있던 기둥 시계로 시간을 확인했다.

"나, 어떻게 되어버린 걸까?"

시간이다.

시간이 필요한 것이다.

마나토 때도, 모구조 때도 그랬지 않은가. 한동안은 참는 수밖에 없다.

예전에도 비슷한 생각을 했었다. 시간이다. 시간이 필요하다. 거의 비슷한, 어쩌면 똑같은 생각을 했다. 그때는, 참는 건 불가능해, 더는 견딜 수 없어, 라고 느꼈었다. 그래서 차라리 끝내버리고 싶었다.

왠지 이제는 굳이 끝내는 것도 귀찮다.

지금, 하루히로는 무엇을 하고 있는 건가?

흐름에 맡기고 있다.

어차피 모든 것이 다 정해진 대로 흘러가는 수밖에 없다. 그렇게 되면 돼.

하루히로는 숙사를 나섰다. 해가 저물기까지는 아직 시간이 있다. 북쪽으로 향하여, 요로즈 위탁상회가 있던 곳을 지나치려고 하다가, 발을 멈췄다.

"…없어졌어."

정확히는 파편 더미가 남아 있다. 거기에는 바위를 굳힌 것처럼, 척 봐도 견고한 구조의 창고가 있었다. 분명히 진 모기스의 부하가 경비하고 있었다. 창고 내용물은 잘 모른다. 분명 위탁상회가 의용병들로부터 맡아둔 금품을 보관하고 있던 것이겠지.

위탁상회. 요로즈. 그러고 보니 요로즈는 무사한 걸까? 타인의 안부가 머리를 스친 것은, 꽤 오랜만인 것 같은 느낌이 든다.

애초에 어째서 하루히로는 여기를 지나가려던 것인가?

시노하라의 말을 듣고 위탁상회의 상황을 보러 온 적이 있다. 그 일이 왠지 마음에 걸렸었던 건지도 모른다.

"그게 어쨌다는 거야?"

모르겠다.

그저, 뭔가 마음에 걸린다.

"마음에 걸린다— 라…."

머리가 몹시 무겁다.

귀찮은 것이다.

아무것도 신경 쓰고 싶지 않아.

어떤 일도 신경 쓰지 않으면 되는데.

모든 것에 무관심한 채로 있을 수 있다면, 이런 식으로 머리가 무겁고, 가슴이 답답하고, 온몸이 나른해지는 일은 없을 것이다.

하루히로는 하늘을 올려다보려고 했다. 얼굴을 쳐드는 일을 도저히 할 수가 없다. 시선만 위로 올린다. 하늘은 낮다.

시간인가?

시간이 필요한 건가?

앞으로 며칠?

몇 개월?

1년?

2년인가?

좀 더?

하루히로는 걷기 시작했다.

나 자신을 가라앉혀버리자.

—스텔스(은폐).

『죽어.』

바르바라 선생님이 웃으면서 말한다.

『죽는 거야, 올드 캣(늙은 고양이).』

스텔스는, 크게 나누어 세 가지 기법의 조합으로 성립된다.

첫 번째, 자기 존재를 지우는 잠(潛)—하이드.

두 번째, 존재를 지운 채로 이동하는 부(浮)—스윙.

세 번째, 감각을 총동원해서 타인의 존재를 알아차리는 독(讀)—센스.

『시체가 되는 거야.』

그 사람한테 꽤 괴롭힘당했었다.

『못 하겠다면, 내가 거들어주지.』

손가락뼈와 쇄골, 갈비뼈가 부러져, 아프고, 숨을 제대로 쉴 수가 없는, 그 상태에서, 죽어봐, 라고 명령하기도 했다.

지독한 사람이었다.

무엇보다, 뭐냐고? 올드캣이라니.

『너, 늙은 고양이처럼 졸린 눈을 하고 있으니까.』

바르바라 선생님은 몸이 찢겨 죽었다. 혹은 죽고 나서 토막난 것인가? 오른팔, 왼팔, 오른쪽 다리, 왼쪽 다리가, 각각 창에 꽂혀 있었다. 동체는 둘인가 셋으로 나뉘고 창자가 흘러나왔다.

발밑에 바르바라 선생님의 시체가 굴러왔다. 머리뿐이었다. 오른쪽 눈을 감고 있었다. 왼쪽 눈은 약간 뜨고 있었으나, 당연히 아무데도 보고 있지 않았다. 그녀의 오른쪽 뺨은 돌바닥에 짓눌려 있었다. 안면 전체가 오른쪽으로 쳐졌다. 상처투성이였다. 피로 더러워져 있었다.

선명히 떠올릴 수 있다. 괴롭지는 않다. 바르바라 선생님은 죽어 버렸다. 그녀의 시체를 하루히로는 봤다. 그 사실이 사실로서 거기에 있을 뿐이다.

『올드 캣. 너는 말이야. 시야가 넓고 웬만해서는 동요하지 않아. 머리 회전은 보통이지만. 과신하지 않고, 어떤 일이든 꾸준히 계속해낼 만한 끈기가 있어.』

하루히로는 못난 제자였다.

바르바라 선생님은 하루히로를 잘못 판단했다.

시야는 좁다.

웬만해서는 동요하지 않는 인간이 아니다.

머리 회전은 보통보다 나쁘다.

과신은 하지 않는다. 애초에 자기 자신에게는 아무것도 기대하지 않았다.

하루히로는 끈기 따위 없다.

『너는 하면 할 수 있는 아이가 아니야. 할 수 있을 때까지 해내는 아이야. 그러니까, 지금 이것도 저것도 다 못 하는 것은 좋은 일이야. 너는 언젠가는 그것들을 할 수 있게 될 테니까.』

위로는 필요 없어.

격려받아도 끓어오르는 것이 없다.

바르바라 선생님은 죽었다. 죽은 자는 아무도 위로해줄 수 없다. 격려 같은 건 더욱 할 수 없다.

쿠자크도, 세토라도 죽었다.

분명 죽었는데, 일어났다.

메리 짓이다.

아니야.

그건 메리가 아니야.

메리는 죽었다.

되살려버렸다.

아니야.

되살아난 것이 아니야.

아니야.

메리가 아닌, 다른 것으로 변해버렸다.

노 라이프 킹.

『좋아해..』

메리가 말했다.

두 사람은 포옹하고 있었다.

입맞춤을 했다.

그것도 메리가 아니었나?

『하루, 당신이 좋아. 나를 놓지 마.』

놓지 마.

분명히 그렇게 말했는데.

그것이 메리가 아니었다?

정말로 그런가?

그것은 메리의 의사는 아니다. 그녀가 아닌 것이, 그녀의 몸을 빌려 말했을 뿐이다.

정말로 그렇게 생각하고 있는 건가?

쿠자크는 어떻게 되었나? 세토라는?

노 라이프 킹 안에, 메리는 이제 없는 건가? 두 번 다시, 이야기도 할 수 없는 건가?

『나를 놓지 마.』

하루히로는, 이미 놓아버렸는가?

떨어져 버렸다. 여기에 메리는 없다. 실제로 멀리 떨어졌다.

놓아버려서는 안 되는데.

놓고 싶지 않았는데.

놓아버린 것이다.

떨어져서는 안 되었다.

도망치지 않았으면 좋았을걸.

함께 있고 싶었다.

혼자 둬서는 안 되는 거였다.

무슨 일이 있어도 곁에 있었어야 했다.

줄곧 곁에 있고 싶었다.

이제 늦었어. 이미 늦었다. 정말로?

정말로, 결코, 이제 두 번 다시, 이야기도 할 수 없는 건가?

얼굴을 보는 것은?

목소리를 듣는 것은?

아직 메리는 어딘가에 있는 것 아닐까?

노 라이프 킹 안에서, 메리는 울부짖고 있는 것 아닐까?

'나를 놓지 마.'

'나를 혼자 두지 마.'

'하루.'

'나를 놓지 마.'

아니야.

하루히로는 알고 있다. 다른 누구도 아닌 메리다. 지금은 분명 이렇게 바라고 있을 것이다.

'됐어.'

'괜찮아.'

'나는 괜찮으니까.'

'잊어줘.'

'나는 아무 데도 없어. 처음부터 없었던 셈 치고.'

'—이제, 나에게 다가오지 마.'

그러기에 더욱, 하루히로는 메리를 놓아서는 안 되는 것이었다.

그 메리가, 놓지 마, 라고 말했다. 메리는 알아차리고 있었던 것이다. 자기 속에 어마어마한 것이 존재한다는 것을. 그 사실을 느끼고 있었다. 언젠가 그것이 몸을 장악할지도 모른다는 우려를 메리는 품고 있었을 것이다. 메리니까, 틀림없이 많이 고민했을 것이다.

하루히로를, 동료들을 멀리하는 것이 좋지 않을까? 차라리 모습을 감추는 편이 좋은 것 아닐까? 그래도, 신관이 없어지면 모두 곤란해진다. 그것은 불가능하다, 라고 생각했는지도 모른다. 역시 마음이 놓이지 않았던 건지도 모른다. 도저히 혼자가 되고 싶지 않았던 건지도 모른다. 될 수 없었던 건지도 모른다. 그 메리가, 놓지 마, 라고, 하루히로에게 매달렸을 정도다. 어지간한 일이었던 것이다.

어떻게 하면 돼?

뭘 할 수 있어?

어차피, 나 같은 건 아무것도 할 수 없지 않은가?

메리의 부름에, 나는 여기에 있어, 라고 전했다고 해도, 그 목소리가 닿지 않는다면 아무런 의미도 없다.

쿠자크나 세토라를 다시 한번 만난다고 해도, 두 사람이 예전과는 다른 뭔가로 변해버렸다면?

『…다행이다.』

문득 다룽갈에서 시호루와 이야기했던 때를 떠올렸다.

『하루히로 군이… 리더라서. 동료라서. …친구라서.』

뭐가 다행이라는 건가?

그렇지 않다.

『하루히로 군은―』

시호루의 구김살 없는 웃는 얼굴이 또렷하게 떠오른다.

『…우리에게는 최고의 리더… 거든?』

가능하다면 그러고 싶었다.

하루히로가 정말로 최고의 리더였다면, 이렇게 되지는 않았다.

시호루는 어떻게 되었을까? 열리지 않는 탑에 있는 건가? 열리지 않는 탑은 언덕과 함께 세카이슈에 파묻혀 있다. 무사한 건가?

어느 쪽이든, 시호루는 어차피 하루히로를 잊어버렸다. 소중한 동료이고, 친구였던 나날을 기억하지 못한다.

오히려 잘 되었잖아.

잃어버리고 깊이 상처 입었던 일도 시호루는 잊어버린 것이다. 그 상처와 함께 사라졌다.

이제 됐잖아.

된 거야. 이제, 됐어.

진심으로 납득하고 있는 거라면, 이런 식으로 곱씹지는 않는다.

하루히로는 메리의 손을 놓아버린 것이겠지. 왜 놓아버린 건가? 어떻게 놓을 수가 있었는가?

잘못이었다. 하루히로는 큰 과오를 범했다. 다시 해볼 수는 없다. 과거로는 돌아갈 수 없다. 만회하는 것도 불가능하리라.

한심해.

꼴불견이야.

떳떳함이라고는 한 조각도 없어.

최소한 태도를 명확하게 해.

앞으로 나갈 거면 나가라. 멈출 거면 가만히 있어. 도망치고 싶다면 꼬리를 말고 도망치면 돼.

어떻게 하고 싶은 거야?

아무것도 못 할 테니까, 아무것도 하고 싶지 않아?

그런 것치고는 구시렁대고 있잖아.

누가 등을 밀어주길 바라?

지지해주는 사람도 있잖아?

하나부터 열까지, 이것저것 다 가르쳐달라는 건가?

자, 이래라, 저래라, 하고 지시해주길 바라는 건가?

『넌 하면 할 수 있는 아이가 아니야―』

바르바라 선생님은 그야말로 제대로 보고 있었던 것이다.

하면 된다, 라고 생각한 적이 있었던가?

『할 수 있을 때까지 해내는 아이야.』

어쩔 수 없었다.

대부분의 일은 할 수 없으니까, 될 때까지 하는 수밖에 없다.

언제나 암중모색(주6)이었다.

이츠쿠시마가 풍조 황야의 잔혹할 정도로 아름다운 밤하늘을 올려다보며 중얼거렸었다.

『나는, 살아 있다.』

그는 하루히로보다 훨씬 오래 살아왔다. 숙련된 사냥꾼으로서, 많은 사람과 만나고, 헤어졌을 것이다. 그런 남자의 실감이란 게, 나는 살아 있다, 단지 그것뿐일 줄이야.

살아 있다.

지금도, 살아 있다.

살아 있다.

그저, 살아 있다.

살고, 살고, 살아 있다.

"…나도, 살아 있어."

미안하다고 느끼고 만다.

마나토.

모구조.

주6) 암중모색 : 暗中摸索. 물건(物件) 따위를 어둠 속에서 더듬어 찾음. 어림으로 무엇을 알아내거나 찾아내려 함.

바르바라 선생님.

이제 두 번 다시 만날 수 없는, 많은 사람들.

"나는 아직, 살아 있어."

하루히로는 천망루 앞의 광장으로 향했다. 이 주변은 특히 세카이슈가 많다. 길 한복판을 두꺼운 세카이슈의 강이 당당히 흐르고 있는 경우도 있고, 가장자리 쪽을 몇 줄기인가 가느다란 세카이슈의 관이 기어 다니는 모습도 있다. 관 상태의 세카이슈가 길을 가로지르는 일도 있다. 어떤 거리에서도 거의 예외 없이 세카이슈를 보게 된다.

세카이슈는 광장으로 이동하고 있는 건가? 아니면, 반대일까? 광장에서부터 오르타나 여기저기로 새카만 촉수를 뻗고 있는 건가?

병사의 시체가 눈에 띈다. 어떤 병사는 길에 엎드린 상태였다. 다른 병사는 길 옆에서 몸을 웅크리고 있다. 그들은 부패했다. 전투에서 입은 듯한 외상은 확인할 수 없다. 몇 명의 병사는 숨이 끊어진 채로 지금도 세카이슈에 짓눌려 있었다. 세카이슈에 집어 삼켜져 질식한 건가? 압사한 것일까?

하루히로는 건물 지붕 위로 올라갔다. 지붕을 따라 광장으로 간다. 광장이 보인다.

광장에 면한 2층 건물 옥상에서, 하루히로는 일단 벽돌이 쌓인 굴뚝에 몸을 숨겼다. 호흡이 약간 거칠다. 맥박이 평상시 상태까지 돌아갈 때까지 기다렸다가 숨 고르기를 한다.

하루히로는 굴뚝 그늘에서 나왔다.

상체를 굽혀 낮은 자세로 걷는다.

타일 지붕 가장자리에서 멈췄다.

세카이슈가 가득했다, 라고 할 정도는 아니다. 광장 3분의 1, 아니, 4분의 1 정도를 새카만 세카이슈가 차지하고 있다. 검은 홍수가 일어난 후에 간신히 진정되었다. 이제야 검은 물이 빠지기 시작한다. 그런 상태처럼 보이기도 했다.

광장 중앙 부근에서 세카이슈가 칠흑의 똬리를 틀고 있었다.

여기서부터 백 미터 이상 떨어져 있고, 세카이슈에 정신이 팔려 있던 탓인지, 눈에 힘을 주고 보기 전까지는 깨닫지 못했다.

그 똬리 위에, 뭔가가 있다.

누군가, 라고 말해야 할까?

뭐지?

희끄무레한 것이다.

혹시, 저것은 인간 아닐까?

그렇다면 시체겠지. 인간의 사체인지도 모른다.

칠흑의 똬리 위에, 인간 사체가 서 있는 건가? 누워 있지는 않은 것 같다. 무릎을 꿇고 있는 건지도 모른다.

희다.

옷일까?

저 시체는 하얀 옷을 입은 건가? 아니면, 아무것도 입지 않은 걸까? 알몸 사체인 건가?

아무래도 옷은 입지 않은 것 같지만, 손에 뭔가를 들고 있다.

무겁게 빛나는 것을.

오른손에도, 왼손에도.

무기 종류일까?

검인가?

그리고, 방패?

바람이 강해졌다.

서쪽 저편으로 떨어져 버릴 것 같은 태양을 가로막는 구름은 없지만, 날이 꽤 흐렸다.

차갑고 습한 바람이다. 밤에는 비가 한바탕 내릴지도 모르겠다.

종이 낮게, 무겁게, 희미하게 울렸다.

하루히로는 히가시마치(동쪽 마을) 앞 부근에 있는 종탑으로 시선을 향했다.

과거 오르타나에서는 시각을 알리기 위해서 오전 6시부터 오후 6시까지, 두 시간 간격으로 종이 울렸다. 누군가가 시종을 친 것일까? 아니겠지. 뭔가가 종에 부딪힌 건가? 바람에 종이 흔들린 건가?

하루히로는 칠흑의 따리로 시선을 되돌렸다.

시체.

저것은 인간의 사체라고 생각했다. 무겁게 빛나는 검과 방패 같은 것을 든, 알몸 사체가 아닐까 하고.

기묘하다고는 느끼고 있었다. 솔직히 말하자면, 아주 몹시 기묘해서, 반신반의였다. 오르타나에 살아 있는 인간은 없었던 것이다. 피난한건지, 도망쳤다면 좋겠지만, 엘라이자조차 도적 길드에 없었다. 원정군 병사들은 모두 죽어 썩어버렸다.

저것은 시체인 건가?

백수십 미터 떨어져 있다. 색이나 대강의 윤곽 정도밖에 파악할 수 없다. 세부는 모르지만, 아마 남성이겠지. 고개를 숙이고 있는 것 같다. 이쪽으로 등을 돌리고 있다.

인간, 남자.

살아 있지는 않다.

사체가 검과 방패를 들고 있다.

뭔가 이상하다.

세카이슈가, 칠흑의 똬리가, 움직이고 있다.

언제부터일까?

방금 전에는 정지했었다. 불활성 상태였다. 아니면, 멀어서 미세한 변화를 몰랐던 것뿐인가? 아무튼, 지금은 꾸물꾸물 몸을 뒤틀고 있다. 세카이슈는, 저 사체, 인간의, 죽은 것으로 짐작되는 나체의 남자를, 도대체 어쩌려는 것일까? 잘은 모르지만, 남자의 시체가 점점 세카이슈에 흡수되어간다.

애초에 저 사체는 어째서 칠흑의 똬리 위에 올라가 있던 것일까? 저것이 인간의 사체라면, 자기 의사로 세카이슈가 형태를 이룬 칠흑의 똬리 위로 기어 올라갔다고는 생각하기 힘들다. 라고나 할까, 그것은 있을 수 없다.

한 남자가 죽었다. 그 남자는 나체이고 검과 방패를 들고 있었다. 때마침 어쩌다가 남자의 사체가 세카이슈 위로 이동했다. 그런 일이 일어날 수 있는 걸까?

그것이 그냥 사체라면.

아니라면?

세카이슈가 남자의 몸 표면에 달라붙는다.

세카이슈는 남자를 뒤덮으려고 한다.

남자는 나체 형태였다.

지금은 어두운 밤처럼 세카이슈를 몸에 걸치고 있다.

어째서인지 세카이슈는, 남자가 손에 든 검과 방패를 덮으려고는 하지 않는다.

저 검과 방패는 저녁해를 반사하는 건가? 해는 높지 않다. 가라앉으려고 한다. 타오르는 듯한 붉은 빛을 띤 햇빛은 남자에게 닿지 않는다. 남자의 검과 방패가 태양광을 반사할 리가 없는 것이다.

즉, 남자의 검과 방패가, 그것 자체가, 강렬하지는 않다고 해도, 빛을 내뿜고 있다.

어두운 밤을 휘감은 남자는 고개를 숙이고 있었다.

바로 방금 전까지는.

밤을 휘감은 자가 얼굴을 들었다.

죽은 게 아니었다, 라는 건가? 사체가 아니었다. 저 남자는 살아 있던 건가? 아니면, 세카이슈 탓인가? 남자의 몸 표면을 완전히 뒤덮은 어두운 밤 같은 세카이슈가 움직이고 있다. 그래서 남자가, 밤을 휘감은 자가 자율적으로 움직이고 있는 것처럼 보이게 하는 건가?

밤을 휘감은 자가 밀려 올라간다.

그 발밑에서 따리를 튼 세카이슈가 밤을 휘감은 자를 들어 올리고 있다.

세카이슈가 변용한다.

밤을 휘감은 자를 떠받치고 상승시키면서, 세카이슈는 어떠한 형태를 만들려고 한다.

세카이슈는 이미 단순히 밤을 휘감은 자의 발판이 아니었다. 밤을 휘감은 자를 태우고 있다. 밤을 휘감은 자는 그 위에 서 있는 것이 아니다. 그것에 걸터앉아 있다.

세카이슈는, 새까만 네 개의 다리를 가진 짐승, 예를 들면 말 같은 형태를 취했다.

흑마 같은 세카이슈에, 밤을 휘감은 자가 올라타 있었다.

하루히로는 뒷걸음질 쳤다.

뭐야?

저건 뭐야?

도대체 뭐냔 말이다? 저것은?

심장이 엄청나게 고동친다. 하루히로는 당황했다. 그렇다. 동요하고 있다. 저것은 이상하다. 지금까지 봐왔던 세카이슈와는 다르다. 명백하게 다르다. 저것은 도대체 뭔가?

안에 사람이 있다.

빛나는 검과 방패.

저것은 뭐야?

단순한 검은 아니다. 그저 방패가 아니다. 특별한 검이다. 특수한 방패겠지.

예를 들면, 렐릭 같은.

렐릭. 그런가. 저 검과 방패는 렐릭인 건가?

밤을 휘감은 자가 이쪽을 향했다. 밤을 휘감은 자를 태운 흑마가 말머리를 돌린 것이다. 아니, 말 같은 것이 아니다. 목이 없다. 머리에 해당하는 부분이 없다. 다리의 수는 적지만, 거미 같기도 하다.

그때 하루히로는, 엉거주춤한 자세보다 약간 더 낮은 자세로 꼼짝도 하지 않았다. 스텔스가 유지되고 있는 건가? 자신이 없다. 그러나, 100미터 이상 떨어져 있다. 금방 들킬 염려는 없겠지. 무엇보다, 보이는 건가? 밤을 휘감은 자에게 시각은 있는 걸까? 인간처럼 오감이 구비되어 있는건가? 밤을 휘감은 자 안의 사람은 살아 있는 걸까? 역시 죽은 걸까?

하루히로는 너무 놀라 어찌할 바를 몰랐다. 냉정해져야만 한다. 알고 있어도 그럴 수가 없다. 그것이 냉정하지 않다는 뜻이다.

밤을 휘감은 자는 이쪽으로 방향을 틀었을 뿐, 미동조차 하지 않는다.

렐릭.

그러고 보니, 시노하라는 렐릭 검과 방패를 갖고 있었다.

도망치자.

어째서 하루히로는 그렇게 생각한 것일까? 확실하지는 않다. 생각하는 것보다 먼저 몸이 움직였는지도 모른다. 하루히로는 돌아봤다. 몸을 돌려 도망치기 위한 예비 동작이었다.

"…읏—"

거기에 밤을 휘감은 자가 있다니, 전혀 예상치도 못했다. 같은 건물 옥상 위다. 라고나 할까, 굴뚝이다. 굴뚝 위에 밤을 휘감은 자가 서 있다. 광장의 밤을 휘감은 자와는 다르다. 번쩍거리는 금색 갑옷을 두르고, 관을 쓰고, 지팡이 같은 것을 들고 있다. 다른 밤을 휘감은 자다.

하루히로는 달렸다. 밤을 휘감은 자는 굴뚝에서 뛰어내리거나 하지는 않았다. 날았다. 떠오른 것이다. 밤을 휘감은 자는 소리도 없이 떠올랐다. 하루히로는 그 부자연스러운 운동을 눈으로 포착했다. 영문을 모르겠다. 정말로 도대체 뭐냐고 생각하면서도, 기울어진 타일 지붕 위를 계속 달렸다. 하루히로는 옆 건물 지붕으로 옮겨 뛰지 않았다. 지붕과 지붕 사이로 뛰어들었다. 요컨대 떨어졌다. 낙

하해서 옆 건물 외벽을 발로 찼다. 곧바로 몸을 뒤집어, 이쪽 건물 외벽의 움푹 팬 곳에 손가락을 걸쳤다. 손목에 격통이 일었다. 아파서 놓쳐버린 것이 아니다. 자발적으로 놓고 골목에 착지했다. 고개를 돌려 올려다보니, 지붕과 지붕 사이의 하늘에 밤을 휘감은 자의 모습은 없었다. 하루히로는 사람 한 명이 간신히 지나갈 수 있을 정도의 골목을 달려 빠져나가 길가로 나갔다. 밤을 휘감은 자는 그 길가 상공에 있었다. 거기에서 하루히로가 나타나기를 기다리고 있었던 모양이었다.

밤을 휘감은 자가 지팡이 끝을 하루히로에게 향했다. 저것은 그냥 지팡이가 아니다. 저 갑옷도, 관도. 그제야 하루히로도 파악했다. 렐릭이다. 밤을 휘감은 자는 렐릭을 갖고 있다. 말하자면, 렐릭을 쓰는 세카이슈 인간인 것이다.

하루히로는 달렸다. 밤을 휘감은 자의 지팡이가 벼락 같은 빛을 쏟아냈다. 피하려는 생각 따위 없었다. 저 지팡이도 분명 렐릭이겠지. 하지만, 어떤 렐릭인가? 아무것도 모르는 것이다. 피할 수 있을지 아닐지 그것도 알 수가 없다.

일단 다른 골목으로 뛰어들 수는 있었으니, 아무래도 빛은 맞지 않은 모양이다. 숨을 헐떡이며 그 골목을 달려 빠져나오자, 또 상공에 그 밤을 휘감은 자가 떠 있었다.

"우왓…."

하루히로는 골목으로 되돌아갔다. 지팡이다. 지팡이의 빛이 덤벼든다. 빛이 번쩍 빛나고 건물 외벽이 퍽 깎여나갔다. 석재가 불에 타버린 것 같기도 했다. 정통으로 맞으면 위험하다. 잠시도 버티지 못한다. 맞은편 오른쪽 건물에 작은 창문이 있었다. 널빤지 문을 뜯어내고 무리해서 작은 창문으로 건물 안으로 들어가니, 취사장 같은 방이었다. 여기에 숨어 있고 싶다. 진심으로 그렇게 생각했지만, 어딘가에서 소리가 들렸다. 밤을 휘감은 자가 이 건물에 들어온 것인지도 모른다. 취사장을 나가자 복도였다. 계단이 있다. 하루히로는 계단을 뛰어 올라가, 2층 방으로 들어갔다. 창문을 통해 단층집 지붕으로 뛰었다. 또 다른 건물 지붕으로 옮겨 뛰고, 달리면서 이쪽저쪽으로 시선을 향했다. 밤을 휘감은 자는? 어디냐? 어디에 있어? 어둠의 거미를 탄 밤을 휘감은 자는? 아직 광장인가? 하루히로를 쫓고 있는 건가? 찾고 있는 건가? 지팡이를 든 밤을 휘감은 자는? 모르겠다. 보이는 범위 안에는 어디에도 없다. 보이지 않는 것뿐이다. 있다. 아마 다가오고 있다.

하루히로는 어느샌가 남구로 들어섰다. 밤을 휘감은 자는 보이지 않는다. 거리에 내려서자, 길가에 세카이슈가 꿀렁대고 있었다. 날뛰는 것처럼 몸부림친다. 하루히로는 발을 멈추지는 않았다. 그럴 여유는 없다. 앞쪽에 사람 그림자 같은 것이 보였다. 사람 그림자. 검다. 사람 그림자? 검은, 인간형의? 뭐야? 저것은? 하루히로는 모퉁이에서 오른쪽으로 돌았다. 직진하면 저 검은 인간형을 향해 가는 게 된다. 그것은 좋지 않은 느낌이 든다.

돌아간 곳에서도 세카이슈가 날뛰고 있었다. 몇 개나 되는 관 상태의 세카이슈가 격렬하게 퍼덕 퍼덕 몸을 뒤틀고 있다. 그 길 폭은 2미터도 안 된다. 관 상태의 세카이슈는 채찍처럼 바닥과 건물을 때린다. 그때마다 두꺼워지기도 하고 가늘어지기도 했다. 빠져나가는 것은 무리다. 하루히로는 관 상태의 세카이슈가 2, 30센티 정도의 낮은 위치에 올 때를 계산해서 점프하려고 했다. 왼발에 걸렸다.

"—큭…!"

그 순간, 세카이슈가, 하루히로의 왼발과 부딪친 부분이 파열했다. 아니, 그게 아니다. 파열한 것이 아니다. 급격하게 팽창해서, 거기서부터 검은 인간형의 것이 튀어나왔다. 세카이슈에서 태어났다. 세카이슈 인간이다. 하루히로는 고꾸라질 뻔했다. 세카이슈 인간이 덤벼든다. 인간. 사람 같은 형태는 하고 있지만, 머리가 없다. 하루히로는 반사적으로 세카이슈 인간을 발로 차버리고, 달린다. 관 상태의 세카이슈는 마침내 맹위를 떨치고 있다. 세카이슈 인간이 쫓아온다. 뒤쪽에서 펑펑 불쾌한 소리가 들린다. 하루히로는 돌아보지 않았다. 관 상태의 세카이슈를 피해 달리는 게 고작이다. 간신히 널찍한 거리로 나가자, 왼쪽에 의용병단 사무소가 보였다. 예전에 걸려 있던 흰 바탕에 빨간 초승달 깃발은 없다. 오르타나 변경군 의용병단 레드 문, 이라고 크게 적힌 간판은 남아 있다. 하루히로는 의용병단 사무소 쪽으로 뛰었다. 사방천지에 관 상태의 세카이슈가 꿈틀대고 있다. 한순간, 돌아보니, 있다. 세카이슈 인간이. 하나가 아니다. 늘어났다. 잔뜩 있다. 하루히로를 쫓아온다.

머리 위에서 뭔가가 빛나, 하루히로는 옆으로 점프했다. 밤을 휘감은 자의 지팡이다. 콰쾅 하고 지면이 타버렸다. 뒹굴다가 일어서려고 하는 하루히로의 시야가 빙글빙글 돌았다. 세카이슈 인간뿐만이 아니었다. 쫓아오는 것들 중에, 놈도 있었다. 빛나는 검과 방패를 들고 어둠의 거미에 걸터앉아 있는 밤을 휘감은 자가. 덤으로, 저녁 하늘에 떠 있는, 지팡이를 든 밤을 휘감은 자의 모습도 봤다. 밤을 휘감은 자는 지팡이를 이쪽으로 향하고 있었다. 또 그 섬광이 쏟아진다. 하루히로는 의용병단 사무소 앞을 지나치려고 했다.

의용병단 사무소와 그 옆 건물 사이에서 누군가가 얼굴을 내밀었다. 누군가. 사람인가? 이번에야말로 틀림없는 인간이다. 머리가 길다. 머플러로 얼굴 아래쪽 반을 가리고 있다. 그녀는 목소리를 내지 않았다. 그저 손짓했다. 밤을 휘감은 자의 지팡이가 예의 빛을 쏟아낸 것과 분명 동시쯤이었다. 하루히로는 의용병단 사무소와 옆 건물 사이로 파고들었다. 좁다. 몸을 기울이지 않으면 빠져나갈 수 없다. 그녀는 앞서가고 있다. 갑자기 사라졌다. 그녀가 없어졌다.

"어엇…?!"

세카이슈 인간들도 그 틈새로 계속 밀고 들어온다. 하루히로는 패닉에 빠질 것 같으면서도 그녀의 모습이 사라진 부근까지 전진했다. 구멍이다. 건물 외벽에 구멍이 뚫려 있다. 아니, 일단, 출입구인 건가? 작다. 웅크려도 들어갈 수 있을지 어떨지. 망설이고 있을 때가 아니다. 하루히로는 기어서 그 작은 출입구를 간신히 통과했다. 매우 어둡고, 곰팡내가 났다. 의용병단 사무소 안인 것 같은데, 이 방은 모른다. 들어와 본 적이 없다.

"와, 이쪽."

그녀의 목소리가 들렸다. 일어서서 목소리가 들린 방향으로 걸어가다 벽에 부딪혀버렸다. 누가 왼팔을 붙잡고 당긴다. 하루히로는 저항하지 않았다. 그녀는 문을 연 모양이다. 그 앞도 캄캄했다. 방인지 통로인지를 조금 걸어가, 또 문을 열었다. 그녀는 하루히로의 팔을 놔줬다. 뭔가를 하고 있다. 보아하니 무거운 물건을 들어 올리려고 하는 것 같다. 하루히로가 거들 필요도 없이, 그녀는 그것을 당겨 올렸다. 눈이 어둠에 익숙해졌다. 지하인가? 바닥에 구멍이 있다. 거기에 덮개가 덮여 있었다. 그녀는 그 덮개를 당겨 연 것이었다.

"먼저 내려가."

그녀가 명령하기 전에, 하루히로는 그 구멍으로 미끄러져 들어갔다. 철제 사다리가 설치되어 있다. 불빛은 전혀 없다. 사다리를 몇 단인가 내려간 것만으로 아무것도 보이지 않게 되었다. 아랑곳하지 않고 하루히로는 계속 내려갔다. 위에서 뚜껑이 닫히는 소리가 들렸다. 그녀는? 괜찮아. 그녀도 내려온다. 내려갈 수 있을 만큼 사다리를 내려가자, 거기는 습하고, 뭐라 말할 수 없는 냄새가 충만했다. 사다리에 매달려 있으면 내려오는 그녀에게 방해다. 그렇게 생각해서 하루히로는 사다리에서 떨어졌는데, 그 이상은 움직일 마음이 들지 않았다. 이윽고 그녀가 내려왔다. 그녀는 또 하루히로의 왼팔을 움켜잡았다. 오른팔도 잡혔다. 보이지는 않지만, 하루히로와 그녀는 마주 보고 있다. 그녀는 머플러로 코와 입을 덮고 있어서, 숨결은 거의 느껴지지 않는다. 체온뿐이다. 어둠을 통해 그녀의 체온이 희미하게 전해졌다.

"무사해?"

"네. 간신히."

하루히로는 한숨을 쉬었다. 도적 길드에 없었다. 피난한 건지도 몰라. 어쩌면, 좀 더 나쁜 일이 그녀의 몸에 일어난 건지도 몰라. 그렇게 생각했었다.

"…엘라이자 씨도. 무사해서, 다행이에요."

그녀는 잠자코 고개를 끄덕인 것 같았다. 살아 있었다. 살아 있어 주었다. 그녀는 도적 길드의 선배로, 어째서인지 맨얼굴을 보이려고 하지 않는 멘토다. 친한 사이는 아니다. 솔직히 잘 모른다. 그래도, 지금에 와서는 무척 귀중한 지인 중 한 명이다.

 하루히로의 왼쪽 어깨 부근에 뭔가가 닿았다. 잠시 후에 그것이 그녀의 이마라는 것을 깨달았다. 하루히로의 두 팔을 잡은 그녀의 손이 희미하게 떨리고 있다. 하루히로는 고개를 끄덕였다. 할 말은 찾을 수 없었다. 고개를 끄덕이는 것밖에는 할 수 없었다.

— 다음 권에 계속 —

작가 후기

이 소설을 쓰기 시작하면서부터 연표 같은 것을 만들어왔습니다. 갖고 있는 연표에는, 몇 년 몇 월 며칠에 누가 어디에서 무엇을 한다, 라는 식으로 대충 모든 사건이 기재되어 있습니다.

그중에서 주인공인 하루히로와 관련된 일들을 주로 써왔습니다만, 종반으로 접어들면서 이쪽저쪽에서 동시다발적으로 여러 가지 일들이 일어나고 있습니다.

어디까지나 하루히로와 그 주변으로만 범위를 좁혀서 쓰는 방법도 검토했습니다. 하지만, 아무리 머리를 쥐어짜 봐도, 이야기가 끝난 뒤에 많은 의문이 남아버릴 것 같아서, 본편은 다른 방식을 채용했습니다. 그렇기는 해도, 끝을 향하여 가고 있으므로 가능한 한 하루히로 일행을 중심으로 써나가고 싶다고 생각합니다.

저로서는 끝내고자 하는 마음이 가득합니다만, 끝날 것 같으면서도 좀처럼 끝나주지 않네요. 아직 좀 더 손이 가야 할 것 같은 느낌입니다.

그럼, 담당 편집자이신 하라다 씨와 시라이 에이리 씨, KOME-WORKS의 디자이너님, 그 외 이 작품의 제작과 판매에 관여하신 분들, 그리고 지금 이 작품을 선택해주신 여러분께 진심 어린 감사와 가슴 가득한 사랑을 담고 오늘은 이만 펜을 놓겠습니다. 또 만나

뵐 수 있다면 기쁘겠습니다.

주몬지 아오

재와 환상의 그림갈 level. 19
이 세계의 모든 것을 끌어안아 아프다

2025년 5월 15일 초판 인쇄
2025년 5월 30일 초판 발행

저자 · AO JYUMONJI
일러스트 · EIRI SHIRAI
역자 · 이형진
발행인 · 황민호
전략콘텐츠사업본부장 · 박정훈
책임편집 · 김선림
편집기획 · 신주식 최경민 윤혜림
마케팅 · 조안나 이유진
국제업무 · 이주은 조지연
제작 · 최택순 성시원
한국판 디자인 · 디자인 우리
발행처 · 대원씨아이(주)

서울 특별시 용산구 한강로3가 40-456
편집부 : 02-2071-2104 FAX : 02-794-2105
영업부 : 02-2071-2061 FAX : 02-794-7771
1992년 5월 11일 등록 3-563호

http://www.dwci.co.kr/

원제 灰と幻想のグリムガル 19
© 2022 by AO JYUMONJI
First published in Japan in 2022 by OVERLAP, Inc.
Korean translation rights reserved by DAEWON C. I. INC.
Under the license from OVERLAP, Inc., Tokyo JAPAN

한국어 판권은 대원씨아이(주)의 독점 소유입니다.

ISBN 979-11-423-1653-1 04830
ISBN 979-11-5625-426-3 (세트)